傲慢与偏见

Pride and Prejudice

[英] 简 · 奥斯汀 著

Jane Austen

丁凯特 译

時代文藝出版社

图书在版编目（CIP）数据

傲慢与偏见 / (英) 简·奥斯汀著；丁凯特译. --
长春：时代文艺出版社, 2021.7
ISBN 978-7-5387-6857-2

Ⅰ. ①傲… Ⅱ. ①简… ②丁… Ⅲ. ①长篇小说－英
国－近代 Ⅳ. ①I561.44

中国版本图书馆CIP数据核字(2021)第115241号

傲慢与偏见
AOMAN YU PIANJIAN
[英] 简·奥斯汀 著　丁凯特 译

出 品 人：陈　琛
责任编辑：吕　天
监　　制：黄　利　万　夏
特约编辑：邓　华　缪红建
营销支持：曹莉丽
装帧设计：紫图装帧

出版发行：时代文艺出版社
地　　址：长春市福祉大路5788号　龙腾国际大厦A座15层（130118）
电　　话：0431-81629751（总编办）　0431-81629755（发行部）
网　　址：weibo.com/tlapress（官方微博）　sdwycbsgf.tmall.com（天猫旗舰店）
开　　本：889mm × 1194mm　1/32
字　　数：295千字
印　　张：10.25
印　　刷：艺堂印刷（天津）有限公司
版　　次：2021年7月第1版
印　　次：2021年7月第1次印刷
定　　价：69.90元

*

凡是有钱的单身汉，

都必须找位太太，

这已成了举世公认的真理。

…

Jane Austen

是什么使你把这本书
读了一遍又一遍？

毛姆评《傲慢与偏见》

没有人可以把简·奥斯汀描述成一个没有教养的女人、一个她不屑与之为伍的类型，显然，她是一位有教养的女人。事实上，她和她那个时代、那个地位的任何女人一样，接受过良好的教育。研究她小说的权威贾波明曾列出了一张她所读过的书的清单，可堪宏伟。当然，她读小说，读芬纳·伯纳、玛丽亚·埃奇沃思、拉德克里夫夫人的小说（《尤道夫的神秘案》）；她还读过由法语和德语翻译的小说（其中有歌德的《维特的悲哀》），甚至是从巴思或南安普敦的流动图书馆里能找到的任何小说。

对于小说家来说，大抵都有江郎才尽的时刻。奥斯汀小姐是我所知道的唯一的很难断定她的小说中哪一部最好的作家，因为它们全都是上乘之作。她的每一部作品都有其忠实的，甚至是狂热的崇拜者。麦考莱认为《曼斯菲尔德庄园》是她的巅峰之作；其他同样杰出的评论家更喜欢《爱玛》；狄史累里读了《傲慢与偏见》十七遍；今天，仍有许多人认为《劝导》是她完成的最出色的作品。

我相信，广大读者已经视《傲慢与偏见》为奥斯汀小姐的代表作，显然，这是对这本书最好的评价。经典作品不在于它受到评论家的赞扬之高、教授的学术阐述之深以及学校学习之精细，而在于一代又一代的读者在阅读的过程中寻得的乐趣和精神上的志趣。

依本人之见，《傲慢与偏见》总的来说是其所有小说中最令人满意的一部。伽洛特教授，一位博学而诙谐的评论家，曾评价简·奥斯汀为：她不具备写一个故事的能力。他解释道，他的意思是指这个故事一定是充满浪漫或者不寻常的一连串事件。简·奥斯汀的天赋绝不在此，她也并不想这样做。她富有见识，饱含幽默，从不将浪漫浪费于此，她只对普通的东西、平凡之物感兴趣。她凭借自己敏锐的观察力、冷嘲热讽和俏皮的机智使这一切变得不同寻常。

我几乎没有提到奥斯汀小姐的一个优点，她的书令人十分爱读，比一些更伟大、更著名的小说家更容易读懂，更令人爱不释手。正如沃尔特·司各特所言，简·奥斯汀小姐描写的都是平凡生活中的琐事、情感和岁月；在她的书里并没有发生什么事，但是，当你翻到一页的末尾时，你会迫不及待地翻动它，想要知道接下来会发生什么。同样没发生什么大事，而你又迫不及待地想要掀动书页。

这是小说家所能拥有的最珍贵的天赋。我常常纳闷，是什么成就了它。为什么你把小说读了一遍又一遍，而你对它的兴趣依旧不减当年？大概是因为，对于简·奥斯汀的小说而言，她对她笔下的人物以及他们的命运有着巨大的兴趣，也是因为她深深地相信他们。

节选自毛姆《巨匠与杰作》

红建译（节选标题为编者所加）

凡是她完成的小说都没有败笔

现代主义与女性主义的先锋，意识流大家伍尔夫评简·奥斯汀

简·奥斯汀具有洞察人物内心奥秘的智慧，她倾向于选择描写日常生活、聚会、野餐和乡村舞会的平凡琐事，还有什么能比这更显得自然呢？

在她看来，栖居于乡间别墅的楼梯上，远胜于任何浪漫传说、冒险传闻、政治阴谋、男女偷情等。这根本都不能与平凡生活相提并论。的确，她在十五岁时就能写出细腻优美的文字，而她也从未停止过写这样的文字。她从不为当权者或其图书管理员写作，她是为整个世界写作。

她清楚地知道自己的天赋所在，也清楚地知道自己的天赋适合处理什么样式的题材，她对于自己的作品持有高标准。

有些生活印象根植于她的文学领地，因此她的情绪不需要任何的伸展和技巧，就可以用她自己的力量恰当地掩盖。譬如说，她就无法让一个女孩热情地谈论旗帜和小礼拜堂。她也不会全身心地投入专为张扬某个浪漫时刻的写作中。她会采取各种方法规避爱情场面。对于大自然及其种种美景，她总是拿一种她自己特有的方式侧身接近。

她天赋卓然，拥有完美圆满的非凡才思。凡是她完成了的小说都没有败笔。

节选自伍尔夫《普通读者》

红建译（节选标题为编者所加）

简·奥斯汀 作者不详

奥斯汀本人长得非常惹人喜爱，连毒舌刻薄的毛姆都对其不吝溢美之词。在《巨匠与杰作》一书中，毛姆描述道："她玉立亭亭，体态轻盈，步履轻快而又显现稳重，扑面而来一种蓬勃的朝气。她的肤色略显黑，脸颊圆润而丰满，小而匀称的鼻子和嘴，明亮的淡褐色眼睛，一头天然的棕色鬈发，明艳动人。"

奥斯汀家族照片 1865 年

如英国的许多世家名门一样，奥斯汀家族姓氏古老，出身高贵。手工业时代，奥斯汀家族以羊毛发迹，而后又像其他士绅家族一样，积极买进土地，最终成为英国士绅阶层的一员。这张照片上虽然没有简·奥斯汀，展示的情形却与她笔下的英国士绅生活场景相当一致。奥斯汀说“我最爱自己的家”，因此她选定日常生活中的平凡琐事，诸如社交宴集、郊游野餐、乡村舞会之类，作为她的写作内容。而她能从日常、细微之处展示美好和乐趣的才能，正是其作品保有持久魅力的原因。

简·奥斯汀时代的社交舞会 （国籍不详）罗琳达·沙普尔斯 绘

少女奥斯汀喜欢跳舞，且是个中高手。家庭社交舞会也是家中未婚男女择偶的时机，《傲慢与偏见》中一个人物曾说："跳舞是陷入情网的第一步。"1795年圣诞节期间，奥斯汀就在舞会上与汤姆短暂擦出爱的火花。她在写给姐姐卡桑德拉的信中表现出对这段关系的激动心情："我几乎不敢告诉你我的爱尔兰朋友和我做了什么，你自己想象一下在跳舞和坐下来时能做出来的最不检点和令人震惊的事情就可以了。"但汤姆没钱，没能力和奥斯汀结婚，他离开了。

维多利亚时代的花园派对 [奥地利]卡尔·史威宁格 绘

虽在令人开心的家庭环境中度过了好多年，奥斯汀无法忘记的是，只要她还没结婚，就是家庭的经济负担。她也曾以严肃语气提醒侄女："单身女子很有可能变穷——这是必须结婚的重要原因之一。"1802年12月，哈里斯向她求婚，虽然不爱这个人，她还是接受了。哈里斯是大庄园继承人，若成为他妻子，奥斯汀就能让父母过上更舒适的生活，给仍然单身的姐姐卡桑德拉提供一个永远的家。然而就在接受求婚的第二天，她反悔了，因为她不爱他。她从未后悔自己的反悔，多年后，她对侄女说，在考虑别人的求婚时，"除非你真的喜欢他，不要做出太多的承诺或者想要接受他。没有感情的婚姻是最难忍受和持久的事情"。

系列讽刺画《时髦婚姻》之一 ［英］威廉·霍加斯 绘

威廉·霍加斯的讽刺画，用奥斯汀的俏皮话来说，正是门当户对的婚姻家庭内部，每天都发生着鸡飞蛋打的闹剧。但涉及她自己的经历，俏皮话就不好说了。从其爱情、婚姻经历可看出，她并非一个一开始就有深刻洞察，带着某种理念批判现实的人。她的忧伤和反叛，完全源自于她在热爱的士绅家庭生活中具体遭遇的挫折和不安，她小说中的人物也如是。毫无疑问，这就是现实主义小说之所以从她手上得以真正成型的秘密。

1895 年版《傲慢与偏见》插图　[英]休 · 汤姆森 绘

在奥斯汀构思的《最初的印象》(后更名为《傲慢与偏见》) 中，故事一开始就基于如此前提：班奈特太太只想把五个女儿都嫁给有钱绅士。因为没有男性继承人，班奈特家不多的财产在班奈特先生死后要由其远亲柯林斯先生来继承，班奈特太太和女儿们可能会无家可归。《傲慢与偏见》同情女性命运，反对不平等的社会机制，得出迄今仍然有效的认识：建立在爱情基础上的婚姻才是正确的。这不仅仅让《傲慢与偏见》成为当时现实主义文学的先驱，也让其成为体现女性平权思想的重要作品。

1894 年版《傲慢与偏见》封面　[英] 休 · 汤姆森 绘

1797 年 8 月，奥斯汀创作的《最初的印象》遭出版商拒绝。她转而着手修订另一本小说《理智与情感》。中途因父亲去世而耽搁，直到 1809 年她才再度认真提笔。《理智与情感》修订后她自费出书，销路不错，于是她改写《最初的印象》，改名叫《傲慢与偏见》，并在 1813 年出版。《傲慢与偏见》出版后受到评论界欢迎，沃尔特 · 司各特爵士赞扬奥斯汀“笔法巧妙”，“把平凡普通的事务和角色变得有趣”。

英国查茨沃斯庄园 图片来自于维基百科共享资源网

英国查茨沃斯庄园，是奥斯汀设想达西宅邸的灵感来源。2005 年由乔·怀特执导并取得空前成功的同名改编电影即来此取景。《傲慢与偏见》出版后的两个多世纪里，在全世界流传。影视改编量仅次于夏洛蒂·勃朗特的《简·爱》。两者相同的是，都由女性爱情的呼声中传达出男女平等的预见性主张。不同的是，对于《傲慢与偏见》，人们更津津乐道其负载的士绅、庄园等英国文化富有底蕴又世态的一面。

《傲慢与偏见》人物关系图

- **主人公家庭**
  - 班奈特先生（五个女儿的父亲）
  - 班奈特夫人（五个女儿的母亲）
  - 珍（大女儿）
  - 伊莉莎白（二女儿，昵称莉兹）
  - 玛莉（三女儿）
  - 凯萨琳（四女儿，昵称琪蒂）
  - 莉蒂亚（小女儿）
  - 柯林斯（班奈特家的远亲，房子的法定继承人）
- **其他相关人物**
  - 查尔斯·宾利（班奈特家新邻居，租住在朗太太的尼德菲尔德庄园）
  - 凯洛琳（宾利的妹妹）
  - 路易莎（宾利的姐姐，赫斯特先生的太太）
  - 赫斯特先生
  - 达西（宾利的好朋友）
  - 费兹威廉上校（达西的表亲）
  - 乔治·韦克翰（达西家管家的儿子）
  - 乔治安娜（达西的妹妹）
  - 凯萨琳夫人（达西和费兹威廉上校的姨妈，柯林斯的雇主）
  - 德·包尔小姐（凯萨琳夫人的女儿）
  - 菲利普太太（班奈特夫人的妹妹）
  - 加迪纳先生（班奈特夫人的弟弟）
  - 卢卡斯夫妇（班奈特家的邻居）
  - 夏绿蒂（卢卡斯夫妇的大女儿，伊莉莎白的好友）
  - 卢卡斯二小姐（卢卡斯的小女儿）
  - 朗太太（原班奈特家的邻居）

目　录

傲慢与偏見

Pride and Prejudice

第一章

凡是有钱的单身汉，都必须找位太太，这已成了举世公认的真理。每当这样的单身汉新搬到一处，尽管左邻右舍的人完全不了解他，仍把他视为最佳的女婿人选。

“亲爱的，你知道尼德菲尔德庄园租出去了吗？”一天，班奈特太太对丈夫说道。

班奈特先生回答说不知道。

“真的，”她说，“朗太太刚才来过，她把这件事一五一十地告诉了我。”

班奈特先生没有理会她。

“难道你不想知道是谁租走的吗？”太太不耐烦地嚷道。

“如果你想说，我倒是可以听听。”

这句话足以鼓励她讲下去了。

“哦！亲爱的，你知道吗？朗太太说，那是一个有钱少爷，是从英格兰北部来的。听说，礼拜一的时候，他乘坐一辆四轮马车来看过房子，觉得相当满意，当场就和莫里斯先生成交了。他准备在米迦勒节前入住，下个周末会先叫几个仆人来整理一下。”

“他叫什么名字？”

“宾利。”

“结婚了吗？还是单身？”

“噢！是个单身汉，亲爱的，一个有钱的单身汉！年赚四五千镑。这对女儿们来说真是个好消息！”

“为什么？关女儿们什么事？”

“亲爱的，”太太回答道，“你怎么这么迟钝呢？告诉你吧，我想让他当我们的女婿呢！”

“他搬来这里是为了这个目的吗？”

“胡说！这怎么可能！不过，我相信他会看上我们的女儿的。等他一搬来，你就要立刻去拜访人家。”

“何必呢？你和女儿们一起去就好了，或是干脆叫她们自己去，那更省事！因为她们的美貌没一个胜得过你，要是你去了，或许宾利先生反而会挑中你呢！”

“别开玩笑了，亲爱的。虽然我年轻时的确貌美如花，但现在都有五个女儿了，不该再对自己的长相有什么期待了。”

“这么说来，也没几个女人可以期待自己的长相了。”

“不过，亲爱的，等宾利搬过来，你真的应该去拜访他。”

“老实说吧，这根本是多此一举。”

“看在女儿的分上，请你好好想一想吧！连从来不和新邻居打交道的威廉·卢卡斯夫妇都决定去拜访他了。他们一定也是打这个算盘。你非去不可，要是你不去，我们又怎么好意思去呢？”

“你多虑了，宾利先生一定很高兴见到你的。我可以写封信让你带去，就说我的女儿随便他挑，挑中哪个都好。不过，我得特别替小莉兹说几句好话。”

“别这么做。莉兹没有一点胜过其他姐妹，论美貌，她不及珍的一半；论个性，她又比不上莉蒂亚。但你老是偏爱她。”

“她们没一个值得夸奖的，”他回答道，“她们跟别的女孩一样，又傻又无知，只有莉兹比她的几个姐妹聪明多了。”

“亲爱的，你怎么可以这样说自己的女儿呢？你是在激我吧？一点也不体谅我衰弱的神经。”

“你误会了，亲爱的，我非常重视你的神经，它们是老朋友了，过去二十年来我不断听你提到它们。”

“唉！你都不知道我有多么担心！”

“你必须保重，那样的话，那些年赚四千镑的少爷们就会一个个搬来当你的邻居。”

“要是你不肯去拜访他们，就算搬来二十个又怎样！”

“放心，亲爱的，要是真的搬来二十个，我一定一一登门拜访。”

班奈特先生就是这样一个怪人，幽默却善讽，沉默却善辩；即使是二十三年的婚姻生活，也不足以让班奈特太太完全摸透他的性格。她是个平庸、无知、喜怒不定的女人，只要碰到不顺心的事，就会幻想自己神经衰弱。对她来说，最重要的事就是嫁女儿，最大的安慰就是拜访邻居以及打探消息。

第二章

尽管班奈特先生嘴上说不愿去拜访宾利先生，但其实他早就打算这么做了，而且还是当他的第一位访客。他一直瞒着家人这件事，直到当天晚上，他看见二女儿伊莉莎白在装饰帽子，突然对她说：

“希望宾利先生会喜欢这顶帽子，莉兹。”

“反正我们又不去看他，”她母亲悻悻然地说，“管他喜欢什么呢！”

“你忘了吗，妈妈？”伊莉莎白说，“我们还是可以在舞会上见到他的，朗太太不是答应要替我们介绍吗？”

“我才不相信她呢！她自己也有两个亲侄女。她既自私又虚伪，我瞧不起她。”

“我也是，”班奈特先生说，“我很高兴你没有指望她的帮忙。”

班奈特太太没有理睬丈夫，可是却忍不住责怪起女儿。

“别咳个不停！琪蒂，看在上帝的分上，体谅一下我的神经吧！”

“琪蒂咳得真不是时候。”她的父亲说。

“我又不是故意的。”四女儿凯萨琳气恼地回答，“舞会定在哪一天，莉兹？”

“两个礼拜以后。”

“呃，是吗？”她的母亲说道，“朗太太要到舞会前一天才能回来，这样的话，她要怎么认识人家？又要怎么为我们介绍呢？”

“亲爱的，那你就可以抢先一步，反过来替你的朋友介绍这位贵人啦！”

“亲爱的，我办不到，我自己也还不认识他呢！你别开玩笑了。”

“你想得真是周到，没错，两个礼拜的认识当然不够熟悉一个人。不过，要是我们不去尝试的话，就会让别人捷足先登了，朗太太和她的侄女一定不肯错过这个机会。因此，要是你不肯去做，就由我来做好了。”

女儿们都瞪了父亲一眼，班奈特太太随口说道：“胡说！胡说！”

“你干吗大惊小怪？”他嚷道，“替人家介绍不好吗？玛莉，你觉得呢？我知道你是个懂事的女孩，会读书，又会做笔记。”

玛莉想说几句有水平的话，却又不知道该怎么说。

“趁着玛莉在想的时候，”班奈特先生接着说，“我们来聊聊宾利先生吧。”

“我讨厌聊宾利先生。”他的妻子嚷道。

“真遗憾，你怎么不早说呢？早知道这样，我就不去拜访他了，太不巧了！但既然都拜访过了，我们也不得不结交这个朋友了。”

不出他所料，女士们个个大吃一惊，尤其是班奈特太太。不过，当她们欢天喜地地骚动了一阵之后，她又说自己早就猜到了。

“亲爱的，我就知道你疼女儿，可是你也太过分了，竟然到现在才告诉我们。”

“琪蒂，现在你可以放心地咳嗽了。”班奈特先生对妻子得意忘形的模样感到厌恶，他一面说，一面走出了房间。

“孩子们，你们的爸爸太好了，”当门一关上，班奈特太太对女儿说，“你们无论如何也报答不了他，还有我。老实告诉你们，我们都一大把年纪了，哪有力气天天结交新朋友？可是只要是为了你们，我们什么都愿意做。莉蒂亚，我的宝贝，虽然你年纪最小，但到了舞会上，或许宾利先生偏偏就想跟你跳舞呢！”

“噢！”莉蒂亚满不在乎地说，“我才不在乎呢！虽然我年纪最小，但个子却最高。”

当晚，她们都在盘算那位贵人什么时候会来回访班奈特先生，以及什么时候可以邀请他来吃饭。

第三章

无论是单刀直入，还是旁敲侧击，班奈特太太与五个女儿都无法从班奈特先生那里问出关于他与宾利先生见面的情形。最后，她们只好去问邻居卢卡斯太太。据说，威廉爵士很喜欢他，他年轻、英俊，个性又随和；最重要的是，他将会参加下次举办的盛大舞会——这真是再好不过了，跳舞是陷入情网的第一步，她们衷心期盼能虏获宾利先生的心。

“只要我能看到一个女儿嫁进尼德菲尔德庄园，”班奈特太太对丈夫说，“其他的几个也嫁给不错的对象，我这辈子就别无所求了。”

几天后，宾利先生前来拜访，他久仰班奈特家几位千金的美貌，希望能一亲芳泽，但最后只见到了她们的父亲，并在他的书房里聊了十分钟。不过，几位小姐却幸运多了，她们透过楼上的窗户清楚地看到了他的蓝外套以及黑马。

不久后，班奈特家邀请他吃饭。不巧的是，由于宾利先生隔天必须进城，不得不拒绝他们的这一番盛意。班奈特太太担心他一去不返，直到卢卡斯太太告诉她，也许他是要回伦敦邀请客人，才使她心中的疑虑稍减。

传闻中，宾利先生将带回十二位小姐和七位先生参加舞会，但到了前一天，宾利先生只带回六个人——五个姐妹，一个表姐妹。这个消息使女孩们松了一口气。舞会那一晚，当客人进场时，却发现他们一共只有五个人——宾利先生、他的两个姐妹、姐夫，还有另一个年轻人。

宾利先生温文儒雅，姐妹们也都是些时髦的女性；他的姐夫赫斯特先生是个没什么特色的普通人，但他的朋友达西先生却引人注目。到场还不到五分钟，他修长、英挺的仪表便吸引了全场的目光；当他年收入一万镑的消息传开后，更成为舞会上众所瞩目的焦点。无论是男宾或是女宾，几乎有半个晚上都用爱慕的眼光看着他。最后，人们发觉他性格傲慢，才逐渐生出了厌恶之感。无论他在德比郡拥有多少财产，在他那副惹人厌的外表下，也都变得微不足道了。

宾利先生很快就与大家打成一片，他活泼、豪爽，从不拒绝任何一支舞，又说自己也将在尼德菲尔德庄园举办一次舞会，这些可爱之处获得了众人一致好评。至于达西先生，他只与赫斯特太太和宾利小姐各跳了一支舞，之后就在室内来回踱步，偶尔找熟人聊天。有人介绍他与其他小姐共舞，他死都不答应，人们都断定他是世上最傲慢的家伙，希望他不要再来；班奈特太太最厌恶他，而这股厌恶又很快转变为气愤，因为他冒犯了她的女儿。

由于男宾少，伊莉莎白错过了两支舞。当她休息的时候，达西先生就站在一旁，宾利先生走到朋友面前，建议他去跳舞。

“来吧！达西，”宾利说，“一起来跳舞，别呆呆地站在这里。”

“我不跳，你知道我只跟熟人跳舞，你的姐妹们都有舞伴了。要我跟一个陌生人跳舞，那简直就跟折磨没两样！”

“别挑剔了，”宾利嚷道，“老实说，我从没在舞会上见过这么多美女呢！”

“当然，场上唯一的美女在跟你跳舞！”达西先生说，一面望着班奈特家的大女儿。

“噢！她是我见过最美丽的尤物！不过，她的一个妹妹就坐在你后面，她也很漂亮。要不要我请我的舞伴为你们介绍一下呢？”

“你说的是哪一位？”他转过身来，朝伊莉莎白望了一会儿，直到她也望向他，才移开自己的目光，冷冷地说：“她还可以，但还不到让我心动的程度。我对那些被挑剩的女孩一点兴趣也没有。你还是别在我身上浪费时间，快回到你可爱的舞伴身边吧。”

宾利先生走了，达西先生也离开了，伊莉莎白依旧坐在那里。她对达西先生没有好感，却很乐意把这段可笑的话说给朋友听。

那一晚，班奈特一家都很尽兴。大女儿珍与宾利先生跳了两支舞，她和母亲都很高兴，伊莉莎白也为她高兴；玛莉听见人们在宾利小姐面前夸赞她，说她是这一带最有才华的女孩；凯萨琳和莉蒂亚运气最好，每一支舞都不曾错过，这也是她们唯一关心的事。

母女们兴高采烈地回到她们住的朗伯恩村，发现班奈特先生还没有睡觉。他迫不及待地想知道舞会的经过情形，他原希望她们败兴而归，但马上就发现事实完全相反。

“噢！亲爱的，”他的妻子一走进房间就说道，“我们今晚太开心了，真希望你也在场，看看珍有多么受欢迎！每个人都说她漂亮，尤其是宾利先生，他还请她跳了两支舞！你想想看，全场那么多小姐，就只有她与他跳了两次。当珍走下舞池的时候，他马上打听她的名字，请人替他介绍，然后邀她跳一支舞。他的第三支舞是跟金小姐跳的，第四支跟玛丽亚·卢卡斯跳，第五支又跟珍跳，第六支是跟莉兹跳，还有……”

“要是他能体谅我一下，”丈夫不耐烦地叫道，“他就不会跳这么多支了！天哪，别提他的舞伴了！但愿他跳第一支舞就扭到脚！”

“噢！亲爱的，”班奈特太太接着说，“我很欣赏他，也很喜欢他的姐妹。我从没看过那么会打扮的人，我敢说，赫斯特太太衣服的花边……”

她的话又被打断了。班奈特先生不想听到关于衣服的话题，于是她聊起了达西先生那不可一世的态度，她的措辞尖酸刻薄，又带有几分夸张。

“反正，”她补充道，“他看不上莉兹，这对她来说反而是件好事。没有必要讨好这种惹人厌的家伙，他的高傲、自大真叫人作呕！竟然还大言不惭地说，没有人有资格作他的舞伴。要是你在场的话，就可以好好教训他一顿了。总之，我讨厌那个人。”

第四章

珍一向不在外人面前说出心事，只有当她和伊莉莎白在一起的时候，才会向妹妹倾诉衷曲，说自己有多么爱慕他。

“他是个好青年，”她说，“我从未见过那么博学、优雅，又有礼貌的人！”

“长得也很英俊，”伊莉莎白回答，“算得上是一个十全十美的人。”

“他第二次请我跳舞时，我真的高兴死了。想不到他这么欣赏我。”

“是吗？我一点都不意外。你比现场的每一位小姐都要漂亮好几倍，除非是瞎子，不然谁都看得出来。话说回来，他的确和蔼可亲，我不反对你爱上他，只是，你以前也爱过很多笨蛋！”

“亲爱的莉兹！”

“唔！我知道，你很容易就爱上别人，你的眼里只看得见别人的优点，而看不见缺点。对你来说，世界上只有好人，我从来没听你说过别人的坏话。”

“我不喜欢随便批评别人，但我会把我想说的说出来。”

“我知道，这也正是我纳闷的地方。像你这样的聪明人，为什么竟然看不出别人的虚伪和愚蠢？那么，你觉得他的姐妹如何？她们的风度可不如他呀！”

“表面上是这样。不过跟她们说过话后，才觉得她们也都是些可爱的小姐。听说宾利小姐会一起搬过来，替她的兄弟料理家务，她一定会是个好邻居的。”

伊莉莎白听着姐姐的话，心中不是滋味。她的观察力比姐姐更为敏锐，脾气也没有姐姐那么好。她想起宾利姐妹在舞会上的行为举止，就没什么好感。

事实上，她们都是些好人。只是因为外貌出众、受过贵族式的教育、拥有两万镑的财产、朋友也都是上流人士，在态度上难免有些高傲。她们出生于英格兰北部的一个名门家族，对于自己的家世十分熟悉，却忘了她们的财产都是经商获得的。

宾利先生从父亲那里继承了一笔将近十万镑的财产。他的父亲生前曾打算购置一些地产，宾利先生也继承了这项遗志。他原本计划直接在故乡置产，但自从他拥有了一幢很好的房子，以及一间庄园之后，那些认识他的人都在猜想，他或许会在尼德菲尔德庄园度过下半生，把事业留给下一代去烦恼了。反而是他的姐妹比较着急，都希望他早点购置地产。虽然他现在只不过租下了这座庄园，宾利小姐还是很乐意替他管理家务；还有那位嫁给穷光蛋的赫斯特太太，每次到弟弟家中做客，就像回到了自己家里一样。

宾利先生成年还不到两年，有人向他推荐尼德菲尔德庄园，他便前来参观。看了不到半小时，他觉得相当满意，当场就决定租下来。

他的性格与达西先生截然不同，友谊却始终如一。达西喜欢宾利，因为宾利为人温柔敦厚、坦白直爽，尽管个性与自己完全相反——不过他也从不认为自己有什么不完美的。达西很器重宾利，宾利也很信赖他，对他的见解推崇备至。在智力上，达西胜过他——并不是说宾利笨，而是达西聪明得多，他兼有傲慢、含蓄和爱挑剔的特质，虽然受过良好的教育，但他的风度总是不受欢迎，在这一点上，他的朋友就远远胜过他了。无论宾利走到哪儿，都是讨人喜欢的，而达西却始终得罪人。

从他们聊到梅利顿舞会的态度，就足以看出两人性格的不同。宾利说，他这辈子从没遇过这么亲切的居民，也没遇过这么可爱的女士，在他看来，这里的每个人都很和蔼、大方，他一下子就和所有人建立了友谊。关于班奈特小姐，他则说，自己无法想象世上会有比她更美丽的天使。至于达西，他总觉得自己见到的那些人既不美，又谈不上风度，没有一个人使他感兴趣，也没有一个人想讨好他，博取他的欢心。他承认珍很漂亮，可惜笑得太频繁。赫斯特太太与姐妹也同意他的看法，可是她们仍然羡慕她、喜欢她，说她是个好女孩，并乐意与她结交。她们的兄弟听到这番赞美后，也觉得今后可以毫无顾忌地去想她了。

第五章

距离朗伯恩不远处，住着威廉·卢卡斯爵士一家，班奈特家与他们交情深厚。爵士在梅利顿经商起家，曾在担任市长的任内，从国王处获颁爵士头衔，这个身份使他倍感荣幸，从此他挥别了生意与小镇，举家迁到那幢距离梅利顿约一英里路的房子里，在那里过着自得其乐的日子，以贵族自居，并全心全意地从事社交活动。尽管他对自己的地位十分得意，却未因此目空一切，反而周到地与所有人应酬。他向来不喜欢得罪人，总是和蔼可亲、殷勤体贴，在得到国王召见以后，又更加风度翩翩。卢卡斯太太是个善良的女人，也是班奈特太太一位宝贵的邻居；他们有好几个孩子，大女儿是个懂事的年轻小姐，年纪约二十六七岁，是伊莉莎白的挚友。由于卢卡斯家的几位小姐想与班奈特家的小姐见面，聊聊这次舞会上的事，于是她们在隔天上午来到朗伯恩。

“昨晚全靠你完美的开场，夏绿蒂，”班奈特太太气定神闲地说道，“你成了宾利先生的第一个选择。”

“是呀，但他喜欢的是第二个选择。”

“哦，你是说珍吧？因为他跟她跳了两次。看起来，他真的爱上她了呢……我确信他是真的……我听到了一些传闻……可是我还搞不清楚……我听说了一些有关罗宾森先生的事。”

“你指的是我偷听到他和罗宾森先生的谈话吧？我不是说了吗？罗宾森先生问他喜不喜欢梅利顿的舞会，问他是否觉得几个在场的女客人很漂亮，问他认为哪一个最美。他立刻回答了最后一个问题：‘毫无疑问，是班奈特家的大小姐。’这一点绝对是毋庸置疑的。”

“当然！说起来，那的确成了定论啦……看上去的确是……不过，也许还有变数呢！你知道的。”

“我偷听到的话比你有意思多了，伊莉莎，”夏绿蒂说，“达西先生的话没有他朋友的话中听，是吗？可怜的伊莉莎！他只觉得‘她还过得去’！”

“拜托你，别让莉兹又回想起他那无礼的举动。他是那么惹人厌的家伙，被他看上了才叫倒霉呢！朗太太告诉我说，昨晚他有半个小时都坐在她身边，可是始终没有开口。”

“你说的是真的吗？妈妈……真的吗？”珍说，“我清楚地看到达西先生跟她说过话。”

“嘿……那是后来她问他喜不喜欢尼德菲尔德庄园，他才不得已敷衍了她几句。可是她说他似乎非常生气，仿佛怪她不该跟他搭话似的。”

“宾利小姐告诉我，”珍说，“他不喜欢说话，除非是跟朋友们；他对朋友非常亲切。”

“我才不相信，要是他真的很亲切，就该跟朗太太说几句话。他是个傲慢的家伙，可想而知，他之所以不跟朗太太说话，或许是因为听说她连一辆马车也没有吧！”

“这倒没什么，”卢卡斯小姐说，“我只怪他当时不跟伊莉莎跳舞。”

“莉兹，假如我是你，”她母亲说，“我偏偏不跟他跳舞。”

“妈妈，我敢向你保证，我也绝不会跟他跳舞的。”

“他虽然骄傲，”卢卡斯小姐说，“但不像其他骄傲的人那样令我生气，因为他的骄傲是情有可原的。这么优秀的年轻人，家世好，又富有，难免会自以为是；我认为，他有骄傲的权利。”

“的确是，”伊莉莎白答道，“要是他不冒犯我的骄傲，我也愿意原谅他的骄傲。”

“我认为骄傲是所有人的通病，”玛莉饶有兴味地说道，她觉得自己的见解高人一等，“根据我读过的许多书，我相信那的确是很普遍的一种通病，人性特别容易趋向这方面，因为谁都不免因为自己具备的某种特质而自命不凡。虚荣与骄傲是截然不同的两件事，尽管我们常把它们混为一谈；一个人可以骄傲而不虚荣，骄傲是我们对自己的评价，虚荣却涉及我们希望别人对我们的评价。”

“要是我也像达西先生一样有钱，真不知道我会骄傲到什么地步呢！我要养一群猎狗，还要每天喝一瓶酒。”卢卡斯家的一个儿子（他与姐姐一起来的）忽然说道。

“那你就喝得太多啦！要是被我看见，我会马上把酒瓶抢过来。”班奈特太太说。

那孩子抗议说，她不应该那么做，但她也坚持自己的作法；于是，一场辩论直到客人告别时才结束。

第六章

不久后，朗伯恩的小姐们去拜访尼德菲尔德庄园的小姐们，对方也按照习惯回访。班奈特小姐那讨喜的举止，使得赫斯特太太和宾利小姐也越来越喜欢她；虽然班奈特太太令人难以忍受，几个妹妹也很无趣，可是两位宾利小姐却很愿意结交年纪最大的两位班奈特小姐。珍欣然接受了这份好意，但伊莉莎白看出她们态度仍然高傲，因此不喜欢她们；再说，她们之所以对珍好，似乎只是因为她们的兄弟爱慕她罢了。伊莉莎白也很清楚地看出珍一开始就爱上宾利先生了，尽管珍的感情丰富，但性格也很稳重，因此在表面上仍然不动声色，把自己的心意隐藏起来，免得被那些鲁莽的人察觉。关于这一点，伊莉莎白也曾跟好友卢卡斯小姐聊过。

“这或许也蛮有意思的，”夏绿蒂回答道，“不过，这样提心吊胆有时反而无济于事。要是一个女人在心爱的人面前遮遮掩掩，不让他知道自己爱慕他，那就很有可能错过了博得欢心的机会。男女之间的恋爱必须仰赖对彼此的感激和虚荣，顺其自然是很难有好结果的。人与人之间发生好感，这是稀松平常的事，但在得不到回报的情形下仍然死心塌地的人，实在太少了。女人总是心里爱一分，却表现出两分；毫无疑问，宾利喜欢你姐姐，但要是不帮她一把，或许也就停留在喜欢的程度罢了。”

“可是，她已经拼命在暗示他了。要是连我都能看得出她的心意，而他却看不出，那也未免太愚蠢了！”

“伊莉莎，你得记住，他可不像你那么了解珍的个性。”

“要是一个女人爱上一个男人，只要女方不故意瞒着男方，男方一定看得出来的。”

“要是两人的见面机会很多，或许他就看得出。但宾利和珍从来没有连续相处好几个小时，何况他们见面的时候，总是有许多不相干的人在场，妨碍了他们畅谈。因此，珍必须随时留意，一看到引诱他的机会，就千万别错过。等到把他抓进手掌心之后，再来慢慢谈恋爱也不迟。”

“真是一个好办法，”伊莉莎白回答，“要是我决定找个有钱丈夫，或是干脆随便找个男人，也许就会照你说的去做。可惜珍不是这样想的，她从不玩弄阴谋诡计，而且，她也还不确定自己到底对他钟情到什么地步，这么做是否得体。她认识他还不到两个礼拜，只在梅利顿跟他跳了两支舞，只在一个上午拜访过他家，之后又跟他吃过四次晚饭，而且总是有旁人在场。就这么一点往来，又怎么能了解他的性格呢？”

“并非如此。要是她只跟他吃吃晚饭，那或许就只看得出他的食量如何；可是你得记住，他们一起吃过四次晚饭，也就代表相处了四个晚上呀……四个晚上的作用可大了！”

“是的，他们在这四个晚上摸透了彼此的一种性格，那就是他们都喜欢玩二十一点，不喜欢玩‘康梅司’；至于别的，我看他们还了解得不多。”

“唔，”夏绿蒂说，“我衷心祝珍成功。我认为即使她明天就跟他结婚，她能得到的幸福，比起她再花一年时间研究他的性格后才结婚的幸福，并不会少到哪里去。婚姻是否幸福，完全是个概率问题；一对爱人在婚前就摸透彼此的性格，或是性格非常相同，并不保证他们一定就会幸福，反而会让彼此的距离越来越远，徒增烦恼。你既然得和这个人共度一生，最好少了解他的缺点。”

“你真爱说笑，夏绿蒂。不过我相信，你自己就绝不会那么做。”

伊莉莎白一心想着宾利对她姐姐的殷勤，丝毫没想到她自己早已成了宾利的朋友的意中人。达西先生起初并不认为她有多漂亮，他在舞会上望着她的时候，并没有带着任何爱慕之意；第二次见面的时候，也只是用吹毛求疵的眼光看她。不过，尽管他在朋友们面前、在自己心里，都说她的面貌一无可取，可是一眨眼的工夫，他就发觉她那双乌黑的眼睛美丽非凡，使她的脸蛋显得极其聪慧。紧接着，他又带着挑剔的眼光，对她的身材品头论足；可是他终究不得不承认她体态轻盈，惹人喜爱。虽然他一口咬定她缺乏上流社会的气质，但她落落大方的幽默作风却又深深吸引他。伊莉莎白对此一无所知，她只觉得达西是个惹人嫌的男人，而且不愿意与她共舞。

达西开始希望与她深交，为了与她搭上话，当她在跟别人说话的时候，他格外仔细地聆听。在威廉·卢卡斯爵士的一次宴会上，他的做法当场引起了她的注意。

“达西先生是什么意思呢？”伊莉莎白对夏绿蒂说，“我跟福斯特上校谈话，他干吗在旁边听？”

“这个问题只有达西先生自己能够回答。”

“要是他再这样，我一定要让他明白我并不傻，虽然他挖苦人的本领相当高明，但我也不是好惹的。”

没过多久，达西又走到她身边来了，卢卡斯小姐怂恿伊莉莎白向他问个明白。于是，伊莉莎白立刻转过脸对他说：

“达西先生，我刚才和福斯特上校说笑话，要他为我们在梅利顿开一次舞会，你认为怎么样？”

“的确有趣，不过这件事对小姐们来说本来就是有趣的。”

“你未免对我们太苛刻了吧？”

“她被反将一军了。”卢卡斯小姐说，“我去打开琴。伊莉莎，接下来你知道该怎么做了。”

“竟然有你这种朋友！……老爱我当众出丑！……要是我爱出风头，倒是很感激你。可是宾客们都是听惯一流演出的，我实在没脸在他们面前献丑。”

然而，卢卡斯小姐仍再三要求，她只好说：“好吧，既然你坚持，那我就献丑吧！”她又板着脸瞥了达西一眼，说道：“有句话叫作‘留口气吹凉稀饭’，我也留口气唱歌吧！”

她的表演虽说不上美妙绝伦，却也娓娓动听。唱了一两首歌以后，大家又请她继续唱下去。伊莉莎白还来不及回答，她的妹妹玛莉就迫不及待地接替她坐到钢琴前面去了。原来，在她们几姐妹之间，就只有玛莉长得不好看，因此她努力钻研学问、练习才艺，并找机会卖弄自己的专长。

玛莉既没有天分，也没有品味；虽然虚荣心促使她刻苦用功，却同时造成了她一脸的书呆子气和自大的态度，因此，即使涵养再好也无济于事。至于伊莉莎白，虽然琴弹得不如她好，但那毫不做作的风格却令大家听了更为悦耳。玛莉的几位妹妹本来和卢卡斯家的小姐们待在房间一角，与几个军官跳舞，当玛莉奏完一首很长的协奏曲之后，她们又要求她再弹几支苏格兰和爱尔兰小调，她高兴地照做了。达西站在一旁，看到她们就这样消磨一个晚上，也不与别人交谈，不禁有些生气。一旁的卢卡斯爵士不知道他的心事，对他说：

“达西先生，跳舞对年轻人来说是多么可爱的一种娱乐！我认为这是上流社会里最出色的才艺。”

“当然了，先生，尤其是跳舞在下等社会里也很盛行，哪个野蛮人不会跳舞啊！”

爵士笑了笑，没有回答。他看见宾利也在跳舞，又对达西说：“你的朋友跳得很不错，我相信你也相当拿手吧？达西先生。”

“你想必在梅利顿看过我跳舞，先生。”

“是的，而且看得非常高兴。你常在宫廷跳舞吗？”

“从来没去过，先生。”

“即使在宫廷里也不愿意赏脸吗？”

“无论在哪里，我都不愿意赏这种脸，能避开就避开。”

“你在城里一定有住宅吧？”

达西先生耸了耸肩膀。

“我曾经想在城里安家，因为我喜欢上流社会。不过我可不敢说伦敦的空气是否适合卢卡斯太太。”

他停顿了一会儿，希望对方回答，但没得到任何回应。不久之后，伊莉莎白朝他们走来，他灵机一动，想趁机献一下殷勤，便对她叫道：

“亲爱的伊莉莎小姐，你怎么不跳舞呢？……达西先生，让我把这位年轻的小姐介绍给你。这是一位最理想的舞伴，有了这样一个美人当舞伴，你总不会不跳了吧？”他抓住伊莉莎白的手，拉到达西面前。达西虽然惊讶，但也不打算拒绝那只玉手，没想到伊莉莎白立刻把手缩了回去，神色慌张地对爵士说：

“先生，我一点也不想跳舞，你可别以为我是跑来这里找舞伴的。”

达西先生非常礼貌地请她跳一支舞，可是他的期望落空了，一旦伊莉莎白下定了决心，就绝不动摇，任凭威廉爵士怎么劝也没用。

“伊莉莎小姐，你跳得那么好，却不肯让我一饱眼福，这实在说不过去吧？再说，虽然这位先生平常并不喜欢这种娱乐，但要他赏我们半个小时的脸，我相信他也不会摇头的。”

“达西先生也太客气了。”伊莉莎白笑着说。

“是啊。可是，亲爱的小姐，他都这样求你了，你总不会拒绝吧？谁不会想要像你这样的舞伴呢？”

伊莉莎白笑盈盈地瞥了达西一眼，转身走开了。她的拒绝并没有使达西难过，达西正开心地想着她，宾利小姐走了过来。

“我猜你现在正在幻想些什么。”

“你一定猜不中。”

“你肯定在想，好几晚都是跟这些人一起在无聊中度过的，实在叫人难受！我也颇有同感，我从来不曾这样烦闷过！既枯燥又吵闹，无聊到了极点，这群人又个个自以为了不起！我真想听你抱怨他们几句。”

“老实说，你完全猜错了。我心里想的东西美妙得多了，我正在想，一个漂亮女人的眼睛竟能带来这么大的快乐。”

宾利小姐立刻看着他的脸，要他说出究竟是哪位小姐有这种魅力，竟使他这么着迷。达西先生鼓起勇气，回答道：

“伊莉莎白·班奈特小姐。”

“伊莉莎白·班奈特小姐？”宾利小姐重复了一遍，“真令我讶异。你看上她多久啦？请你告诉我，我什么时候可以向你祝贺呢？”

“我就知道你会这么问。女人的思考真是敏捷，一下就从爱慕跳到爱情，又从爱情跳到结婚。我就知道你准备来向我祝贺了。”

“唔，看你这么严肃的样子，这件事似乎八九不离十了。你一定会得到一位有趣的岳母大人，而且，当然了，她会永远跟你住在彭伯里。”

她越说越得意，但他却心不在焉。当她看到他那镇定自若的神情，又更加放心地滔滔不绝了。

第七章

班奈特先生的全部财产几乎都系于一项产业上，每年可以从中获得两千镑的收入。说起这项产业，真是他女儿们的不幸；由于他没有儿子，产业得由一个远亲来继承，至于她们母亲的私人财产，本来也算得上一笔大数目，却远不足以弥补他的损失。班奈特太太的父亲曾在梅利顿当过律师，给了她四千英镑的遗产；她有个妹妹，嫁给了父亲的书记菲利普，这个妹夫继承了她父亲的事业；她还有个兄弟，住在伦敦，生意经营得很不错。朗伯恩村与梅利顿相隔仅一英里，这对于几位年轻小姐们来说再方便不过；她们每礼拜都会去那里三四次，看看她们的姨母，还可以顺便逛逛那里的一家帽子店。两个最小的妹妹凯萨琳和莉蒂亚特别偏好这些事，她们的心事比姐姐们要少，当她们无事可做时，就会到梅利顿去一趟，度过美好的时光，并找些晚上闲聊的话题。尽管村里通常没什么新闻可以打听，她们还是千方百计地从姨母那里探听到一些。近来，有一团民兵经过附近一带，这让她们多了一个消息来源，她们感到兴高采烈。这一团士兵将会在这里驻扎一整个冬天，因为司令部就位于梅利顿。

从此，她们每次拜访菲利普太太都会获得有趣的消息，每天都会打听到几个军官的名字和他们的社会关系。不久后，大家都知道了军官们的住处，于是直接上门拜访；菲利普先生一一拜访了那些军官，这为她的侄女们打开了一扇通往幸福的大门。她们的话题总是离不开那些军官。过去，只要提到宾利的庞大财产，她们的母亲就会眉飞色舞，如今，跟军官们的制服相比之下，她们觉得那笔庞大的财产仿佛变得微不足道了。

一天早晨，班奈特先生听到她们滔滔不绝地谈论这个话题，不禁冷冷地说道：

"看你们讲话的表情，我觉得你们真是些愚蠢到不行的女孩，以前我还有些怀疑，现在完全相信了。"

凯萨琳没有回答，却隐隐感到不安。莉蒂亚没有把父亲的话放在心上，仍然不断地聊着，说她有多么爱慕卡特上尉，还希望当天能够见到他，因为他明天早上就要去伦敦了。

"我真搞不懂，亲爱的，"班奈特太太对丈夫说，"你老是喜欢说自己的孩子愚蠢。但对我来说，我宁可瞧不起别人的孩子，也绝不会瞧不起自己的孩子。"

"要是我自己的孩子真的愚蠢，我绝不会自欺欺人。"

"你说得对，但事实上，她们都很聪明。"

"我们的看法总算出现分歧了。我还希望你跟我在所有事情上都能看法一致，可是提到我们的两个小女儿，她们的确非常愚蠢。关于这一点，到目前为止，我不得不抱着与你完全相反的见解。"

"亲爱的，你不能指望她们都跟父母一样聪明呀！等她们到了我们这个年纪时，也许就会跟我们一样，不会再去幻想什么军官了。我年轻时也曾经崇拜那些军人……当然，我现在也仍然崇拜他们呢！要是有一位英俊的年轻上校，每年能赚五六千镑，随便向我的哪一个女儿求婚，我绝不会拒绝他的。有一次，我在威廉爵士家里看见福斯特上校，他穿着全副军装，的确非常迷人！"

"妈妈，"莉蒂亚嚷道，"姨妈说，福斯特上校跟卡特上尉到华生小姐家的次数，不像刚来的时候那么频繁了。最近她常看到他们在克拉克图书馆等人。”

班奈特太太正要回答，一个僮仆走进来，将一封信交给了珍，那是从尼德菲尔德庄园送来的。班奈特太太高兴得两眼发亮，当珍在读信的时候，她着急地叫道：“嘿！珍，谁寄来的？信上写了什么？喂，珍，赶快告诉我吧！快点呀，宝贝！”

“是宾利小姐写来的。”珍说道，一面把信读出来：

> 亲爱的朋友，要是你不肯赏脸，在今天光临舍下与路易莎和我一同吃饭，我和她就要结下不解之仇了，两个女人整天待在一起，没有不吵架的。收到信后请尽快前来，我哥哥和他的几位朋友们都要到军官们那里去吃饭。
>
> 你永远的朋友凯洛琳·宾利

“到军官们那里去吃饭！”莉蒂亚叫道，“姨妈怎么没告诉我们这件事呢？”

“到别人家去吃饭，”班奈特太太说，“那是不吉利的。”

“我可以坐马车去吗？”珍说。

“不行，亲爱的，你最好骑马去。天空好像快下雨了，下雨你就可以在那里过夜了。”

“真是个好办法，”伊莉莎白说，“只要你保证他们不会把她送回来。”

“噢！宾利先生的马车要送他的朋友去梅利顿，赫斯特夫妇又没有马。”

“我还是想坐马车去。”

“可是，亲爱的，我敢说你父亲腾不出拉车的马来。农庄里需要用马，对吧？亲爱的。”

“农庄里常需要用马，不过真正交到我手里的并不多。”

“可是，如果今天交到了你的手里，那就正合妈妈的意。”伊莉莎白说。

父亲不得不承认，那匹拉车的马已有了别的用途，于是，珍只好骑着另一匹马去。母亲送她到门口，开心地说了许多希望天气变坏的话。珍果真如愿了，她离开后不久，就下起倾盆大雨。妹妹们都替她担忧，只有母亲反而高兴。大雨下了一整个傍晚，珍当然无法回来了。

“多亏我想出了这个好办法！”班奈特太太不停地重复道，仿佛这场雨是她一手造成的。不过，她的妙计究竟产生了多大的效果，要到隔天早上才知道。早饭还没吃完，尼德菲尔德庄园就派人送来一封信给伊莉莎白：

> 亲爱的莉兹，今晨我觉得很不舒服，我想可能是因为昨天淋了些雨的关系。承蒙这里的好朋友关心，要我身体好一点之后再回家。他们请了琼斯医生来为我看病，因此，要是你们听说他来过这里，可别太惊讶，我只是有点喉咙痛和头痛，并没什么大不了的。
>
> 姐

伊莉莎白读信的时候，班奈特先生对妻子说：“唔，亲爱的，万一你的女儿得了重病，万一她一病不起，倒也值得安慰呀！因为她是奉了你的命令去追求宾利先生的。”

“噢！哪有小感冒就会没命的道理？他们会把她照顾得妥妥帖帖的。只要她待在那里，保证万无一失。假如有马车的话，我真想去看看她。”

伊莉莎白最为着急，她决定亲自去一趟，无论有没有马车。她不会骑马，只好步行。她把自己的打算说了出来。

“你这个笨蛋！路上这么泥泞，等你走到那里，那副模样要怎么见人！”母亲叫道。

“我只要见到珍就好。”

“莉兹，”她的父亲说，“你是希望我替你找几匹马来拉车吗？”

“当然不。这一点距离算什么？才三英里罢了，我还可以赶回来吃晚饭。”

“我很佩服你的一片手足之情，”玛莉说道，“但千万不能意气用事，你必须理智一点，而且，我觉得努力也必须适可而止。”

“我们陪你到梅利顿。”凯萨琳和莉蒂亚齐声说道。伊莉莎白也表示同意，于是，三位年轻的小姐一起出发了。

“要是我们走得更快一点，”莉蒂亚边走边说道，“或许来得及赶在卡特上尉出发以前见到他。”

三姐妹在梅利顿分手。两位妹妹去了一位军官夫人的家中，留下伊莉莎白继续往前走。她匆忙地踏过一片片田野，跨过一道道栅栏，又跳过一个个水洼，终于看见了那幢屋子。她这时早已筋疲力尽，袜子上沾满泥污，脸庞也累得通红。

她被领进了餐厅，看见他们一家人都在那里，只有珍不在。她一走进门，立刻引起所有人的惊奇，赫斯特太太和宾利小姐无法想象，她竟然在一大早独自穿越三英里的泥泞赶到这里来。伊莉莎白以为她们会鄙视她的举动，但她们却很客气地接待了她，尤其是她们的兄弟，更是殷勤有礼。达西的话不多，赫斯特先生更是一言不发。达西的心理正处于矛盾中：一方面，他迷恋她那娇艳的脸色，另一方面，又纳闷她何必因为一点小事大老远赶来。至于赫斯特先生，他一心只想吃早饭。

她问起姐姐的病情，但没有得到满意的回答。据说珍彻夜难眠，现在虽然已经起床，却还在发烧，无法离开房间。他们把伊莉莎白领到姐姐那里。珍看到她来，十分高兴，但没有太多的力气说话；因此，当她们姐妹俩独处的时候，她只提到她们对她很好，她非常感激之类的话。伊莉莎白静静地陪伴着她。吃过早饭之后，宾利姐妹也来陪她们，伊莉莎白看到她们对珍那么亲切，也不禁对她们产生了好感。

医生诊疗过后，判断她得了重感冒（可想而知），他提醒她们多留意，又劝珍上床去睡觉，并且为她开了几帖药。大家都照医生说的去办。由于病人的高烧又恶化了，头也痛得很厉害，伊莉莎白片刻也没有离开她的房间，另外两位小姐也陪伴在旁。男人都不在家里——虽然他们也帮不了什么忙。

下午三点，伊莉莎白觉得该走了，于是向主人告别。宾利小姐要她坐车回去，她正打算接受这番好意，没想到珍舍不得她走，于是宾利小姐只好改变主意，请她在尼德菲尔德庄园小住一段时间。伊莉莎白感激地答应了，她们派人到朗伯恩去，把她要在这里暂住的事情通知家里，并要家里送一些她的衣服过来。

第八章

五点钟，宾利姐妹出去更衣。六点半，伊莉莎白被请去吃晚饭。大家都非常有礼，纷纷问起珍的病情，尤以宾利先生最为关切，这让伊莉莎白非常愉快。可惜，珍的病情一点也没有好转，因此她说不出令人满意的回答。宾利姐妹听了，便说起她们有多么担心，以及重感冒有多么可怕，又说她们多么讨厌生病……说完之后就再也不提了。伊莉莎白发现她们对珍的关心只是表面的，本来对她们的那股厌恶感又重新滋长起来。的确，在她们一家人之中，只有她们的兄弟使她满意，也只有他是真心为珍担忧，更别提他对伊莉莎白的殷勤了。伊莉莎白原以为这家人会把她当成一个不速之客，但在他的殷勤之下，她不再这么想了。除了他以外，别人都不太理睬她。宾利小姐的心全在达西身上，赫斯特太太也差不多；至于坐在伊莉莎白身旁的赫斯特先生，他天生懒惰，只想吃喝玩乐，他一听说伊莉莎白宁可吃一碟普通的小菜也不吃烩肉，便不再与她交谈了。

吃完晚饭后，伊莉莎白回到珍的房间。当她一走出餐厅，宾利小姐就开始抱怨她，说她既傲慢又无礼，不懂得如何谈吐，仪表不佳，又不幽默，长得更是丑陋。赫斯特太太也这么想，而且还补充了几句：

“总之，她除了走路的本领以外，没有别的长处！我永远忘不了她今天早上的模样，简直像个疯子！”

“她的确像个疯子，路易莎，我差点要笑出来。她实在没必要走这一趟，只不过姐姐得了点感冒，干吗小题大做地跑遍整个村庄？还把头发弄得那么蓬乱、那么邋遢！”

“是呀，还有她的衬裙……可惜你没看到她的衬裙，那上面足足糊了六英寸的泥巴，她把外面的裙子压低了些，想掩饰一下，可是完全遮不住。”

“你形容得很贴切，路易莎，”宾利说，“可是我并不这么觉得。我倒觉得伊莉莎白·班奈特小姐今天早上走进屋来的时候相当优雅呢！我并没有注意到她肮脏的衬裙。”

“你一定看到了，达西先生，”宾利小姐说，“我想，你一定不希望看到自己的姐妹变得那么狼狈吧？”

“当然不。”

“无缘无故赶了三英里路、五英里路，谁知道几英里呢？整个脚上都是泥巴，而且孤单一人！她究竟是什么意思？真是一点家教也没有，完全是个不懂礼貌的乡下人。”

“那正好说明了她们姐妹情深，真是好极了。”宾利先生说。

“达西先生，恐怕她这回的冒失行为，会影响你对她那双美丽眼睛的爱慕之情吧？”宾利小姐怪里怪气地说。

“一点也不，”达西回答，“她走了这趟路之后，那双眼睛变得更加明亮了。”

屋里沉默了一阵子，赫斯特太太又开口说道：

“我非常关心珍·班奈特，她倒是个可爱的女孩……我诚心希望她嫁个好人家。只可惜有着那样的父母，加上那些卑微的亲戚，恐怕是没什么希望了。”

“你不是说过，她有个姨丈在梅利顿当律师吗？”

“是呀，还有个舅舅住在戚普塞附近。”

“太好了。”她的妹妹补充了一句，于是姐妹俩都纵情大笑。

“即使她们有好多个舅舅，可以把整个戚普塞都塞满，”宾利大叫道，“这也丝毫不减她们讨喜的程度。”

“可是，要是她们想嫁给有地位的男人，可就没什么机会了。”达西回答。

宾利先生没有理会他的话，但他的姐妹听了却非常得意，于是更加肆无忌惮地拿班奈特小姐地位卑微的亲戚开玩笑。

不过，当她们一离开餐厅，立刻又变回温柔体贴的样子，来到珍的房间，一直陪伴她到喝咖啡的时间。到了黄昏，伊莉莎白看见她睡着了，于是放下了心。尽管不乐意，但她觉得自己应该下楼一趟。当她走进客厅时，发现大家正在玩牌，他们也邀她加入，但是她担心赌注过大，拒绝了这个请求，还说自己放心不下姐姐，等会儿就要回到楼上去，她可以拿本书打发时间。赫斯特先生惊奇地看了她一眼。

“你宁可看书也不玩牌吗？”他说，“这真是稀奇。”

“伊莉莎·班奈特小姐看不起这种游戏，她是个了不起的读书人，对其他事都没有兴趣。”宾利小姐说道。

“这种夸奖我可承受不起，这样的责备也是。我并不是什么了不起的读书人，我对很多事都有兴趣。”伊莉莎白回答。

“我相信你更乐意照顾自己的姐姐，但愿她快点康复，那样你就会开心一点了。”宾利先生说。

伊莉莎白打从心底里感谢他，然后走到一张放了几本书的桌子前。他打算另外从书房拿一些书给她。“要是我的藏书多一点就好了，无论是为了满足你，还是为了我的面子。可惜我是个懒惰的人，藏书不多，读过的就更少了。”伊莉莎白回答说，房里那几本已经够她看了。

“真奇怪，爸爸怎么只留下这几本书？达西先生，你在彭伯里的藏书室真是太棒了！”宾利小姐说。

“那有什么稀奇？毕竟是好几代的收藏。”达西说。

“你自己又添购了不少书，我老是看见你在买书。”

“我能有今天，当然不好意思忽略了家里的藏书室。”

“忽略！我相信凡是能为你高贵的住所增色的东西，你一样也没忽略。查尔斯，只希望你以后自己打造住宅的时候，能有彭伯里的一半美丽就好了。”

“但愿如此。”

“我还要奉劝你在那一带购置房产，而且要以彭伯里为范本。全英国没有一个郡比德比郡更好了。”

“我很乐意那么做。我真想直接把彭伯里买下来，要是达西肯卖的话。”

“我是在谈做得到的事，查尔斯。”

“凯洛琳，我敢说，买下彭伯里比仿照彭伯里的风格盖房子要更容易些。”

伊莉莎白听他们对话听得出了神，没有心思看书了，索性把书放在一旁，走到牌桌前，坐在宾利和他的妹妹之间，看他们打牌。

“从春天到现在，达西小姐长高了不少吧？”宾利小姐又问达西，“她应该能长到我这么高吧？”

“我想会吧，她现在大概有伊莉莎白·班奈特小姐那么高了，恐怕还要更高一些。”

“我真想再见见她！我从来没见过那么令我喜欢的人。长得可爱，又有礼貌，小小年纪就多才多艺，她的钢琴弹得真是太好了。”

“这真令我惊讶，怎么每个年轻的女孩都那么杰出，把自己培养得多才多艺。”宾利说。

“每一个年轻的姑娘都是多才多艺！亲爱的查尔斯，这是什么意思呀？”

“是的，我认为每一个都是。她们都会装饰桌子、点缀屏风、编织钱包。我几乎没见过哪一个女孩不是样样都会，而且每次听人提起一个年轻女孩，没有哪一次不听说她是多才多艺的。”

“你说得没错，要是这些称得上是才艺的话，”达西说，“多少女人只不过会编织钱包、点缀屏风，就得到了多才多艺的美名，可是我却不能苟同你对一般女性的评价。我认识很多女人，但真正多才多艺的不超过半打。”

“我也是这么想。”宾利小姐说。

“那么，”伊莉莎白说，“对你来说，一个多才多艺的女性应该具备各种特质。”

“没错，我认为应该具备各种特质。”

“噢！当然了，”他的帮手嚷道，“要是一个女性不能超越常人，就称不上多才多艺；她必须精通音乐、歌唱、绘画、舞蹈以及流行语，才配得上这个称号；除此以外，她的仪表、步态、声调，她的谈吐和表情，都必须相当风趣，否则她也不够资格。”

“除此之外，”达西接着补充道，“还必须读过各种书籍，有真才实学。”

“难怪你只认识六个，我现在简直怀疑你连一个也不认识呢！”

“你怎么会对女人这么没信心，竟觉得她们不可能具备这些特质？”

“我从没见过这样的女人，从没见过有哪个人像你说的那么有才华、有情调，又那么好学、那么优雅。”

赫斯特太太和宾利小姐都叫了出来，她们说她不该怀疑，因为那是不公平的；她们还一致提出反证，说她们认识的许多女人都符合这些条件。直到赫斯特先生请她们专心打牌，她们才停止争论。没过多久，伊莉莎白也离开了。

门关上之后，宾利小姐说：“有些女人为了自抬身价，往往在男人面前贬低其他女人，伊莉莎白·班奈特就是这样的货色。这种手段在某些男人面前也许会有用，但我认为这是一种卑鄙的诡计。”

“的确，”达西听出这些话是说给他听的，连忙回答道，“女人们为了勾引男人，有时也会不择手段，使用诡计。这真是卑鄙！只要你的言行居心不良，都应该受到唾弃。”

宾利小姐不太满意他的回答，于是没有继续谈下去。

伊莉莎白又回来了。她是来告诉他们，她姐姐的病变得更严重了。宾利打算再去请琼斯大夫过来，但他的姐妹们却不以为然，认为应该尽快到城里请一位最有名的大夫来。伊莉莎白不赞成，但也不便辜负她们的一番好意，于是他们商量出一个结论：如果班奈特小姐明天一早仍然没有好转，就马上去请琼斯大夫。宾利先生非常不安，他的姐妹也表现得十分担忧。吃过晚饭以后，她们合奏了几支曲子，以消除一些烦闷；宾利先生想不出办法来减轻自己的焦虑，只好请他的女管家尽全力照顾病人和她的妹妹。

第九章

那一晚，伊莉莎白在姐姐的房里度过了大部分时间。隔天一早，宾利先生就派了一个女仆来问候她们，没过多久，宾利的姐妹也派了两个侍女来探病。伊莉莎白总算可以欣慰地告诉她们，病人的情况已经好转，但她仍然请他们代为送信回朗伯恩，请她的妈妈来看看珍。信立刻寄出了，信上要求的事也很快实现了，班奈特太太带着两个小女儿来到尼德菲尔德庄园，那时他们刚吃过早饭。

班奈特太太看到珍的病情并不怎么严重，感到放心许多，同时，她也不希望珍太快康复，那样的话，她就不得不离开尼德菲尔德庄园了；因此，当她的女儿提到带珍回家的事，她连听都不肯听，再说，医生也不建议珍那么快搬回去。母亲陪着珍坐了一会儿，宾利小姐便来请她吃早饭，于是她带着三个女儿一起来到餐厅。宾利亲自迎接她们，他问班奈特太太觉得女儿的病情如何。

“比我想象中的严重多了，先生，”班奈特太太回答道，“她病得太厉害了，根本不能移动。琼斯大夫也说千万不可以搬动她，我们只好多叨扰你们几天了。”

“搬动！”宾利叫道，“绝对不可以。我相信我的妹妹也绝对不会让她搬走的。”

“放心好了，太太。班奈特小姐待在这里，我们一定尽心尽力地照顾她。”宾利小姐冷淡而有礼地说道。

班奈特太太连声道谢，接着又说：“要不是有朋友们的照顾，真不知她会变成什么模样。她实在病得很重，也很痛苦，好在她善于忍耐——她一向如此，我从未见过像她那么温柔的性格。我常跟其他的女儿说，比起她来，她们简直差多了。宾利先生，你这幢房子很不错，往那条鹅卵石小径望去，景致也很美。在这个村子里，我从没见过一个地方比得上尼德菲尔德庄园，虽然你的租期不长，但我希望你别急着搬走。”

“我做事一向很随性的，一旦我决心离开尼德菲尔德庄园，可能不到五分钟就搬走了。不过，目前我打算在这里住下了。”宾利说。

“我想也是。”伊莉莎白说。

宾利转过身去，对她说道：“你总算了解我了，是吗？”

“噢，是呀——再了解不过了。”

“希望这是一句赞美。不过，太容易被人看透也不好。”

“那得视情况而定。一个深奥复杂的人，未必比你这样的人更难以捉摸。”

“莉兹！”她的母亲嚷道，“别忘了你是客人。你在家里胡闹惯了，但可别在别人家里胡闹。”

“我不知道你是个研究人性的专家，”宾利接着说道，“那想必是一门很有趣的学问。”

“没错，但最有趣的还是研究复杂的性格——这是它唯一的价值。”

“一般说来，”达西说，“可以当成研究对象的乡下人少之又少。因为在乡下，四周都是单纯且未开化的人。”

“可是人本身的变化很大，他们身上永远有新的东西值得你注意。”

“是的，一点都没错，”班奈特太太说道，她被达西提到乡下的语气激怒了，“我敢保证，乡下可供研究的题材并不比城市里少。”

大家都吃了一惊，达西看了她一会儿便悄悄离开了。班奈特太太趁着这股兴头，继续说道："我认为，伦敦除了店铺和公共场所以外，比起乡下也没有好到哪里去，乡下舒适得多了，不是吗？宾利先生。"

"我来到乡下就不想离开了，"他回答道，"住在城市里也是。乡下和城市各有好处，住在哪里都一样快乐。"

"啊，那是因为你的性格好。可是那位先生，"她说到这里，朝达西望了一眼，"就会觉得乡下一文不值。"

"妈妈，你搞错了，"伊莉莎白说道，她母亲立刻满脸通红，"你搞错达西先生的意思了，他只不过是说，乡下不像城市里有各式各样的人，这的确是事实呀！"

"当然了，亲爱的……没有人那么说。要是连这个村子都没多少人，我相信也没有比这更大的村子啦！就我所知，平常跟我们来往的就有二十四户人家呢！"

要不是顾全伊莉莎白的面子，宾利先生简直要笑出来了。他的妹妹却没有那么细心，她带着富有表情的笑容望着达西。伊莉莎白为了转移话题，于是问母亲，自从她离家以后，夏绿蒂·卢卡斯有没有来过朗伯恩。

"她昨天跟父亲一起来过。威廉爵士是个多么和蔼的人呀！可不是吗，宾利先生？那么时髦、那么优雅，又那么平易近人！他从不会怠慢任何人，这就叫作有教养。那些自以为是、不苟言笑的人，他们的观念真是大错特错！"

"夏绿蒂有留下来吃饭吗？"

"不，她坚持要回家。我猜，大概是要急着回家做肉饼。宾利先生，我总是要求我的仆人做好分内的事。我教育女儿的方式跟别人不同，我希望她们自己能判断是非。卢卡斯家的小姐都是些不错的女孩子，可惜长得不够漂亮！当然，我并没有说夏绿蒂长得有多难看，她毕竟是我们的好朋友。"

"她似乎是位可爱的姑娘。"宾利说。

"是呀，但不得不承认，她的确长得很难看，连卢卡斯太太都那么说，她还羡慕我的珍长得漂亮呢！我不喜欢自夸，可是老实说，在她十五岁那年，我兄弟加迪纳家中的一位先生就爱上了她，我的弟媳看准那位先生一定会在临走前向她求婚。不过他最后却没有提出，也许是觉得她年纪太小了吧？不过他却为珍写了好几首诗，而且写得很好。”

“这也断送了他的爱情，”伊莉莎白不耐烦地说，“我想，许多爱慕者都是这样，诗居然有断送爱情的效果，真不知是谁发明的！”

“我却认为，诗是爱情的食粮。”达西说。

“对优美、坚贞、健全的爱情来说或许是；但对于一时的迷恋来说，一首十四行诗却会把它断送掉！”

达西笑而不语，所有人也都陷入沉默。伊莉莎白很着急，生怕母亲又要出丑。她想再说些什么，却找不出话题。一阵沉默之后，班奈特太太再度向宾利道谢，感谢他对珍的照顾，并为莉兹的上门叨扰致歉。宾利诚恳而有礼地回答了，他的妹妹也不得不说了一些客套话。没过多久，班奈特太太叫人准备马车，话一说完，她最小的女儿立刻走上前来。原来，自从她们母女来到此地，两个女儿就一直在交头接耳，最后决定由最小的女儿来拜托宾利先生，请他兑现他的诺言——在尼德菲尔德庄园举办一次舞会。

莉蒂亚是个丰满的女孩，今年才十五岁。她是母亲最宠爱的心肝宝贝，很小就进入了社交界。她生性好动，又得到那些军官们的好感，于是更加肆无忌惮了。她冒失地提醒宾利先生，还说要是他不遵守诺言，那将是世上最丢脸的事了。

“我向你保证，我很乐意实现我的诺言。等到你姐姐痊愈，就由你随便定个日子，你总不想在姐姐生病的时候跳舞吧？”

“你说得对，”莉蒂亚表示满意，“等到珍痊愈以后再跳。到那个时候，卡特上尉也许又会回到梅利顿了。等你的舞会结束后，我也要他们举办一次。我一定会跟福斯特上校说，要是他不举办，那就太丢脸了！”

班奈特太太带着两个女儿走了。伊莉莎白立刻回到珍的身边，也不去管宾利小姐怎么在背地里议论她们母女。不过，尽管宾利小姐不断拿她开玩笑，达西却始终没有附和她们，跟着她们一起批评她。

第十章

这天与昨天没什么不一样。赫斯特太太和宾利小姐早上陪了病人几小时，她仍然在缓慢地恢复当中。晚上，伊莉莎白跟她们一起待在客厅里，她们这次没有打牌；达西在写信，宾利小姐坐在旁边看他写，一再唠叨地提醒他代她问候他的妹妹；赫斯特先生和宾利先生在打“皮克牌”，赫斯特太太在一旁观看。

伊莉莎白一面编织东西，一面聆听达西跟宾利小姐的对话。宾利小姐不断地恭维他，一下说他的字漂亮，一下又说他的信写得很优美，可是他只是冷淡地敷衍她几句。于是形成一段奇妙的对话。

“达西小姐收到了这封信之后，会有多么高兴！”

他没有回答。

“你写字写得这么快，真是太厉害了。”

“你错了，我写得很慢。”

“你一年要写多少封信啊？还有公事上的信，我想一定烦透了！”

“这么说来，幸好这些信遇到了我，而不是你。”

“请转告令妹，我很想和她见个面。”

“我已经按照你的意旨转告过了。”

“你的那支笔快坏了吧？让我帮你修理，修理笔是我的专长。”

“你的好意我心领了，我一向都是自己修理的。”

“你的字怎么能写得那么整齐？”

他没有回答。

“请转告令妹，说我很高兴听说她的竖琴越弹越好了。还有，我很喜欢她寄来给我装饰桌子的那张美丽小图，那比格兰特小姐那张好看多了。”

“能不能请你通融一下，让我把你的喜好延到下次再告诉她？信快写不下了。”

“噢，当然，一月我就可以见到她了。不过，你总是写那么动人的长信给她吗？达西先生。”

“我的信一般都很长，至于是否动人，就不是我说了算的了。”

“不过，要是能写出流利的长信，内容一定也不会差到哪里去。”

“凯洛琳，这句话可不适用于达西。”她的兄弟说道，“因为他的信还不够流利，他还得讲究字数押韵，对吗？达西。”

“我写信的风格和你很不一样。”

“噢！”宾利小姐叫道，“查尔斯写信时，那种潦草随便的态度，简直无法想象。他漏写一半的内容，又涂掉另一半内容。”

“我的脑筋动得太快，来不及写，因此有时信的内容反而空洞无物。”

“宾利先生，”伊莉莎白说，“你真谦虚，让想责备你的人也不好意思责备了。”

“谦虚往往伴随着信口开河，”达西说，“或是拐弯抹角的自夸。”

“那么，我刚刚的话究竟是信口开河呢，还是拐弯抹角的自夸？”

“应该是后者。因为你对于自己写作上的缺点沾沾自喜，你觉得自己思维敏捷，懒得去注意写法，而且就算这一点也没什么了不起的。你也不在乎写出来的语句是否完美。你今天早上跟班奈特太太说，如果你决定从尼德菲尔德庄园搬走，五分钟之内就可以离开，这种话也无非是在自夸。再说，欲速则不达，这有什么值得赞美的呢？”

"够了，"宾利先生说道，"现在是晚上，就别再提起早上的事了。老实说，我相信我对自己的评价是正确的，至少我不是为了炫耀，才故意表现得那么迅速的。"

"也许你是这么想，但我不相信你做事有那么果断。例如说，当你跨上马背正要离开，忽然有朋友对你说：'宾利，你还是再待一个礼拜吧！'那你也许就会听他的话，留下不走了；要是他再跟你说句话，也许你又会待上一个月。"

"你这句话说明了宾利先生并不是一个莽撞的人，这反而变成一种恭维了。"伊莉莎白说。

"我真高兴，"宾利说，"经你这么一解释，他的话立刻变成一种赞美了。不过，恐怕你的解释方式并不合乎那位先生的本意，因为，要是真的遇到这种情况，我会爽快地拒绝那位朋友，掉头就走。这样他就会更看得起我。"

"难道达西先生会认为，无论你原先的决定多么轻率，只要下定决心坚持到底，一切就情有可原了吗？"

"这得由达西自己来回答。"

"你想把这些话当成是我的意见，我可不同意。不过，班奈特小姐，即使真的如你所说，你也别忘了一点：就算那个朋友要他留下，那也不过是那个朋友众多希望之中的一种罢了，并没有坚持要他这么做。"

"说到轻易地听从一个朋友的劝告，在你身上还找不到这个优点。"

"如果不问是非就听从的话，恐怕这就算不上是一种恭维了。"

"达西先生，你似乎低估了友谊和感情对一个人的影响力。要知道，假如一个人尊重别人的请求，不用怎么说服就会点头答应的。也许我们可以等事情发生之后，再来讨论他的做法是否恰当。不过，一般来说，朋友之间遇到一件小事情的时候，如果一方不等到对方加以说服，就听取了他的意见，你能说他有错吗？"

"姑且不论这个问题，我们可以好好研究一下，那个朋友提出的要求究竟有多重要，而他们的交情又有多好，你说呢？”

“好极了，”宾利大声说道，“你说吧，就连他们的身高也别忘了讲。班奈特小姐，你一定想不到这件事对这个问题有多么重要。老实说，要是达西先生没有那么高，我才不会那么尊敬他呢！在某些场合，他是个讨人厌的家伙；特别是在礼拜天晚上在他家里，他又无事可做的时候。”

达西微笑了一下，伊莉莎白发觉他似乎不太高兴，于是忍住没有笑。宾利小姐很是生气，她怪哥哥为什么要讨论这种无趣的问题。

“我懂你的用意，宾利，”达西说，“你不喜欢辩论，希望它结束。”

“也许是吧，辩论跟争执只有一线之隔。假如你和班奈特小姐能够等我走出房间后再来辩论，那我会非常感激的。到了那时，随便你们怎么说我都可以。”

“那也没什么。”伊莉莎白说，“达西先生，你还是继续写信吧！”

达西听从她的建议，回去把信写好。

之后，达西要求宾利小姐和伊莉莎白小姐为他演奏一点音乐。宾利小姐走向钢琴，礼貌性地请伊莉莎白先弹，但伊莉莎白回绝了，于是宾利小姐在琴前坐下。

赫斯特太太替妹妹伴唱。当她们演奏的时候，伊莉莎白翻阅琴上的几本乐谱，她发现达西一直在看她。她不认为这样的目光是出于爱慕，但也不可能是出于厌恶。最后，她只得这样解释：在所有人之中，她是达西最看不顺眼的一位。当她得出这个结论之后，并没有感到难过，因为她根本不喜欢他，也不稀罕他的垂青。

宾利小姐弹了几首意大利歌曲，又弹了一些轻快的苏格兰曲子。没过多久，达西走到伊莉莎白面前，对她说：

“班奈特小姐，你想趁这个机会跳一支苏格兰舞吗？”

伊莉莎白没有回答，只是笑了笑。他感到纳闷，于是又问了一次。

“噢，”她说，“我听到了，只是我一下子想不出该怎么回答。当然，我知道你希望我回答‘是的’，然后你就会嘲弄我的品味，好得意一番。遗憾的是，我一向喜欢戳破别人的诡计，捉弄那些瞧不起人的家伙。因此，我决定回答：我根本不喜欢跳苏格兰舞。这下子你就不敢瞧不起我了吧？”

“的确不敢。”

伊莉莎白原本想让他难堪，看见他那么体贴，反而愣了一下。由于她温柔、乖巧，达西对她深深着迷，同时，他又一本正经地想到，要不是她没有靠山，自己恐怕会陷入某种危险。

宾利小姐看到这个场景，感到嫉妒。她希望伊莉莎白赶快走，也希望她的好朋友珍赶快康复。为了挑起达西对这位客人的厌恶，她常在他的面前冷嘲热讽，说要是他与伊莉莎白结婚，那将会变得多么幸福。

“我真希望，”第二天，宾利小姐跟达西在树林中散步时说道，“等你结婚以后，你能劝劝你那位岳母，发言谨慎一些。还有那几位小姑，可以的话，你最好也把她们那种崇拜军官的毛病治好。还有一件难以启齿的事，尊夫人的脾气不太好，既自大，又不懂礼貌，你也得尽力帮她改变一下。”

“关于促进我的家庭幸福方面，你还有其他意见吗？”

“噢，当然。一定要把你姨丈人和姨丈母的画像挂在彭伯里画廊，就在你那位当法官的伯祖父遗像旁。因为他们都是同行，只是部门不同而已。至于尊夫人伊莉莎白，千万别替她画肖像，有哪个画家能把她那双美丽的眼睛画得惟妙惟肖呢？”

“那双眼睛的神韵的确不好画，可是它的形状和颜色，以及她的睫毛，也许就画得出来。”

他们正聊得起劲时，赫斯特太太和伊莉莎白忽然从另外一条路走过来。

“没想到你们也来散步了，”宾利小姐慌张地说道，她害怕自己的话被她们听见了。

“你们太没意思了，”赫斯特太太回答，“出来也不告诉我们一声。”

接着她就挽住达西的另一只手，把伊莉莎白独自晾在一旁，因为那条路只够让三个人并排着走。达西觉得她们太过分了，说道：

“这条路太窄，不能让大家一起走，我们到大路上去吧！”

伊莉莎白本来就不想跟他们待在一起，她笑盈盈地说：

“不，不，你们请便吧，你们三个人走在一起非常好看，再加上一个人就会破坏画面了。再见。”

她得意地跑开了，一面溜达，一面想着再过一两天就可以回家了。珍的病已经大为好转，当天晚上就迫不及待想走出房间了。

第十一章

吃过晚饭之后，伊莉莎白回到楼上。她陪着穿戴整齐的姐姐来到客厅，朋友们都表现得非常高兴。在男士们不在的那一个小时里，她们是那么和蔼可亲、谈笑自若。

然而，当男士们一回来，珍立刻失去了她们的注目。达西一进门，宾利小姐的目光立刻转移到他身上，要跟他说话。达西问候珍的身体，有礼地祝贺她康复；赫斯特先生也对她微微一鞠躬，毫无感情地说自己非常高兴；宾利先生则情真意切，满心欢喜，他希望珍坐到火炉的另一端，离门口远一些，以免着凉了。接着他才在她身旁坐下，专心跟她说话。伊莉莎白坐在对面的角落里编织，把这幅画面看在眼里，十分开心。

喝过茶以后，赫斯特先生请小姑把牌桌摆好，但是她看出达西不想打牌，因此拒绝了这个要求，赫斯特先生无事可做，只得躺在沙发上打瞌睡。达西拿起一本书来，宾利小姐也拿起一本书；赫斯特太太专注地把玩自己的手镯和戒指，偶尔也插嘴弟弟和班奈特小姐的对话。

宾利小姐一边看达西读书，一边读自己的书。她不时向他提出一个问题，或是看他翻到哪一页，但显然无法吸引他的注意力。他随口敷衍了几句后，又继续看自己的书。宾利小姐读得烦了，于是打了个呵欠，说道：

“真是个愉快的晚上！什么娱乐也比不上读书。将来要是我有了自己的家，我一定会准备一间书房。”

没有人理睬她，她只好又打了个呵欠，抛开书本，想从房间里找出一些有趣的事物。这时，她听见哥哥与珍说要举办一次舞会，连忙转过头来说：

“查尔斯，你真的打算在尼德菲尔德庄园办一次舞会吗？我劝你最好先征求一下在场朋友们的意见吧！我敢保证，这里有人觉得跳舞是件苦差事，而不是娱乐。”

“如果你是指达西，”她的哥哥大声说道，“他可以在舞会开始前就先去睡觉。这件事已经决定了，等到尼克斯把一切准备就绪，我就要发出邀请函。”

“如果能有些新花样，那倒还好，”宾利小姐说，“但我已经受够一般的舞会了。要是你把当天的节目改一改，用谈话来取代跳舞，那一定会更有趣。”

“也许是吧，凯洛琳。但那还叫作舞会吗？”

宾利小姐没有回答。过了一阵子，她站起身来，在房里来回踱步，还故意在达西面前搔首弄姿。可惜达西正专注于书本的内容，她又想出一个方法，转过身来对伊莉莎白说：

“伊莉莎小姐，你也一起过来走走吧！坐了那么久，走一走可以振作精神。”

伊莉莎白有些惊讶，但还是照她说的做了。达西果然放下书本，抬起头来，他和伊莉莎白都看出了她的诡计。两位小姐都请他一起来踱步，但他拒绝了。他说，她们在屋里走来走去，无非有两个目的，要是他加入了她们，将会妨碍她们的这两个目的。宾利小姐听不出他这些话的用意，她问伊莉莎白懂不懂。

“我也不懂，”伊莉莎白回答，“他一定是在刁难我们。先不要理他，让他失望一下。”

然而，宾利小姐从来不忍心让达西失望，于是再三请他解释，究竟那两个“目的”是什么。

“我非常乐意，”等她一住口，达西马上说道，“很简单，你们是好朋友，打算用这个办法来消磨时间，顺便聊聊私事；要不然，就是你们以为自己走路的姿势很优美。如果是前者，我的加入将会妨碍你们；如果是后者，那么我坐在火炉旁更能够好好地欣赏你们。”

“噢，太过分了！”宾利小姐大叫，“竟然有这么恶毒的话，亏他讲得出口，该怎么处罚他呢？”

“要是你存心处罚他，那还不容易吗？”伊莉莎白说，“你们可以彼此捉弄，彼此嘲笑。既然你们这么熟，你应该懂得如何对付他。”

“我一点也不懂。老实说，虽然我们很熟，但要捉弄这种性格冷静和头脑机灵的人，可没那么容易！不，不！我们是赢不过他的。至于嘲笑，我们更不能无凭无据地嘲笑别人，就让达西先生去自鸣得意吧！”

“原来达西先生是不能嘲笑的！”伊莉莎白叫道，“这种人可真少见，我希望这样的朋友不要太多，不然我的损失可就大了！我最喜欢开别人玩笑了。”

“宾利小姐过奖了，”他说，“要是一个人把开玩笑当成人生最重要的事，那么，就算是最聪明的人——不，最聪明的行为，也都会变得可笑了。”

“当然，”伊莉莎白答道，“的确有这种人，我希望自己不是其中之一。我希望自己不会去嘲笑聪明的行为，愚蠢和无聊、荒唐和矛盾，这些才是我嘲笑的对象。不过，就我看来，这些缺点都是你所没有的。”

“每个人都有缺点，但我一直都在避免自己沾上任何缺点。”

“例如说，虚荣与傲慢。”

“是的，虚荣的确是个缺点。可是傲慢——只要你够聪明，你就能傲慢得理直气壮。”

伊莉莎白转过头去，免得被人看见她在笑。

“你质问够了吧，我想？”宾利小姐说，“你的结论是什么？”

“我完全同意达西先生是个十全十美的人，他自己也大方承认了这一点。”

“不，”达西说，“我可没说过这种做作的话，我有很多缺点，但这些缺点与头脑无关；至于我的性格，我认为我在待人处事上太过姑息，别人的过失我应该尽快忘掉，却偏偏忘不掉；至于我的脾气，也不是说改就改的，我的脾气令人厌恶，一旦我对某个人没有好感，就永远没有好感。”

“这的确是个大缺点！”伊莉莎白大声说道，“爱记仇的确是性格上的一个缺陷。但你对自己够严格了，我不能再嘲笑你，放心吧！”

“我相信，一个人的脾气再好，都难免会有某些缺陷，那是与生俱来的，再怎么教育也克服不了。”

“你有一种倾向——对任何人都感到厌恶。这就是你的缺陷。”

“而你的缺陷，”达西笑着答道，“就是故意误解别人。”

“让我们听听音乐吧！路易莎。”宾利小姐厌倦了这场对话，大叫道，“不介意我吵醒赫斯特先生吧？”

她的姐姐毫不介意，于是她打开了琴盖。达西想了一下，认为这样也好，他发现自己与伊莉莎白似乎太亲近了些。

第十二章

在与姐姐商量过后，伊莉莎白隔天早上写了信给母亲，请她派马车来接她们回家。但班奈特太太打算让两个女儿在尼德菲尔德庄园住到下礼拜二，不想这么早接她们回家。她的回信令她们不太满意——至少伊莉莎白不太满意，因为她急着回家。班奈特太太在信上说道，家中必须到礼拜二才腾得出马车；她又补充说，假如宾利一家要留她们多住几天，她很乐意让她们继续住下去。然而，伊莉莎白坚持要回家，她不指望主人慰留她们，反而怕人家觉得她们赖着不走。最后，她们决定当天上午就离开，并由珍开口向宾利借马车。

主人表达了关切之意，还再三慰留她们，希望她们多待一天。珍被她们说服了，于是姐妹俩又耽搁一天，这让宾利小姐后悔不已，因为她对伊莉莎白又嫉妒又讨厌。

临走前，宾利先生再次慰留她们，他说珍还没有完全康复，现在走还太早。但珍仍然再三坚持，她认为必须这么做。

对达西来说，这却是个好消息。他认为伊莉莎白在庄园里待得够久了。他没想到自己竟会被她迷得如此神魂颠倒，尤其宾利小姐又爱拿他们两人开玩笑。他灵机一动，决定暂时不表露出爱慕之情，以免自己成了她爱情的俘虏。于是，礼拜六一整天，他几乎没有跟她说上十句话；尽管当天他曾有一次跟她独处了半小时，但他专心地看书，瞧也没瞧她一眼。

礼拜日，做过晨祷以后，班奈特两姐妹向主人一家告辞。宾利小姐对伊莉莎白又变得有礼貌了，对珍也更亲热了。离别的时候，她先是告诉珍，说她非常希望有机会在朗伯恩或是尼德菲尔德庄园里再见到她；接着又亲切地拥抱了她，甚至还跟伊莉莎白握手。伊莉莎白高兴地告别了大家。

回家之后，母亲的态度并不怎么热情。班奈特太太对她们提早回家感到讶异，并埋怨她们为家里带来麻烦，反而是她们的父亲，看到女儿回家后，尽管表面上并不开心，内心却很高兴。因为这两个女儿对这一家太重要了，当他们晚上聚在一起聊天的时候，要是少了珍和伊莉莎白，会让场面失色不少。

她们发现玛莉就像以前一样，正在埋头钻研和声学以及心理学，她给她们看了自己新做的笔记，又发表一些对道德的见解。凯萨琳和莉蒂亚也说了一些传闻，据说，民兵团自上礼拜三以来出了不少事，几名军官最近跟她们的姨丈吃过饭，一个士兵挨了鞭刑，而福斯特上校快结婚了。

第十三章

第二天，吃过早饭后，班奈特先生对妻子说："亲爱的，希望你今天好好准备午餐，因为可能有客人要来。"

"你指的是谁，亲爱的？如果是夏绿蒂·卢卡斯的话，我觉得平常招待她的饭菜已经够好了，我不相信她在家里能吃得这么好。"

"这位客人是名男士，又是位生客。"

"一名男士！一位生客！"班奈特太太的眼睛一亮，"那一定是宾利先生，没错。哦！你竟然瞒着我，太狡猾了！……嘿！宾利先生要来了，太令我高兴了。可是……老天！真不巧，今天没有买到鱼。我要马上吩咐希尔去买。"

"不是宾利先生，"她的丈夫连忙说，"说到这位客人，我从来没见过他。"

全家都大吃一惊，他的妻子和女儿都迫切地追问他，使他颇为得意。

捉弄她们一阵子之后，他开始说道：

"大约一个月前，我收到一封信，并在两周以前回了信。因为那是件伤脑筋的事情，必须尽早处理。信是我的表侄柯林斯先生寄来的，我死了以后，这位表侄有权利随时把你们赶出这间屋子。”

“噢，天啊！”他的妻子叫道，“我一听你提起这件事就受不了。请你别提那个讨厌的家伙了，你不让自己的孩子继承产业，却让外人来继承，这情何以堪啊！如果是我，一定早就想出办法来解决了。”

珍和伊莉莎白设法向她解释继承权的问题，但她们总是无法与她沟通，因为她一味破口大骂，说自己的家产不能让亲生女儿继承，却白白送给一个毫无往来的家伙，这实在太没道理了。

“这的确不公平，”班奈特先生说，“要是柯林斯先生继承了朗伯恩的产业，他一定会有报应的；不过，要是你读过他的信，一定会感到心软，因为这番自白写得还不错。”

“不，我绝不会心软。他这种行为既失礼，又虚伪，我恨这种虚伪的人。他怎么不学他的父亲那样跟你大吵大闹呢？”

“哦，的确，他似乎也顾虑到了这一点。先让我把信念给你们听吧！”

亲爱的老前辈：

过去您与先父有些心结，这件事令我感到不安。自从他过世以来，我常常希望能弥补这个裂痕。由于担心这么做有违死者的意愿，使得我一直犹豫至今……

“注意听呀！亲爱的。”

……不过，目前我已下定决心，因为我在复活节时接受了圣职。承蒙刘易斯·德·包尔公爵的遗孀凯萨琳·德·包尔夫人宠爱，提拔我担任该教区的牧师，今后将能随侍夫人左右，并奉行英国教会的一切规章，不胜荣幸。我认为自己有责任尽一己之力，使家家户户得以敦睦亲谊，促进友好，因此我相信这番好意一定会得到您的重视。至于有关我继承朗伯恩的财产一事，您大可不必放在心上，并请接受我献上的这一截橄榄枝。我对于侵犯了令爱的利益深感抱歉，但请您放心，我愿意提供她们一切可能的补偿，此事以后再商量。要是您不反对我登门拜访，我将于十一月十八日礼拜一的四点上门叨扰，或许能一直待到下礼拜六。这对于我毫无不便，因为凯萨琳夫人绝不会反对我在礼拜日离开教堂一下，将会有另一名教士代为主持礼拜。谨向尊夫人及令爱致敬。

您的朋友威廉·柯林斯

十月十五日写于肯特郡汉斯福德

“所以说，四点的时候，这位好先生就要来了，”班奈特先生一面把信折好，一面说道，“他想必是个善良、有礼貌的年轻人，我相信他一定会成为一个值得敬重的朋友。只要凯萨琳夫人能够通融，让他有机会再过来，那就更好了。”

“他提到女儿们的那几句话，说得还不错。如果他真的打算补偿，我也不反对。”

“他说要补偿我们，虽然还不清楚他的用意，但是这番好意已经很难得了。”珍说。

伊莉莎白听到他对凯萨琳夫人的尊敬，以及他对教区居民的好心，不禁感到吃惊。

“我认为，他一定是个怪人，”她说，“我真不懂，他的话似乎有些夸张，他说因为继承了我们的财产而感到抱歉，这是什么意思呢？即使这项权利可以放弃，他也不一定愿意放弃。他是个聪明人吗，爸爸？”

“不，亲爱的，我想他不是。我认为完全相反，从他那既谦卑又自大的口气中就看得出来。我还真想见见他。”

“就文章来说，似乎没有什么毛病。橄榄枝这个词虽然有些老套，但应用得很恰当。”玛莉说。

对琪蒂和莉蒂亚来说，无论是那封信，还是写信的人，都没有任何意义，反正她们觉得这位表兄绝不会穿着军服上门。这几个礼拜以来，她们对任何穿着其他制服的人都提不起兴趣；至于她们的母亲，原先的怨气已经被这封信驱散了不少，她显得心平气和，这让她的丈夫和女儿们都大为诧异。

柯林斯先生准时上门了。班奈特一家都非常客气地招待他，班奈特先生几乎没有说话，但他的妻子和女儿都好好跟他交谈一下。柯林斯先生的话不多，但也有问必答，他是个二十五岁的年轻人，身材高大，略胖，他的态度庄重、有礼。才刚坐下来，他就开始恭维班奈特太太，说她养育了这么多好女孩，并夸赞小姐们的美貌。她们对他的这些赞美不感兴趣，尤其是班奈特太太，她干脆地说道：

“我相信你是个好心的人，先生。我希望你能兑现你的诺言，否则她们就不妙了，这件事实在太没道理了。”

“您大概是指继承权的问题吧？”

“唉，一点也没错。你必须承认，这对于我可怜的女儿们真是件不幸的事。我并不怪你，因为这就是命运。”

“太太，我很清楚，这件事委屈了表妹们。关于这个问题，我有各种想法，却不敢贸然行动。不过我能向小姐们保证，我来到这里，就是为了要向她们表示善意。目前我不打算多说，或许等将来我们更熟悉彼此的时候……”

主人来请他吃午饭了，他不得不中断自己的话。小姐们彼此相视而笑。柯林斯先生不仅仰慕她们，还把客厅、餐厅，以及屋里所有的家具，都赞美了一遍。班奈特太太十分得意，但一想到这些财产有一天会变成他的，又觉得非常难受。那一餐饭也得到了他的赞美，他问这些菜是哪位表妹做的，班奈特太太不客气地骂了他一顿，说家里还雇得起一个厨师，才轮不到女儿们亲自下厨呢！他向女主人请求原谅，并不停地道歉长达十五分钟之久，尽管她已经原谅了他。

第十四章

吃饭时，班奈特先生几乎一句话也没说。等到仆人们离开之后，他终于可以好好跟这位客人聊聊了。他猜想，要是先提到那位凯萨琳夫人，这位贵客一定会笑逐颜开的。果然，柯林斯先生滔滔不绝地开始赞美那位夫人，他带着严肃而自负的神情说，他这辈子从未看过像凯萨琳夫人那样高贵、亲切的人，她曾请他到罗幸斯吃过两次饭，上周六晚上还请他到家里去打过牌；虽然许多人都认为凯萨琳夫人太过骄傲，他却认为她很亲切；她跟他说话的时候，总是把他当成一个有地位的人来看待；她不反对他和邻居们来往，也不反对他偶尔离开教区一两个礼拜；她还关心他的终身大事，劝他早点结婚；她曾到他的家中拜访过一次，对于房屋的装潢赞不绝口，并亲自指示，要他在楼上的壁橱增添几个架子。

“的确很适当，也很礼貌，”班奈特太太说，“她一定是个和善的女人，可惜一般贵妇们都比不上她。她住得离你很近吗，先生？”

“我的花园与她住的罗幸斯花园只隔着一条巷子。”

“你说她是个寡妇，是吗？她还有亲人吗？”

“她只有一个女儿——也就是罗幸斯的继承人，将来可以得到一笔极大的遗产。”

“哎呀！”班奈特太太叫了出来，一边摇了摇头，“那她比许多女孩都幸运多了！她是怎样的一位小姐？长得漂亮吗？”

“她真是个非常可爱的女孩。凯萨琳夫人也说，她的女儿比世上所有的女性都要漂亮。她相貌出众，一看就知道她出身高贵，她本来多才多艺，只可惜身体欠佳，没有继续进修。这是她的女教师告诉我的，那位教师现在还跟她们母女住在一起。她的确十分可爱，时常坐着马车光临寒舍。”

“她觐见过国王吗？在进过宫的女士当中，我似乎没听说过她的名字。”

“很遗憾，她身体柔弱，无法进城。我曾经跟凯萨琳夫人说，这实在是英国王宫的一大损失！她对我的话相当满意，你们知道，无论何时，我都乐意说几句巧妙的恭维话取悦她们。我还跟凯萨琳夫人说过，她美丽的千金是位天生的公爵夫人，将来不管嫁给哪一位公爵，都会使对方增色不少。这些话让她听得心花怒放，我总觉得我还可以更加努力。”

“你有一副好口才，”班奈特先生说，“既然你这么善于吹捧别人，这对于你也有不少好处。我是否可以请问一下，这些讨好人的奉承话，是你临时想出的呢，还是早就想好的？”

“大部分都是灵光一现，不过我有时也会预先想好一些恭维话，一有机会就拿出来说，说的时候要装得像是真情流露似的。”

果然不出班奈特先生所料，这位表侄的确是个荒谬的人。他觉得十分有趣，不过表面上却竭力保持镇静，只是偶尔向伊莉莎白看一眼，不希望别人分享他的这份愉快。

这一场对话直到喝茶时才结束。班奈特先生高兴地把客人领到会客室里，喝完茶之后，他又请他朗诵一些东西给他的妻子和女儿听。柯林斯先生一口答应，并从她们手中接过一本书。当他一看到那本书，便吓得后退一步，连忙解释自己从来不读小说，请求她们原谅。琪蒂瞪了他一眼，莉蒂亚也大叫起来，她们又另外拿来几本书，他仔细考虑以后，选了一本弗迪斯的《讲道集》，莉蒂亚不禁目瞪口呆。等到他一本正经地读完三页无聊的内容时，莉蒂亚赶紧打断了他：

“你知道吗，妈妈？菲利普姨丈打算把理查德解雇了。要是他真的被解雇了，福斯特上校一定很乐意雇用他。这是姨丈礼拜六亲自告诉我的。我打算明天再到梅利顿去打听这件事，顺便问他们，丹尼先生什么时候从城里回来。”

两个姐姐都要莉蒂亚住口，柯林斯生气地放下书本，说道：

“我总是看到年轻的小姐们对经典不感兴趣，但这些书是对她们有益的。老实说，我十分讶异，因为圣哲的教诲是对她们最有益的东西，但我也不想勉强我年轻的表妹。”

于是，他转过身来，要班奈特先生陪他玩双陆棋。班奈特先生答应了他，并且说这样比较好，还是让女人家去搞自己的小玩意儿吧。班奈特太太带着女儿们向他道歉，请他原谅莉蒂亚的失礼，又请他继续朗读。柯林斯先生请她们不要放在心上，之后就跟班奈特先生到另一张桌子上玩双陆棋。

第十五章

柯林斯先生并不是个通情达理的人。他虽然受过教育，也经历过社会，但先天的缺陷却几乎没有得到补救。他的大半生是在他那视钱如命的文盲父亲教导下度过的。他也进过大学，但只读了几个学期，没有结交一个益友。他的家教十分严格，造就了他谦卑的个性；不过由于他的愚蠢，加上生活的安逸，渐渐变得自大，在继承了庞大遗产后，又更加自命不凡了。当时，汉斯福德教区有个牧师空缺，他得到凯萨琳·德·包尔夫人的提拔，递补了空缺。一方面，他在这位尊贵的女教徒面前低声下气，一方面又自豪于自己的牧师身份，于是，他的个性中兼有骄傲与谦卑的双重性格。

他现在已经有一幢好房子，以及一笔可观的收入，想要结婚了。他之所以要和朗伯恩的这家人重修旧好，是想在他们家里找个太太。要是这几位小姐果真如传闻所说那么可爱，他一定要挑一个，这就是他所谓的补偿，好让他将来继承她们父亲的遗产时能够心安理得。他认为这个方法太棒了，既可面面俱道，又显示出他的慷慨豪爽。

当他一看到珍那张可爱的脸蛋，便拿定了主意，并更加确定了他那老掉牙的观念，认为应该先娶最大的那位小姐。不过，第二天早上他又改变了心意，因为他和班奈特夫人亲密地聊了十五分钟，先是聊到他那栋牧师公馆，后来又不知不觉地说出了自己的心愿，也就是要在她的女儿之中挑选一位太太。班奈特太太赞成他的想法，不过当他说自己挑中了珍，她就不得不提出意见了。

“如果是我的几个小女儿就算了……当然也不会那么轻易答应……至于我的大女儿，我觉得我有责任提醒你一下，她可能很快就要订婚了。”

柯林斯先生只得放弃珍，改选伊莉莎白。她无论是年龄、美貌，都只比珍差了一点，理所当然是第二选择。

班奈特太太喜出望外，她相信很快就可以嫁掉两个女儿了。昨天她连提都不愿意提到的这个人，现在却深受她的青睐。

莉蒂亚想要去梅利顿走走，她的姐妹们都愿意跟她同行，除了玛莉；班奈特先生为了让耳根清净，叫柯林斯先生也跟着她们一起去。原来，柯林斯先生在早饭之后，就一直赖在他的书房不走，表面上是想欣赏他收藏的那本书，实际上却滔滔不绝地畅谈他在汉斯福德的房子，让班奈特先生心烦意乱。书房对他来说是个躲避外头喧嚣的地方，他曾对伊莉莎白说过，他愿意在任何一间房里接见那些蠢蛋和自大的家伙，但书房就另当别论。于是，他恭敬地请柯林斯陪陪他的女儿们，柯林斯本来就不是一个爱读书的人，于是欣然合上书本走了。

他一路上喋喋不休，表妹们只是随意地附和他。抵达了梅利顿之后，几位年纪小的小姐就再也不理会他了，她们张大眼睛望着街头，搜索任何军官的身影；除此之外，就只有橱窗里的漂亮帽子，或者是最新款的布料，才能吸引她们的目光。

没过多久，她们的眼光都集中到一位年轻人身上。那是一个气派的陌生人，正跟一名军官在路边散步，那位军官就是丹尼先生，莉蒂亚正想打听他从伦敦回来了没。当她们擦身而过时，那位年轻人鞠了一躬。大家都对这名陌生人的风度着迷不已，却不知道他是谁，为了打听，琪蒂和莉蒂亚借口要买点东西，便走到对街去了。凑巧的是，当她们刚走到人行道上，那两位男士也转过身来，走到了那里。

丹尼立刻向她们打招呼，并向她们介绍自己的朋友韦克翰先生。他说韦克翰是昨天跟他一起从城里回来的，他已经被任命为他们团里的军官。这实在是件好事，因为当韦克翰穿上军装时，简直就是一个完美的人。他的长相举止讨人喜欢，谈吐又十分动人。当他们谈兴正浓的时候，忽然听到一阵马蹄声，只见达西和宾利骑着马从街上过来。

这两位绅士从人群中看见这几位小姐，连忙来到她们面前，寒暄了一番。宾利最先开口，他大部分的话都是对珍说的，他说自己正想赶去朗伯恩拜访她，达西也证实了他的话，并鞠了一躬。当他正打算把目光从伊莉莎白身上移开时，突然看见了那个年轻人，两个人都吓了一跳；这让伊莉莎白很是惊奇。过了一会儿，韦克翰先生按了按帽子，达西先生也勉强地回了礼。他们的奇怪举动引人遐想，却又不便探听。又过了一会儿，宾利与他的朋友若无其事地离开了。

丹尼先生和韦克翰先生陪着几位小姐来到菲利普家门前，莉蒂亚小姐硬要他们一起进去，连菲利普太太也打开窗户邀请他们，但两人却鞠了个躬告辞而去。

菲利普太太喜欢看到侄女们，尤其是最年长的两位，由于近来不常见面，因此她们特别受欢迎。她恳切地说，她对她俩的来访感到惊奇，要不是碰巧在街上遇到琼斯医生的跟班，还不知道她们已经回家了呢！闲谈中，珍向她介绍柯林斯先生，她客气地对他表示欢迎，他也加倍客气地回礼，并对自己冒昧地来访致歉，但由于他与几位小姐有着亲戚关系，因此他的上门也不足为奇。这种过分的礼貌使菲利普太太受宠若惊，当她正仔细打量这一位客人时，这对姐妹又向她打听那一个陌生人的事情。不过，她知道的也不多——那位先生是丹尼先生从伦敦带来的，他将在某郡担任一个中尉；当他刚来到此地，她曾盯着他足足一个钟头。对琪蒂和莉蒂亚来说，街上那些军官与韦克翰先生相形之下，顿时成了一些平庸之辈了。由于明天将会有几位军官到菲利普家吃饭，姨妈对小姐们说，假如她们一家人明天能从朗伯恩赶来，那么她就要叫丈夫去邀请韦克翰先生。大家都赞成这个提议。

菲利普太太又说，明天将会准备一场热闹有趣的宾果游戏，玩过后再吃一顿大餐。一想到明天的这一场狂欢，大家都兴奋不已。当他们离开时，柯林斯又再三向女主人道谢，她也礼貌地请他不必客气。

回家的路上，伊莉莎白把刚才看见的两位先生之间的举动告诉珍。要是这两人之间有什么怨仇的话，珍一定会为某一方辩护；不巧的是，她对于他们之间的事一样毫无头绪。

回家之后，柯林斯大力称赞菲利普太太的好客，班奈特太太听了也很满意。他说，除了凯萨琳夫人母女之外，他这辈子从未见过那么优雅的女人，她不仅礼数周到，还邀请他明天一起去吃晚饭。虽然这件事多少归功于他和小姐们的亲戚关系，但如此殷勤好客的人，他还是头一次遇到呢！

第十六章

小姐们与姨妈的约会并没有遭到反对。虽然柯林斯觉得把两位长辈扔在家里有些过意不去，但他们请他不必放在心上，于是他也和五个表妹坐着马车去了梅利顿。她们一走进客厅，就听说韦克翰先生已经答应赴会了，觉得非常高兴。

她们坐了下来，柯林斯先生悠闲地东张西望。他对房子的规模和家具感到惊羡，说自己仿佛走进了凯萨琳夫人在罗辛斯的那间小餐厅。这个恭维一开始并不怎么受欢迎，但当菲利普太太明白了罗辛斯是哪里，以及它的主人是谁，又听说凯萨琳夫人会客间里的一只壁炉架就要八百镑后，她才知道他的评语实在太抬举她了，即使把她家里比作罗辛斯的管家婆的房间，她也没有意见。

当柯林斯在叙述凯萨琳夫人和她住所的富丽堂皇时，还不时穿插几句夸耀自己宅邸的话，就这样自得其乐地一直讲到男宾们抵达为止。菲利普太太很注意他的话，越听就越崇拜他，并打算一有空就把他的话传开。几位小姐则有些不耐烦，她们不想听表兄的闲扯，又无事可做，也不能弹琴，只好照着壁炉架上几具瓷器的形状，随手画了几张小图。

男宾们终于来了。韦克翰先生一走进来，伊莉莎白就感觉到，无论是上回见到他的时候，还是这些日子的思念，她都没有看错人。这一带的军官们都是一些名声很好的绅士，参加宴会的更是他们之中的佼佼者。韦克翰先生无论在人品、相貌、风度，还是地位上，都远远胜过其他人，正如他们远远胜过她们的姨丈——他挺着大肚子，跟他们一起走进来，满口葡萄酒味。

韦克翰先生是当天最得意的男士，几乎每个女人都盯着他看；伊莉莎白则是最得意的小姐，因为韦克翰在她的身边坐了下来。他跟她搭话，虽然聊的只是些天气之类的话题，但她却感觉到，即使是平凡无奇的事，只要说话的人有技巧，还是能说得娓娓动听。

说起女人缘，一旦柯林斯遇到像韦克翰或军官们这样的对手后，顿时变得无足轻重了。他在小姐们眼里微不足道，幸亏好心的菲利普太太不时向他提问，并端来咖啡和松饼给他。

牌桌摆好以后，柯林斯便坐下来一起打牌，总算有了一个报答她的机会。

“我对这玩意儿一窍不通，”他说，“不过我很乐意学习怎么玩，以我这样的身份……”

菲利普太太感激他的好意，但不愿意听他谈论什么身份地位。

韦克翰被欢天喜地的小姐们请到另一张牌桌，坐在伊莉莎白和莉蒂亚中间。一开始不太妙，因为莉蒂亚是个健谈的女孩，几乎把他独占了；幸好她也喜欢宾果游戏，立刻就转移了注意力。韦克翰一面陪大家玩游戏，一面从容不迫地跟伊莉莎白交谈。伊莉莎白想打听他与达西先生的关系，又担心他不肯回答，便没有开口发问。令人意外的是，韦克翰竟主动聊起这个话题，满足了她的好奇心。他问起尼德菲尔德庄园与梅利顿之间的距离，她回答了之后，他又结结巴巴地问起达西先生在那里待了多久。

“大约一个月。”伊莉莎白回答，接着又趁机说道，“据我所知，他是德比郡的富豪。”

“是的，”韦克翰回答，“他的财产很可观，每年能赚一万镑。提起这件事，没有人比我更清楚，因为我从小就和他们家关系匪浅。”

伊莉莎白不禁显出惊讶的表情。

“班奈特小姐，你昨天也许看到我们对彼此的冷淡，也难怪你会惊讶。你跟达西先生很熟吗？”

“我希望不要再更熟了，”伊莉莎白恼火地说，“我和他相处了四天，认为他是个讨厌的家伙。”

“究竟是讨喜还是讨厌，我不便评论，”韦克翰说，“我认识他太久，跟他也太熟，因此很难做到绝对客观。但我得说，你对他的看法也太奇怪了。要是在其他地方就不会这么说了吧？因为这里都是你认识的人呢！”

“老实说，除了在尼德菲尔德庄园，我会在任何地方说一样的话。哈福德郡没人喜欢他那傲慢的态度。你绝不会听到有人说他一句好话。”

“我必须这么说，”停了一会儿，韦克翰说道，“不管是他，还是别人，都不该受到过分的赞扬。不过我相信，也不会有人过分赞扬他，他的财富蒙蔽了大家的眼睛，他那傲慢的态度又吓坏了大家，使得人们只能顺着他的意思。”

“虽然我跟他不熟，但我认为他是个脾气很差的人。”

韦克翰听了这句话，摇了摇头。轮到他说话的时候，他接着说道：

“不知道他打算在这个村子里住多久。”

“我也不知道。但我在尼德菲尔德庄园的时候，从没听说过他要离开。既然你已准备在附近任职，但愿你不要为了他的存在而改变原先的计划。”

“噢，不！我才不会被达西先生吓得落荒而逃呢！要是他不想看到我，那要走的也是他。我们的关系糟透了，我一见到他就难受，但又没有理由躲避他，只能让大家知道他有多么对不起我，他的态度又是多么使我痛心。班奈特小姐，他的父亲是世上最善良的人，也是我此生最好的朋友；每当我与达西先生在一起的时候，就忍不住感到悲痛。他对我的态度实在太恶劣了，虽然我愿意原谅他，但仍然不能容忍他有辱先人的名声。”

伊莉莎白对这件事越来越感兴趣，非常专心地聆听着。但由于这件事很奇怪，她不便进一步追问。

韦克翰先生又随便聊了一些事。他聊到梅利顿，聊到左邻右舍和社交界的传闻，他对于任何事都有兴趣，尤其是社交方面的问题。

“我之所以喜爱这个郡，是因为这里的社交界都是些高尚而热情的人士。而且，这支部队的名声很好，广受爱戴，我的朋友丹尼又拼命说服我，他说他们住的营房是多么好，梅利顿的居民对他们多么殷勤，他们在梅利顿又结交了多少朋友。我是个失意的人，忍受不了寂寞，因此离不开工作和社交。我本来打算当个牧师，不打算从军，但由于环境所逼，也不得不如此了；要是我们刚刚提到的那位先生肯帮忙，说不定我现在也有一份可观的牧师薪俸呢！”

“是吗？”

“当然了！老达西先生在遗嘱上说明，一旦有了牧师职缺，就要让给我。他是我的教父，非常疼爱我，希望让我过得衣食无缺。他以为一切万无一失，没想到，当牧师职有了空缺的时候，却被别人抢走了。”

“天哪！”伊莉莎白叫道，“怎么有这种事？怎么能不按照遗嘱做呢？你怎么不提出申诉？”

“遗嘱上关于遗产的部分，讲得不清不楚，因此我不一定能提出申诉。照理说，没有人会去怀疑先人的意愿，但达西先生偏要这么做；他认为遗嘱上所说的是有条件的，他指责我浪费和荒唐，据此取消了我的一切权利。总之，他把我批评得一无是处。那个牧师职缺在两年前空出来了，那一年是我的年龄刚好符合资格的时候，可是职缺却给了另一个人。我实在无法理解自己做错了什么，顶多就是我个性急躁、心直口快，偶尔会批评他罢了。他也就因此怀恨在心。”

“真是难以置信！应该把这件事公开，好好羞辱他一番。”

“迟早会有人这么做，但我绝不会去为难他，除非我忘了他父亲的恩惠，否则我绝不会揭发他，跟他为敌。”

伊莉莎白十分敬佩他的人格，而且觉得他比刚才更加耀眼了。

“可是他的目的为何？为什么要这样陷害人呢？”过了一会儿，她又说道。

“他希望与我结怨。我认为这种心态是出自嫉妒，想必是因为他的父亲太疼爱我，才使得他从小就感到气愤。他气量狭小，不能容忍我的存在，更不能容忍我比他优秀。”

“没想到达西先生竟然这么坏！虽然我从没喜欢过他，但也不憎恶他；我只以为他自大狂妄，没想到他竟然这么卑鄙！这么恶毒、不讲理！”

她想了一会儿，又接着说：“我还记得，有一次他在庄园里得意地说道，他一旦与人结仇，就永远无法化解。他天生就爱记仇，他的性格也令人厌恶。”

“关于这点，”韦克翰回答，“我的话未必是对的，因为我难免对他有偏见。”

伊莉莎白又深思了一会儿，大声说道：“你是他父亲的教子、朋友，也是他父亲器重的人，他怎么能这样对你！”她原本想说“光是你的长相就那么讨人喜爱”，但最后还是说出，“况且你从小跟他一起长大，关系密切。”

“我们是在同一个教区、同一个庄园里成长的。我们的少年时期有一部分是共同度过的，住同一幢房子、一起玩耍、被同一个父亲宠爱。我父亲的行业跟你的姨丈一样，可是他治家有方，让老达西先生受惠匪浅；因此我父亲临终时，他主动提出要负担我的一切生活费用。我想，他一方面是为了报答我父亲，一方面是因为疼爱我。”

“多么奇怪！多么可恶！”伊莉莎白叫道，“我真不懂，这位达西先生既然那么骄傲，就应该不屑于这样阴险的……没错，就是阴险！”

“的确奇怪，”韦克翰回答，“追根究底，他的一切行为都是出自傲慢，傲慢是他最好的朋友。照理说，既然他傲慢，道德标准就应该比别人更高，但一个人难免会有自相矛盾之处，他对待我时，总是意气用事甚于傲慢。”

“这种可恶的傲慢，对他有什么好处？”

“当然了，这使他慷慨豪爽，不吝于将钱花在穷人身上；之所以这样，是为了不辱家世以及父亲在彭伯里的声望。还有，身为哥哥的骄傲，使他成了妹妹最体贴的保护人，所以你会听到大家都称赞他是位好哥哥。”

“达西小姐是个什么样的人？”

“我很想说她可爱，”韦克翰摇了摇头，“我不忍心说达西家族的坏话；可是她的确太像她哥哥了——非常傲慢。她小时候很亲切、讨喜，我常常陪她玩耍；可是现在却不想理她了。她是个漂亮的女孩，大约十五六岁，据我所知，她也极有才华。她在父亲去世后一直住在伦敦，有位太太陪着她，教她读书。”

他们又聊了一些别的话题。之后，伊莉莎白又忍不住拉回原本的话题。

“我很纳闷，他竟然跟宾利先生这么要好。宾利先生是那么善良和蔼，怎么会跟这样的人交朋友呢？你认识宾利先生吗？”

“我不认识。”

“他的确是个和蔼可亲的好人。他根本不明白达西先生是怎样的人。”

“也许吧，不过达西先生自然有讨好人的一套方法。只要他认为一个人值得攀谈，他也会表现得能言善道。他在同样地位的人面前，与在那些比他低阶的人面前，完全是两种人。他傲慢，但跟有钱人在一起的时候，就变得宽容、诚实、是非分明，甚至温柔和善，这一切全部取决于对方的身份地位。”

另一桌的牌局结束了，玩牌的人都围过来。柯林斯站在伊莉莎白和菲利普太太之间，他输得一塌糊涂。菲利普太太对他表示惋惜，但他严肃地回答说，这些损失微不足道，因为他根本不在乎金钱。

“我懂的，夫人，”他说，“一旦坐上牌桌，就全看运气了。我并不在乎区区五个先令，当然对别人来说就不一定了；这也是托凯萨琳·德·包尔夫人的福，让我不必为这些小钱心痛。”

这句话引起了韦克翰的注意。他看了柯林斯几眼，便低声问伊莉莎白，她的这位亲戚是不是跟德·包尔家很熟。

“凯萨琳·德·包尔夫人最近给了他一份牧师职缺。我真不懂她怎么会赏识柯林斯先生这种人，不过他们想必认识还不久。”伊莉莎白回答。

“你一定知道，凯萨琳·德·包尔夫人和安妮·达西夫人是姐妹吧！凯萨琳夫人正是那位达西先生的姨母呢！”

“不知道，一点也不知道。我对凯萨琳夫人的亲戚一无所知，两天前我才听说她这个人的。”

“她的女儿德·包尔小姐将来会继承一笔很大的遗产，大家都相信她将会跟她的表哥结婚。”

伊莉莎白忍不住笑出来，她想起了可怜的宾利小姐。要是达西已经有了心上人，那么，宾利小姐的殷勤就只是枉然了，她对达西妹妹的关怀以及对达西的赞美，也都是白费力气。

“柯林斯先生也未免太崇拜那位夫人了，我猜，他被她的恩惠迷住了心窍，她也许只是个既狂妄又自大的女人。”伊莉莎白说道。

“两者都是，”韦克翰回答，“我很多少年没见过她了，但我一向讨厌她，因为她蛮横又无礼。大家都说她十分能干，但那只是因为她有钱有势、盛气凌人，又有一个了不起的姨侄的关系。只有那些上流社会的人高攀得上他。”

伊莉莎白同意他说的话。他们两人聊得十分投机，一直到吃晚餐的时候，其他的小姐才有机会得到韦克翰先生的注意。现场十分吵闹，几乎无法交谈；但光凭他的翩翩风度，就足以博得所有人的欢心了。他的言语风趣，举止优雅。

回家的路上，伊莉莎白脑中只有韦克翰先生一人，她回想着他说过的话，但是莉蒂亚和柯林斯先生一路上说个不停，使得她完全没有提到他名字的机会。莉蒂亚聊到宾果游戏，谈到她的输赢；柯林斯先生聊着菲利普夫妇的殷勤款待，说自己对输掉的钱毫不在意，又把晚餐的菜色一道道背出来。直到马车停在朗伯恩的宅邸门口时，他的话还没有说完。

第十七章

第二天，伊莉莎白把韦克翰跟她说的话全告诉了珍。珍感到十分惊奇，她难以相信达西是如此不值得宾利结交的人，更不觉得韦克翰这样的美男子会说谎。一想到韦克翰可能真的受了这些委屈，她不禁起了怜惜之心；她只好认为两位先生都是好人，并将双方的一切行为解释为意外和误会。

“我认为，”她说，“他们都受了蒙蔽，也许是某个人从中挑拨是非。简单来说，除非我们有确实的证据可以责怪任何一方，否则我们无权去猜想他们失和的原因。”

“你说得没错，亲爱的珍，那么，你打算如何解释他们的行为呢？你总得想出个理由，否则我们很难不把它归咎于某一个人。”

“随便你怎么说，反正我就是这么想的。亲爱的莉兹，你想想，达西先生的父亲生前那么疼爱这个人，还答应要养育他，但达西先生却这么对待他，这太过分了，绝不可能有这种事。只要一个人还有点基本的良知与自尊，就不会做出这样的事。难道他有办法骗过自己最好的朋友吗？噢！不会的。”

“我还是觉得宾利先生被骗了，我不认为韦克翰先生说谎，他把所有人名、细节都说得一清二楚，要是事实并非如此，那就让达西先生自己来反驳吧！你只要看看韦克翰那副神情，就知道他没有说谎。”

“这的确很奇怪……也很令人难受，我不知道该如何看待它。”

“对我来说，事情已经够明白了。”

珍只知道一件事，就是假如宾利先生真的被骗了，一旦真相大白，他肯定会痛心不已。

两位小姐在树林里谈得正起劲，家中忽然派人来叫她们回去，有客人上门了——恰好是她们谈到的那些人。原来，尼德菲尔德庄园下周二要举行舞会，宾利先生与姐妹们专程前来邀请她们。宾利姐妹都非常高兴，一再问起珍近来的情形，对于班奈特家的其他人则视若无睹。她们尽可能躲开班奈特太太的纠缠，也不怎么跟伊莉莎白说话，对其他人更是瞧都不瞧了。过了一阵子，她们就起身告辞了。

尼德菲尔德庄园即将举办舞会，这件事让班奈特一家的女人都开心极了。班奈特太太认为这场舞会是为了讨好她的大女儿才办的，加上宾利先生亲自登门邀请，又让她更高兴了。珍则一心想着，到时能与两位朋友促膝谈心，又能受到宾利先生的殷勤接待；伊莉莎白得意地想象着与韦克翰共舞的场面，又能从达西先生的神情举止中察觉出事情的真相。至于凯萨琳和莉蒂亚，她们想的不只有一个人，虽然她们也想跟韦克翰跳舞，可是舞会上能够与她们跳舞的人绝不只有他一个；甚至连玛莉也说，她对于这次舞会也并非全然不感兴趣。

“我认为，”玛莉说，“只要能善用早上的时间就够了。偶尔参加晚会并不是什么牺牲，每个人都应该有社交生活，消遣和娱乐是不可或缺的。”

由于突如其来的狂喜，伊莉莎白本来不喜欢跟柯林斯说话，现在也忍不住问他要不要参加这场舞会。令她意外的是，柯林斯毫不犹豫地答应了，丝毫不担心受到大主教或凯萨琳·德·包尔夫人的责备。

“老实说，”他说，“这么棒的舞会，主人又是个优秀的年轻人，宾客也是些高尚的人，有何不可呢？我不但不介意跳舞，还希望每位表妹都能赏脸。伊莉莎白小姐，我在此请你陪我跳一开始的两支舞，我相信珍一定能原谅我的失礼吧？毕竟我是有正当理由的。”

伊莉莎白觉得自己上当了。她本来打算与韦克翰跳最初的几支舞，如今却冒出了一个柯林斯！她从来没有这么扫兴过，事到如今，也没办法了，她与韦克翰先生的幸福只能稍等一下了。她和颜悦色地答应了柯林斯的请求，一想到他的殷勤别有用心，就不太甘愿。她已猜出他从几个姐妹当中挑中了自己，想让她当汉斯福德牧师家的夫人，以及罗辛斯那位夫人的牌友。她的猜测立刻得到证实，因为他对她越来越殷勤，还时常恭维她。虽然这足以显示出她的魅力，但她一点也不高兴，反而觉得错愕。不久后，她的母亲又说，她很赞成他们结婚；伊莉莎白置若罔闻，毕竟，柯林斯又还没向她求婚，她何必为了他与母亲争吵呢？

自从尼德菲尔德庄园邀请班奈特家的小姐参加舞会之后，一连下了好几天的雨。几个小女儿没有再去梅利顿拜访姨母、访问军官和打听消息，只能偶尔聊聊舞会的事，或是做些准备，以打发时间，连舞鞋上的玫瑰花都是托人去买的。伊莉莎白也讨厌这种天气，它使她与韦克翰的关系无法进一步发展。想到下礼拜二就是舞会了，这才使得琪蒂和莉蒂亚顺利熬过礼拜五、礼拜六、礼拜日和礼拜一。

第十八章

伊莉莎白走进尼德菲尔德庄园的会客室，在一群身穿军服的人之中寻找韦克翰的影子，但一直没有发现，她开始怀疑他不会来了。尽管她也曾担心过去的事会影响他出席的意愿，但她仍然信心满满；她比平常更仔细地打扮了一番，兴高采烈地准备征服他的那颗心。但很快地，她产生了一种可怕的怀疑：难道宾利邀请军官们的时候，为了讨好达西，故意没有邀请韦克翰吗？

他缺席的原因马上就由他的朋友丹尼先生揭晓了——在莉蒂亚迫不及待的追问下，丹尼于是说道，韦克翰昨天有事进城了，还没有回来。他带着意味深长的微笑补充了几句："我想，要不是为了回避这里的某位先生，他绝不会就这么凑巧，偏偏在这时候有事。"

莉蒂亚没有听到这些话，但伊莉莎白却听得一清二楚。她因此断定：尽管她猜得不完全正确，但韦克翰之所以缺席，确实是达西害的。她感到扫兴，更加深了对达西的反感，当达西走过来向她问好的时候，她几乎忍受不住自己的怒气。她决定不跟他说话，怏怏不乐地掉头就走，因为憎恨他对达西的盲目偏爱，甚至对宾利说话也不大客气。

伊莉莎白不是个爱生气的人，尽管她感到扫兴，但不愉快的情绪并没有维持太久。她把满腹怨言都向一周未见的夏绿蒂·卢卡斯小姐倾诉，又把她表哥的事告诉她，还把他指给她看。最初的两支舞重新唤起了她的烦恼，那简直是一场灾难！柯林斯先生笨手笨脚，只会不停地道歉。他是个最差劲的舞伴，丢光了她的脸；当她从他手中解脱时，真是欣喜欲狂。

她接着跟一位军官跳舞，跟他聊起韦克翰的事。她听说韦克翰的人缘极佳，对此感到高兴许多。跳完几支舞以后，她又回去与夏绿蒂谈话，这时，她听到达西叫她，请她跳一支舞。她吃了一惊，竟不由自主地答应了。跳完之后，达西立刻走开了，她不停地责怪自己怎么这么没有原则。夏绿蒂尽力安慰她。

“总有一天，你会发现他的可爱之处。”

“绝不！那实在太倒霉了！下定决心去恨他，竟然又喜欢上他？别诅咒我了。”

当跳舞重新开始，达西又走来请她共舞时，夏绿蒂忍不住对她耳语，劝她别做傻事，得罪一个比韦克翰的身价高上十倍的人。伊莉莎白一言不发地走向舞池，她对这样的荣幸感到惊讶；当她与达西面对面跳舞时，发现周遭的人也向他们投以惊讶的目光。

他们俩跳了一会儿，一句话也没说，她猜想这阵沉默将会一直持续下去；她原本不想打破这阵沉默，但忽然异想天开，打算好好折磨她的舞伴一番，于是说了几句关于跳舞的话。他回答了她的话，接着又陷入沉默。过了几分钟，她再次向他搭话：

“现在轮到你讲了，达西先生。既然我聊到跳舞，你也得聊聊舞池大小以及舞伴数量一类的问题。”

他笑了笑，告诉她，随便她要他说什么都可以。

“很好，这样回答还不错。待会儿我可能会聊到私人舞会比公共舞会来得好，不过，我们现在不用再说话了。”

“也就是说，你边跳舞时边说话吗？”

“有时候是的。你知道，连续半个小时待在一起却不说话，那也太别扭了！不过有些人偏偏不爱说话，为了迎合他们，我不得不少讲一些。”

“就目前来说，你是想顾及自己的喜好呢，还是我的？”

“两者兼顾，”伊莉莎白油腔滑调地回答，“因为我认为我们很像，你我都不爱说话，除非想说几句了不起的话，让大家印象深刻。”

“我认为你不是这种人，我也不敢说自己是不是。你想必觉得自己形容得很贴切吧？”

“我可不敢妄下断语。”

他没有回答，两人又陷入沉默了。直到下一支舞时，他才问她是不是常常和姐妹们去梅利顿，她回答说是。说到这里，她忍不住说道：

“当你那天在那里遇到我们的时候，我们正在结交一个新朋友呢！”

这句话立刻产生了效果。一阵傲慢的阴影蒙上了他的脸，但他一句话也没有回答。伊莉莎白也没有说话，在心里埋怨着自己的软弱。之后，达西很勉强地率先开口：

“韦克翰先生对于交友很有一套，至于能不能跟朋友们长久相处，那就不一定了。”

“他真是不幸，”伊莉莎白严肃地回答，“不仅失去您的友谊，还把局面弄得那么难堪，这想必会让他痛苦一生。”

达西没有回答，似乎想换个话题。就在这时，威廉·卢卡斯爵士走向他们，打算穿过舞池走到屋子另一头，他一看到达西，立刻停住了，十分有礼地向他鞠了一躬，并夸赞他的舞技以及挑选舞伴的眼光。

“我真高兴，亲爱的先生，舞跳得这么好！你无疑是一流的人才，但我必须说，你这位漂亮的舞伴也不赖。我希望常有这种眼福，特别是在某件事成真的时候，亲爱的伊莉莎白小姐。”他朝她的姐姐和宾利望了一眼，“到时将会有多么热闹的场面啊！希望达西先生……我还是不打扰你了。你和这位小姐聊得正开心，肯定不希望被我耽搁吧？瞧她那双明亮的眼睛也在责备我呢！”

达西没有听见后面的话，但是当威廉爵士提起他的朋友时，他愣了一下，一本正经地望向正在跳舞的宾利和珍，随后又镇定下来，转头对他的舞伴说：

“威廉爵士打断了我们的对话，我想不起我们刚刚聊了什么。”

“我认为，我们什么都没聊。这屋子里随便两个人的对话都比我们多，因此威廉爵士没有打断什么。我们已经换了几次话题，总是话不投机，我想不出接下来要聊什么了。”

“聊聊书如何？”他笑着说。

“书！噢，不，我相信我们读的书不一样，体会也各有不同。”

“我很遗憾你这么想。就算真是那样，也未必不能聊，我们可以交换一下彼此的见解。”

“不……我无法在舞会上聊书，我脑中总是想着其他的事。”

“你总是为眼前的事烦恼，是吗？”他带着怀疑的眼光问。

“是的，一向如此。”她回答道。她完全不知道自己在说什么，心思早已飞到九霄云外。她又说：“达西先生，我记得你曾说过，你从不原谅别人，你一旦和别人结怨，就永远无法消除。我想，你做决定时应该很慎重吧？”

“没错。”他坚决地说。

“你从来不会被偏见或谎言左右吗？”

“我想不会。”

“对于固执的人来说，在做决定之前，应该先谨慎地考虑一下。”

“冒昧请问，你这些问题的用意何在？”

“只是为了理解你的性格罢了，我想把它搞清楚。”她装出若无其事的表情说道。

“那么，你搞清楚了吗？”

“一点也不，”她摇摇头，“外头的人对你褒贬不一，我不知道该相信谁才好。”

“我毫不意外，”他严肃地回答，“班奈特小姐，希望你不要任意评判我的性格，恐怕这么做对你我都没有好处。”

“但要是我现在不了解你一下，以后就没机会了。”

“那我就不破坏你的兴致了。”他冷冷地答道，她也没有再说下去。他们又跳了一支舞，之后就默默分手了，两人都闷闷不乐。达西对她颇有好感，因此很快就原谅了她，把满腔怒火都转移到别人身上去。

他们分手后，宾利小姐朝伊莉莎白走去，以一种既轻蔑又客气的态度对她说：

“噢，伊莉莎小姐，听说你喜欢乔治·韦克翰！你姐姐刚才跟我提到他，问了我一大堆问题。我发现那个年轻人虽然把什么都告诉你了，却忘了说他父亲替老达西先生管账。他说达西先生对他不好，那全是一派胡言，我以朋友的立场奉劝你，不要盲目地相信他的话。达西先生一直对他很好，只有乔治·韦克翰一直恩将仇报。我不知道详细情形，但我很清楚，这绝不是达西先生的错。达西最讨厌听到乔治·韦克翰的名字；我哥哥本来犹豫是否该邀请他，好在他识相，自己消失了。他竟敢出现在这个村子里，不知道他为什么要这么做！伊莉莎小姐，我很遗憾，揭穿了你心上人的过错。可是，你只要看看他的出身，就不会指望他是什么好货色。”

“照你的说法，”伊莉莎白生气地说，“他的过错全来自于他的出身了。我没听你提到他另外的缺点，只听你骂他父亲替老达西先生管账；事实上，这件事他早就告诉我了。”

“原谅我多管闲事，但我是出于一片好意。”宾利小姐说道，她冷笑了一下，便走开了。

“无礼的女人！”伊莉莎白自言自语道，“她打错算盘了，以为这种卑鄙的诽谤能够影响我对他的看法吗？这些话反而更让我明白了她的无知，以及达西先生的阴险。”接着，她去问姐姐从宾利那里打听到什么。珍满脸笑意，容光焕发，显然对今晚的舞会十分满意。伊莉莎白看出了她的心情，一瞬间，她把对于韦克翰的思念、对仇人的愤怒，以及其他想法都忘记了，一心希望珍能够幸福。

“我想问你，”她笑着对姐姐说，“你有听到关于韦克翰先生的事吗？也许你的心里已经挤不下第三个人了吧？如果是那样的话，我也可以体谅你的。”

“不，”珍回答道，“我并没有忘记这回事，可惜我也没听到有用的消息。宾利先生并不熟悉他的底细，至于他为什么得罪达西先生，宾利先生更是一无所知。不过他敢担保自己的朋友品行良好，诚实正派，而且觉得达西先生过去对韦克翰先生已经够好了。遗憾的是，根据他以及他妹妹的话来看，韦克翰先生并非一个正直的人。我担心他是个鲁莽的人，也难怪达西先生要与他绝交。”

“难道宾利先生不认识韦克翰先生吗？”

“不认识，那天早上在梅利顿他是第一次见到他。”

“那么，这些话是从达西先生那里听来的啰？很好，关于那个牧师职缺的事，他是怎么说的？”

“他听达西先生讲过几次，可是已经记不起来了。不过他相信，那个职缺虽然讲定是要给韦克翰先生的，但也有附加条件。”

“非常抱歉，”伊莉莎白激动地说，“宾利先生当然是个正人君子，但光凭他的几句话并不能使我信服。宾利先生袒护朋友的那些话，也许很有道理，不过，既然他也不清楚这件事的始末，而且一部分又是从他朋友那里听来的；那么，我还是不愿意改变我原先对他们两人的看法。”

于是她换了一个轻松的话题，她们俩在这方面是意见一致的。伊莉莎白高兴地听珍说道，她虽然不敢对宾利先生抱有期望，却隐隐渴望着幸福；伊莉莎白也说了一些鼓励姐姐的话。一会儿，宾利朝她们走来，伊莉莎白连忙跑到卢卡斯小姐身旁。卢卡斯小姐问她跟刚才的舞伴跳得是否愉快，她还来不及回答，就看见柯林斯走过来，欣喜若狂地说他有了一个重大发现。

“太意外了，”他说，“这间屋子里竟然有一个人是我恩人的亲戚。我碰巧听到一位先生跟这家的小姐说‘我的表妹德·包尔小姐和姨母凯萨琳夫人’。这实在太巧了！谁想得到我会在这里遇见凯萨琳·德·包尔夫人的姨侄呢？感谢上帝，我还来得及前去问候，我还要向他们道歉，因为我竟然不知道他们的存在。”

“你打算去向达西先生自我介绍吗？”

“当然。我一定要请他原谅，请他别怪罪我这么晚才去问候。我相信他是凯萨琳夫人的姨侄，我还可以告诉他，上礼拜我见到她的时候，她身体很健康。”

伊莉莎白劝他不要那么做，因为要是没有别人介绍就去问候达西先生，对方一定会认为他冒昧，而不会觉得他是一番好意。再说，根本就没有问候的必要，即使要这么做，也该由地位较高的达西主动出面。柯林斯听完，便显出一副坚决的态度，表示非照着他的方式去做不可。

“亲爱的伊莉莎白小姐，你对于一切事情都有卓越的见解，我很钦佩。可是容我说一句：牧师的礼仪跟一般人的礼仪不同。我认为，就自尊来说，一个牧师可比一个国王，当然也必须保持谦虚；所以，这一回你应该让我按照良心的指示去做。请原谅我没有接受你的忠告。要是在其他问题上，我一定虚心受教，但在这种场合下，我认为，由我这位博学多闻的人来决定，要比你这位年轻小姐来得更合适。”

他鞠了一躬，便离开她去找达西先生。她迫不及待地看着达西怎么应付这个冒失的家伙。只见她这位表哥先是恭敬地对达西鞠了一躬，然后开口说话。尽管伊莉莎白没有听见任何一句话，却又好像全部听到了，因为从他嘴唇的蠕动来看，他说的尽是些“抱歉”“汉斯福德”“凯萨琳·德·包尔夫人”之类的字眼。她看到表哥在这个人面前出丑，心中有些气恼。达西带着毫不掩饰的惊奇目光斜睨着他，等柯林斯说够之后，才带着一副轻蔑的表情，敷衍了他几句。柯林斯并不灰心，又继续说话，达西鄙视的神情也更露骨了。他说完之后，达西随便行了个礼，就走开了。

“我得说，”柯林斯又回到伊莉莎白面前，对她说道，“他的态度实在没得挑剔。达西听到我的殷勤问候，好像十分高兴，他礼貌地回答了我的话，甚至恭维我说，他非常佩服凯萨琳夫人的眼力，没有提拔错人，这说得一点都不错。总而言之，我对他很满意。”

伊莉莎白对舞会已经没兴趣了，于是把注意力都集中她的姐姐和宾利身上。她把一切看在眼里，并想象着各种值得庆贺的画面，也感到跟珍一样的快活。她想象着姐姐当了这幢房子的女主人，与丈夫恩爱弥笃，幸福无比。她觉得，要是真有这么一天，她也会很乐意接纳宾利的两个姐妹。她看出母亲也在想着同一件事，因此决定暂时避开她，以免被她的舌头缠上了。吃饭的时候，母亲的座位跟她距离近，让她感到有些受不了。她的母亲不断和卢卡斯太太说三道四，还说她多么希望珍立刻跟宾利先生结婚之类的话，这让伊莉莎白越来越生气。她们越聊越起劲，班奈特太太又说起这门亲事能带来的好处；宾利先生是个英俊、多金的青年，住的地方距离她们只有三英里路，这些条件都很完美；其次，他的两个姐妹也很喜欢珍，一定也像她一样期盼着这门亲事；再说，既然珍找到了这么好的一门亲事，那么，她的几个妹妹也不远了。最后，她谈到她那几个未出嫁的女儿，说她从此不用再烦恼她们的终身大事，只要交给大女儿去办就好了。她又祝卢卡斯太太也有相同的运气，其实暗地里耻笑她绝对没有这个福分。

伊莉莎白想挫挫母亲的锐气，便劝她说话小声一些，以免被坐在对面的达西听见了。但她的母亲只叫她别说废话，让她感到说不出的气恼。

“达西先生跟我有什么关系？我干吗怕他？我没有理由在他面前讲究礼貌，难道他不爱听的话我就不能说吗？”

“看在上帝的份上，妈妈，小声一点吧！得罪达西先生有什么好处？你这么做，他的朋友也不会喜欢你的。”

任凭她怎么说都是白费唇舌。她的母亲偏要高谈阔论，让伊莉莎白又羞又恼，脸蛋也变得通红。她忍不住瞧了达西几眼，每一眼都更证实了自己的疑虑——达西并没有瞧着她的母亲，而是目不转睛地在望着她。他脸上先是露出气愤和厌恶的表情，又渐渐转变成冷静、严肃。

班奈特太太说完了。卢卡斯太太早已打起哈欠，她现在终于可以好好享受一点凉掉的菜了。伊莉莎白也松了一口气，可惜她的耳根没能清静多久，因为晚饭一结束，就有人提议唱歌。伊莉莎白看到玛莉经不起人家的怂恿，轻易就答应献唱一曲，连忙向她使眼色，并告诉她不用这样讨好别人；可惜玛莉始终不肯理会她，因为这种表现机会正是她求之不得的。伊莉莎白焦虑地盯着玛莉，看她唱了几小节；不幸的是，唱完之后，玛莉又在听众的暗示下唱起了另外一曲。玛莉的才能是不适合出来献丑的，因为她嗓子尖锐，态度又不自然。伊莉莎白十分着急，她看了看珍的反应，但她正安静地与宾利先生聊天；她又看见宾利的两位姐妹正在眉来眼去，一面对达西比着手势；达西依旧面无表情。最后，她对父亲使了个眼色，请他出面制止，免得玛莉没完没了地唱下去。父亲领会了她的意思，等玛莉唱完第二首歌，他便大声说道：

“够啦！孩子。你让我们够开心了，留一点机会给别的小姐们吧。”

玛莉装作没听见，但心里不是滋味。伊莉莎白为她着急，也为父亲的那番话着急，生怕自己的苦心白费了。幸好，这时有别的人出来唱歌了。

“假如我会唱歌的话，”柯林斯说，“我一定会为大家高歌一曲。我认为音乐是一种高尚的娱乐，和牧师的职业性质相仿。不过这不代表我们该花那么多时间在音乐上，因为还有其他更重要的事要做。负责一个教区的牧师有多少事要做啊！他得制订宗教税，还得撰写讲稿，这一来时间就所剩无几了；他还得利用这些时间安排教区的事务，管理自己的宅邸……还有一点，他对每个人都必须殷勤和蔼——特别是那些提拔他的人，我认为这是他应尽的责任。再说，遇到教徒的亲友，凡是在应该表示敬意的场合下，总得问候一声，否则就太不像话了。”

说到这里，他向达西先生鞠了一躬，表示发言结束。他的这一席话说得十分响亮，半个屋里的人都听得见。有很多人愣住了，也有很多人笑出来，但没有一个人像班奈特先生一样感到有趣。他的太太则一本正经地夸赞柯林斯说得很有道理，她对卢卡斯太太说，他显然是个聪明优秀的年轻人。

伊莉莎白觉得今晚她的家人好像是专门来这里出丑的，而且从来没有这么卖力过。她觉得姐姐和宾利先生真幸运，错过了一些难堪的场面；但宾利的两个姐妹和达西先生却没有放过这个嘲笑她们一家的机会，他无声的蔑视，以及她们无礼的嘲笑，真不知哪一样更令人难堪一些。

晚会的后半段也没有为她带来乐趣。柯林斯仍然赖在她身边不走，拼命说话；虽然他无法邀请她再跳一支舞，但也让她无法跟别人一起跳。她要他去找其他人，并答应为他介绍一位小姐，可是他不肯。他说，讲到跳舞，他一点兴趣也没有，他唯一要做的就是在一旁守候她，博得她的欢心。他已决定整晚都待在她身边，任凭她怎么解释也没用。多亏卢卡斯小姐经常来到他们面前，好心地和柯林斯攀谈，她才觉得好过一些。

至少达西不会再来惹她生气了。虽然他常常出现在她附近，旁边也没有人，却一直没有走过来跟她说话。她猜想这可能是因为她提到韦克翰的缘故，为此窃喜不已。

在所有宾客中，朗伯恩一家人最后离开。班奈特太太借口等候马车，一直等到所有人都走了，她们一家还多待了十五分钟。主人家中的一些人都希望她们赶快走；宾利姐妹没怎么说话，只说自己很疲倦，显然在暗示他们离开。班奈特太太还想跟她们谈话，却被拒绝了，弄得大家都十分扫兴；柯林斯仍然在高谈阔论，恭维宾利和他的姐妹，但他的话也没能为场面带来一些欢乐；达西与班奈特先生一句话也没有说；宾利与珍站在人群之外，专心地跟对方谈话；伊莉莎白也跟宾利姐妹一样沉默不语；莉蒂亚累得不想说话，不时打起呵欠，并抱怨道：“老天，我简直快累死了！”

临走之前，班奈特太太热切地对宾利一家说，她希望他们能抽空来朗伯恩坐坐。她还告诉宾利先生，要是他能到他们家里吃个饭的话，她会很开心的。宾利先生向她承诺，等他从伦敦回来后，隔天一定立刻去拜访班奈特一家。

班奈特太太十分满意。才一离开，她马上开始盘算珍的嫁妆，以及新的马车、婚纱。她想，不出三四个月，珍就能顺利嫁入尼德菲尔德庄园了。至于另一个女儿与柯林斯的婚事，她就没有那么热衷了，毕竟，伊莉莎白是所有女儿中她最不疼爱的一位；而柯林斯先生，尽管他也很优秀，但比起宾利先生与尼德菲尔德庄园，都难免相形失色。

第十九章

第二天，朗伯恩发生了一件大事——柯林斯正式提出求婚了。他的假期到下礼拜六就要结束，于是决心一鼓作气；况且，他认为这时求婚也没什么不恰当的。他有条不紊地布置好一切。刚吃完早饭，他看到班奈特太太、伊莉莎白和一个妹妹在一起，便对那位做母亲的说道：

“夫人，今天早上我想请伊莉莎白跟我做一次私人的谈话，你赞成吗？”

“噢！好极了，当然可以。我相信莉兹也会很乐意的……来，琪蒂，跟我上楼去。”她把针线收拾了一下，便匆匆忙忙地走开了。伊莉莎白大叫道：

“亲爱的妈妈，别走，求你别走。柯林斯先生一定会原谅我的，他不会介意被别人听到。我也要走了。”

“不，不！别胡说，莉兹，我要你待在这里。”她看见伊莉莎白一副懊恼的样子，好像要逃走一般，于是又说道：“我命令你待在这里听柯林斯先生说话！”

伊莉莎白不敢违抗母亲的命令。她想了一下，觉得赶快把事情作个了结也好，于是便忍住嘲笑的心情，重新坐了下来。班奈特太太和琪蒂离开了，她们一走，柯林斯便说道：

“老实说，伊莉莎白小姐，你的害羞不仅无伤大雅，反而更突显了你的妩媚。要是你不这样推辞一下，我反而不会觉得你这么可爱。可是，我的这次求婚是得到你母亲允许的。尽管你表现得很含蓄，但我对你的百般殷勤早已十分明显，你一定明白我的心意。可以说我一走进这间房子，就决定让你做我的终身伴侣。不过，最好趁我还忍得住满腔爱意的时候，先谈谈我想结婚的理由，以及我来哈福德郡择偶的理由。”

看到柯林斯这么一本正经的样子，伊莉莎白不禁觉得可笑，因而错过了打断他说话的机会。

“我之所以想结婚，有以下几点理由：首先，我认为凡是像我这样有钱的牧师，理应为全教区树立一个模范夫妻的榜样；其次，我深信结婚会大大促进我的幸福；第三，我那位高贵的女教徒建议我结婚，并对此深表赞成。她两次为我的终身大事提出了意见。就在我离开汉斯福德的前一个礼拜六晚上，我们正在打牌，詹金森太太正在为德·包尔小姐安放脚凳时，夫人对我说：‘柯林斯先生，你必须结婚，像你这样的牧师必须结婚。好好挑选吧！选一个好人家的女儿，为了我，也为了你自己。要活泼、能干，家世不是重点，但要会记账，能把家务事安排得妥妥帖帖。赶快去找一位这样的女人吧！把她带来汉斯福德，我会好好照顾她的。’亲爱的表妹，我告诉你，凯萨琳·德·包尔夫人对我的关心，也算是我的优势之一。我无法形容她的为人，但你总有一天会见识到的。我相信，她一定会喜欢像你这样聪明活泼的人，只要你在她面前能表现出稳重端庄。大致上，这就是我结婚的理由，现在我要解释，我为什么要舍弃自己村子里的可爱女孩，而来朗伯恩找对象呢？事情是这样的，等你父亲过世后（但愿他长命百岁），我将会继承他的财产，因此我打算娶他的一个女儿，以减轻你们的损失，否则我会过意不去的。当然，正如我刚才说的，这件事也许很多年以后才会发生。这就是我的动机，亲爱的表妹，恕我直言，你不至于因此瞧不起我吧？我的话说完了，除非我能想出更热情的语句向你倾吐爱意。至于嫁妆，我完全不在乎，我绝不会向你父亲提出什么要求；我明白他的能力有限，而你名下的财产也不过是一笔年利息四厘的一千镑存款，还得等你母亲过世后才归你所有。因此，在这件事上，我绝不会贪心，同时请你放心，等我们结婚以后，我绝不会吝啬小气。”

现在非打断他的话不可了。

“你太心急了吧？先生，”她叫道，“别忘了，我根本还没有回答呢！别浪费时间了，我立刻说出我的答复：谢谢你的抬爱，我十分荣幸，可惜我除了拒绝之外，别无选择。”

柯林斯严肃地挥了挥手，“年轻的女孩们遇到第一次求婚时，即使心里愿意，嘴上也会故意拒绝，有时甚至会拒绝两三次。因此，你的话绝不会让我灰心，反而更让我相信能马上与你步上红毯呢！”

“不瞒你说，先生，”伊莉莎白叫道，“我都这么说了，你还不肯放弃，真是太奇怪了！老实说吧，要是世上真有那么大胆的小姐，愿意拿自己的幸福开玩笑，随便拒绝求婚的话，那也绝对不是我。我的拒绝是郑重的。你不能让我幸福，我相信我也不能使你幸福。唔！要是那位凯萨琳夫人认识我的话，我相信她一定也会发现，我无论在哪一方面，都没资格当你的太太。”

“就算凯萨琳夫人有这种想法，”柯林斯严肃地说，“我想她也不会反对的。请你放心，当我下次见到她的时候，一定会把你的种种优点向她好好介绍一番。”

“说实话，柯林斯先生，这些赞美是没有意义的。我对自己的事心里有数，还请你相信我的话。我祝你幸福、富裕，并拒绝你的求婚；而你既然向我提出求婚了，也就不必对我们一家过意不去了，尽管放心地继承这座庄园吧。这件事就这样说定了。”

她一面说，一面站起身准备离去，但柯林斯又继续说道：

“要是下回我有幸再跟你谈到这个问题，我希望能得到一个更满意的答复。我不怪你的冷酷，因为我知道，女孩们对于第一次求婚总是拒绝；你刚才所说的正巧符合女性微妙的性格，反而鼓励我继续追求下去。”

“柯林斯先生，”伊莉莎白有些气恼地叫道，“你真是莫名其妙，我都说到这个份上了，要是你还觉得我在鼓励你的话，那我真不知道该怎么做了。”

“亲爱的表妹，允许我说句自不量力的话——我相信你的拒绝，只是一种惯例罢了。因为你绝不会忘了我的财产、我的社会地位，我与德·包尔一家的关系，以及跟你们一家的亲戚关系，这些都是我的优势。请你想想，尽管你有许多吸引人的地方，但你微薄的财产却削弱了你的优势条件，不会再有别人向你求婚了。因此，我认为，你并不是真正地拒绝我，只是仿效一般女性的习惯，想吊我胃口罢了。”

“先生，我向你保证，我绝对没有打算捉弄一位体面的绅士。只要你肯相信我的话，我也就很荣幸了。感谢你的求婚，但我是不会接受的，这有违我的情感。难道我说得不够明白吗？请你别把我当成一个故意捉弄你的高贵女子，而只是一个诚实的平凡人。”

“你真可爱，”他的面子有些挂不住了，“我相信，只要你父母都答应了，你绝不会拒绝。”

伊莉莎白再也懒得理他，一声不吭地走开了。她心想，假如他执意把她的拒绝看作是对他的示好，那她只好请她的父亲回绝他了，他总不会把她父亲的拒绝当成是女性的腼腆吧？

第二十章

柯林斯独自幻想着这桩美满的婚姻，可是并没有维持太久。班奈特太太一直在走廊里等待结果，她看见伊莉莎白打开门，匆忙上楼了，便立刻走进餐厅，热烈地祝贺柯林斯，也祝贺她自己。柯林斯愉快地接受了她的祝贺，同时也祝贺了她一番，接着就把他跟伊莉莎白的对话一五一十地讲了出来。他说自己有充分的理由相信，谈话的结果很圆满，因为虽然他的表妹再三拒绝，但那显然是她温柔天性的流露。

这一番话让班奈特太太吓了一跳。当然，要是她的女儿真的有这种用意的话，她一定也会很高兴的；但她可不敢这么想，不得不老实说了出来。

“放心吧，柯林斯先生，”她说，“我会好好叫莉兹懂事一些的。我立刻去找她谈谈。她是个固执的傻女孩，不知好歹，但我会叫她明白的。”

“对不起，容我插个嘴，夫人，”柯林斯叫道，“要是她真的又固执又傻，那恐怕就不配做我的妻子了。因为嫁给像我这种身份地位的人，一定会幸福的，要是她真的拒绝的话，那反而不要勉强她；否则，一旦她心中不服气的话，那对于我的幸福绝不会有什么好处。”

“你误会了，先生！”班奈特太太吃惊地说，“莉兹只不过在这种事情上固执了一些，可是一旦遇到其他事情，她的个性就再好不过了。我马上去找班奈特先生，我们很快就会把这个问题解决的，我保证。”

她不等他回答，便急忙跑到丈夫那里。一走进他的书房，就大叫道：

“噢，亲爱的，你得马上过来。这件事太糟糕了，你得劝劝莉兹跟柯林斯先生结婚，因为她发誓不嫁给他。假如你不赶快出面，就要换成他不想娶她了！”

班奈特先生见到妻子，便从书本上抬起眼睛，冷漠地望向她。他听着她的话，完全不动声色。等她说完之后，他便说道：

“很抱歉，我听不懂你究竟在说些什么。”

“我在说柯林斯先生和莉兹的事，莉兹不肯嫁给柯林斯先生，柯林斯先生也开始说他不想娶莉兹了。”

“这种事我有什么办法？看来是没希望了。”

“你去跟莉兹谈谈吧，就跟她说，你非要她嫁给他不可。”

“叫她下来吧。让我跟她谈。”

班奈特太太拉了拉铃，伊莉莎白小姐便被叫到书房里来了。

“过来，我的孩子。”父亲一看见她来，便大声说道：“我要跟你谈一件重要的事。我听说柯林斯先生向你求婚，这是真的吗？”伊莉莎白回答了父亲。“很好。你拒绝了吗？”

“我拒绝了，爸爸。”

“很好，现在来聊重点。你母亲非要你答应不可，亲爱的，是吗？”

“是的，否则她再也不想看到我了。”

“摆在你面前的是个不幸的难题，你得自己做出选择，伊莉莎白。你要不就跟父亲断绝关系，要不就跟母亲断绝关系。要是你不嫁给他，你母亲就不想再见到你；要是你嫁给他，我就不想再见到你了。”

伊莉莎白听了父亲的话，不禁笑了出来。但班奈特太太可就伤脑筋了，她原以为丈夫一定会与她站在同一边，岂知他却令她大失所望。

“你这么说是什么意思，亲爱的？你不是答应我，非逼她嫁给他不可吗？”

“亲爱的，”丈夫回答道，“请你帮我两个忙。第一，请允许我按照自己的意思处置这个问题；第二，请允许我在自己书房里图个清静。”

班奈特太太碰了一鼻子灰，仍不肯善罢甘休。她一遍又一遍地劝告伊莉莎白，还想让珍也来一起帮忙，但是珍拒绝了。伊莉莎白一下子表现得诚恳，一下子嬉皮笑脸，但就是不肯改变决定。

这时，柯林斯把刚才的那一幕回想了一遍。他对自己的评价过高，以至于完全不懂表妹为什么拒绝他。虽然他的自尊心受了一点打击，但一想到她的母亲会好好骂她，就丝毫不觉得难过了。

当这一家人闹得天翻地覆的时候，夏绿蒂·卢卡斯上门了。莉蒂亚在大门遇到她，立刻跑上去对她说道：“真高兴看到你，这里正闹得不可开交呢！你知道今天早上发生什么事了吗？柯林斯先生向莉兹求婚，莉兹偏偏不嫁给他。”

夏绿蒂还来不及回答，琪蒂也走过来，重复了一遍同样的消息。她们走进客厅，只见班奈特太太独自待在那里，马上又和她们聊起这件事。她拜托卢卡斯小姐体谅她老人家，帮忙劝她的朋友听家人的话。“求求你了，卢卡斯小姐，”她用痛苦的语调说道，“谁也不肯帮我，大家都对我太狠心了，没有人体谅我的神经。”

夏绿蒂正要回答，珍与伊莉莎白也走进来了，于是她没有开口。

“嘿，她来啦！”班奈特太太接着说道，“看她一脸满不在乎的样子，一点都没有为我们着想，任意地独断独行……莉兹小姐，我告诉你，如果你每次都这样拒绝别人的求婚的话，那你这辈子休想找到一个丈夫。看你爸爸去世以后，还有谁来养你！我不会养你的，因为我要先声明，从今天起，我与你断绝关系。你知道的，我刚才在书房里就说过，我再也不跟你说话了，我说到做到。我不跟叛逆的女儿说话，其实也不想跟任何人说话。像我这样神经有病的人，本来就没什么兴趣说话。没有人知道我的痛苦！不过这个世界就是这样，要是你不说出来，就没有人会可怜你。”

女儿们一言不发，听她发着牢骚。她们都知道，与母亲争论或是设法安慰她，只不过是火上浇油罢了。于是，她们都让她滔滔不绝说下去，没有人打断她。最后，柯林斯进来了，表情比平常更为庄严。她一见到他，便对女儿们说：

“现在请你们全部闭嘴，让我跟柯林斯先生好好谈一会儿。”

伊莉莎白悄悄地走出去了，珍和琪蒂也跟着走出去，只剩下莉蒂亚站在那里不动，想听听他们谈些什么。夏绿蒂也没有走，因为柯林斯向她问候。她经不起好奇心，走到窗户旁偷听。只见班奈特太太唉声叹气地说道：“唉！柯林斯先生。”

“亲爱的夫人，”柯林斯说，“这件事就到此为止吧，我绝不会怨恨令爱的行为。”说到这里，他的声调流露出极度不满，“我们都得接受事实，像我这种年少得志的人更应如此。就算我美丽的表妹最后答应了我的求婚，或许我仍会怀疑它的美好，因为我认为，被拒绝过的幸福就不再美好了。亲爱的夫人，我收回对令爱的求婚，希望您别以为这是对你们的冒犯，也原谅我没有请你们替我缓颊，因为我不是被您拒绝，而是被令爱拒绝。这件事虽然令人遗憾，但人人都难免有失败的时候。我这么做全是出于一番好意，希望能找个可爱的伴侣，并顾及你们一家的利益，假如我的态度有欠佳之处，请容我在此致歉。”

第二十一章

关于柯林斯求婚的话题，差不多就要结束了。伊莉莎白感到一种无法避免的不愉快，不时还得听到母亲的埋怨。至于那位先生本人，他一点也不沮丧，也丝毫不避开她，只是气愤地板着脸，一言不发。他几乎不跟她说话了，接下来的半天，他本来的那股热情都转移到卢卡斯小姐身上去了。卢卡斯小姐很有礼貌地听着他说话，这让大家——特别是她的朋友，都松了一口气。

班奈特太太直到隔天依旧怏怏不乐，柯林斯也仍然愤愤不平。伊莉莎白原以为他经过这样一激，便会提早离开，岂知他并未因此改变原定计划，执意要待到礼拜六再走。

早饭后，小姐们又到梅利顿去打听韦克翰的消息，想为了他没有参加舞会表达惋惜之意。她们一到镇上就遇见了他，并同行前往姨妈家。他把他的歉意、烦恼，以及对大家的关心都倾吐出来。但在伊莉莎白面前，他却坦承是自己不愿意去参加舞会。

“当时，”他说，“我心想，还是别与达西先生见面为好。要与他在同一间屋子里、同一个舞会，待上好几个钟头，我可受不了，而且还可能出丑，把场面弄得难看。”

她对他的修养大力赞赏。之后，韦克翰和另一位军官陪她们回到朗伯恩，一路上他对她特别关心。他们充分地讨论了这个问题，并客气地恭维了对方一番。他盘算着，这一趟将可以达到两个目的：取悦她，并认识她的双亲。

刚回到家里，珍就收到一封从尼德菲尔德庄园寄来的信，里面装着一张小巧精致的信笺，字迹出自一位小姐。伊莉莎白看到姐姐读信时脸色大变，又看到她专注于几行字上面；接着，珍又恢复镇定，把信搁在一旁，若无其事地与大家聊天。但伊莉莎白仍十分在意。当韦克翰和同伴离开后，珍暗示她上楼。她在房里出示了那封信，说道："这是凯洛琳·宾利寄来的，上头的内容真令我吃惊。他们一家人已经离开尼德菲德尔庄园，再也不回来了。你看看她怎么写的吧！"

伊莉莎白把第一句念出来，大致是说，她们已决定追随她们的兄弟进城，而且将在当天赶到格罗夫纳街吃饭，因为赫斯特先生就住在那条街上。接着是：

> 亲爱的朋友，除了你的友谊之外，哈福德郡没有任何令我留恋的事物。不过，希望我俩仍有见面的机会，并保持书信来往，略解别离之苦。

伊莉莎白对这些客套话一笑置之。虽然她们这一次突然的迁走令她惊讶，但她一点也不觉得惋惜。就算他们离开了尼德菲尔德庄园，也不代表宾利就不会再住在那里；至于是否跟她们来往，只要珍还能见到宾利，那也无所谓了。

"真是不幸，"过了一阵子，伊莉莎白说道，"你来不及在朋友临走前见到她们最后一面。可是，既然宾利小姐认为还有重逢的可能，这一天或许不会太远。等你做了嫂子，不是比做朋友更好吗？宾利先生不会在伦敦停留太久的。"

"凯洛琳肯定地说，她们今年冬天都不会回哈福德郡了。我念给你听……"

昨天，我哥哥临行时，曾说他这次只会在伦敦待个三四天，就能把事情办好。但我们可不这么想，我们深信，查尔斯一旦进城，就不会马上离开。因此，我们决定追随他而去，免得他在旅馆里寂寞。我的朋友们都到伦敦过冬了，我原以为你也会去，结果却大失所望。诚挚地希望你在哈福德郡有个美好的圣诞节，希望你有许多朋友，免得你因为失去了三个朋友而感到难受。

“显然，”珍补充道，“他今年冬天不会回来了。”

“这只代表宾利小姐不希望他回来罢了。”

“你这话是什么意思？那一定是他本人的意愿。你还没听完，我把最令人心碎的那段念给你听——达西先生急于见到妹妹，事实上，我们也差不多。我认为，乔治安娜·达西无论在容貌、举止，还是才艺上，都无人能出其右。路易莎和我希望她能成为我们的大嫂，因此对她十分关心。我不知道之前是否跟你提过这件事，但在这离别之际，我认为有必要说出来，你一定能够理解吧？我哥哥已深深爱上了她，如今他能常常见到她，他们之间想必会越来越亲密。我们两家都盼望这门亲事能够成功；我想，要是我说查尔斯善于取悦女人，你一定不会反对。既然所有人都乐观其成，那么，亲爱的珍，我衷心期盼这件美事能够实现，难道有错吗？——你觉得呢？亲爱的莉兹，”读完之后，珍说道，“还不够清楚吗？这不就说明了她们不希望我成为她们的嫂子吗？不就说明了她的哥哥对我没有意思吗？不也说明了假如我对他别有用心，她就要郑重警告我吗？还有什么别的解释？”

“当然有，我的解释和你完全相反，你想听吗？”

“非常想。”

“这很轻易就能说明白，宾利小姐看出她哥哥爱上了你，但她却希望他和达西小姐结婚。她跟着他进城，为的就是把他留在那里，然后再尽可能说服你，让你相信他对你没有好感。”

珍摇摇头。

“珍，你该相信我。凡是见过你们相处的人，都不会怀疑他的感情，我相信宾利小姐也是。假如达西先生对她的爱有这样的一半，她就要准备嫁了。问题是，在她们眼中，我们既没钱，也没权势；她还有一个目的，那就是当达西小姐与她哥哥结婚后，她要嫁给达西先生也就更容易了。要不是因为德·包尔小姐的搅局，这件事几乎就要成功了。可是，亲爱的珍，你千万别因为宾利小姐的话，就以为宾利先生自从礼拜二和你分别以来，对你的爱慕有丝毫动摇；也别以为她有那么大的本事，能说服她的哥哥爱上那位小姐。”

“如果宾利小姐是这种人的话，”珍回答道，“那你的话就能让我大为放心；可是我明白这种说法带有偏见。凯洛琳不会故意欺骗别人，我只能猜测是她搞错了。”

“你说得对。就算我安慰不了你，你能这样想也很不错了；就当作是她搞错了吧！现在你对她仁至义尽，也不用再烦恼了。”

“可是，亲爱的妹妹，就算我能够嫁给他，但他的姐妹和朋友们都希望他跟别人结婚，这样我能幸福吗？”

“那就得看你怎么想了，”伊莉莎白说，“如果你考虑之后，认为得罪他姐妹的代价，比起嫁给他的幸福还要大。那么，我劝你早点放弃吧！”

“你怎么能这么说？”珍微微一笑，“你知道，即使她们的反对令我难受，我还是不会犹豫的。”

“我可没这么说。既然如此，那我就不必再替你担心了。”

“假如他今年冬天没回来，我就不再想了。六个月能带来多大的改变啊！”

伊莉莎白不以为然，她认为一切只不过是凯洛琳的一厢情愿罢了，无论她怎么做，对于一个独当一面的成年人来说，绝不会有任何影响。

她的一番解释得到了很好的效果。珍非常高兴，她的个性本来就不会轻易陷入消沉。于是，她开始抱着宾利一定会回来的希望，尽管有时仍会产生怀疑。

姐妹两人一致同意，先不向母亲提到这件事，只告诉她宾利一家已经离开，至于原因则避而不谈。但班奈特太太听到这一点消息后，仍变得十分不安，甚至哭了起来。没多久，她又安慰自己说，宾利先生马上就会回来，并到朗伯恩吃饭，她一定要多准备几道好菜，让他吃得尽兴。

第二十二章

这一天，班奈特一家受邀到卢卡斯家吃饭。好心的卢卡斯小姐又陪着柯林斯谈了一整天，伊莉莎白对她感激不已。“这么做能让他开心点，我真不知该怎么感谢你才好。”她对夏绿蒂说。

这个方法看似十分顺利，要不是柯林斯这么快就要离开的话。但她太不了解他那鲁莽的性格了。隔天一早，柯林斯就偷偷溜出了朗伯恩，跑到卢卡斯家来向她求爱。他担心被表妹们看到，以免在事情还没把握之前就泄露出去。尽管他看出夏绿蒂对他有些意思，但自从礼拜三那次失败之后，他再也不敢鲁莽了。卢卡斯小姐从窗户看见他朝家里走来，连忙到小径上去迎接他，又装出碰巧遇见的样子。她没想到，柯林斯劈头就说出一连串爱慕的话语。

很快地，他们之间的事就定下来了，而且两人都很满意。一走进屋子，他立刻诚恳地要求她选好出嫁的日子。虽然这样的请求相当冒昧，但这位小姐并不想拿她的幸福开玩笑。柯林斯天生一副蠢相，也不善于求爱，卢卡斯小姐之所以答应他，完全是为了他的财产。

他们立刻去请求父母点头，卢卡斯夫妇欣然答应了。他们没有什么嫁妆给女儿，因此柯林斯正是最棒的人选，尤其他将来又能继承一笔遗产。卢卡斯太太开始兴奋地盘算着班奈特先生还有几年可活。威廉爵士说，只要柯林斯先生一得到朗伯恩的财产，他们夫妇就有机会觐见国王了。总而言之，这件事让他们一家都高兴得不得了。

卢卡斯家的小女儿都满怀希望，认为下一个就轮到她们；男孩子也不用担心姐姐嫁不出去了。只有夏绿蒂本人相当镇定，她现在有时间仔细思考这件事了。她心想，虽然柯林斯固执又不讨喜，对她的爱也不会维持多久，但她仍然要嫁给他；尽管她对于婚姻生活不抱期待，但结婚终究是一个家境不好的女孩毕生的梦想；即使结了婚不一定幸福，但至少今后不愁吃穿。她今年二十七岁，人长得又不漂亮，能有这样的丈夫已是万分幸运。只有一点——伊莉莎白对这门亲事的态度。卢卡斯小姐一向把伊莉莎白的友情看得比什么都重要，她一定会惊讶不已，甚至埋怨她；她决定亲自把这件事告诉她，并叮咛柯林斯回去时不要透露任何风声。虽然对方唯命是从，但他出门的时间太久，早已引起班奈特一家的好奇心。当他回家时，所有人立刻向他问东问西，他好不容易才忍住吹嘘一番的欲望。

由于他隔天一早就要启程，当晚大家便相互话别。班奈特太太十分诚恳地说，要是他以后有机会，一定要再来朗伯恩坐坐。

“亲爱的夫人，”他回答，“感谢您的邀约，我也正打算这么做。请放心，我一有空就会来看你们。”

大家都吃了一惊。尤其是班奈特先生，根本不想那么快又见到他，连忙说道：

“亲爱的，你不怕凯萨琳夫人生气吗？别在乎我们这些亲戚，以免得罪了你的女教徒。”

“感谢您的提醒，前辈，”柯林斯回答，“不过请您放心，这么重大的事，没得到她的允许，我绝不会贸然行动的。”

“小心一点为好。什么事都没关系，但千万不能让她不高兴。要是你想来，而她却不希望你来（这很有可能），那请你务必安分地待在家里。放心，我们绝不会怪你的。”

“感谢您的关心，前辈。放心吧！您马上就会收到我的感谢函，感谢你们在哈福德对我的照顾。至于诸位表妹，我也要祝她们健康幸福，连伊莉莎白表妹也不例外。”

一阵寒暄过后，太太小姐们便回到房里。大家听说他马上就会回来，都感到错愕。班奈特太太以为他准备向她的另一个女儿求婚，或许是玛莉。玛莉比任何姐妹都看得起他，她很欣赏他的思想；虽然他不如她聪明，但也能在她的勉励下发愤图强，成为一个不错的伴侣。只可惜，她的希望隔天早上就破灭了。卢卡斯小姐在早饭过后上门，私底下告诉了伊莉莎白这件事。

早在前几天，伊莉莎白就曾想到，柯林斯可能一厢情愿爱上了她的朋友，但她绝不会想到夏绿蒂竟会鼓励他，正如同她自己不会鼓励他一样；因此当她听到这件事，不禁惊讶地叫了出来：

“跟柯林斯先生订婚！亲爱的夏绿蒂，那怎么行！”

卢卡斯小姐听到她脱口而出的责备，镇静的脸色不禁慌张起来，幸好她早已有所预料，因此立刻就恢复原来的从容不迫。

“你为什么惊讶呢？亲爱的伊莉莎。柯林斯先生没能得到你的青睐，难道就不能得到其他女人青睐吗？”

伊莉莎白努力克制着自己，用相当肯定的语气祝他们婚姻幸福。

“我明白，”夏绿蒂回答，“你一定觉得很奇怪，因为在不久以前，柯林斯先生还想跟你结婚呢！可是，只要你仔细想一想，就会赞成我的做法。你知道，我不是个浪漫的人，我只希望有一个舒适的家。论柯林斯先生的性格、人脉和身份，都称得上一个不错的伴侣。”

“当然。”伊莉莎白心平气和地说道。她们尴尬地待了一会儿，便回来和家人一起坐下。夏绿蒂很快就离开了，伊莉莎白仔细思考了这件事，难过了好一阵子。柯林斯在三天内求了两次婚，已经够奇怪了，有人答应了他，更是不可思议。她一向觉得，夏绿蒂对婚姻的看法与她不同，却没料到她竟然会不顾尊严，屈就于世俗的利益。她不仅为朋友的不自爱感到难过，还十分痛心地断定，她朋友的这一决定，绝不会带来多大的幸福。

第二十三章

伊莉莎白和母亲及姐妹坐在一起，回想着刚才听说的事，犹豫是否该把它告诉家人。就在这时，威廉·卢卡斯爵士来了。他是受女儿之托，来班奈特家宣布她订婚的消息。他一面提起这件事，一面夸奖了女士们一番，说自己很荣幸能与她们一家结亲。班奈特家的人十分惊讶，完全不肯相信。班奈特太太更是不顾礼貌，一口咬定他搞错了。任性的莉蒂亚也叫道：

“天哪！威廉爵士，你怎么会这么说？你不知道柯林斯先生要娶莉兹吗？”

威廉爵士是个有修养的人，没有把她们的话当成一回事。虽然他请她们相信他的话，但他表现出了极大的忍耐力，有礼貌地听着她们无理的谈吐。

伊莉莎白觉得自己有责任解开这场误会，于是主动证实了这件消息。为了使母亲和妹妹们相信，她诚恳地向威廉爵士祝贺，珍也马上学着她说话，并夸赞这门婚事多么幸福，柯林斯先生人品极佳，汉斯福德与伦敦也相隔不远。

班奈特太太气得说不出话来，等到威廉爵士一走，她立刻将满腹牢骚发泄出来。第一，她绝不相信这种事；第二，她认为柯林斯一定是被骗了；第三，她相信这一桩婚姻绝不会幸福；第四，这门亲事可能会破裂。她又简单地做出两个结论——第一，这场闹剧全是伊莉莎白一手主导的；第二，大家都联合起来欺负她。在那一天中，她讲的都是这两件事。没有人能安慰得了她，或是抚平她的怒气。这股怨气一直没有消去，她一见到伊莉莎白就破口大骂，一直持续了一个礼拜；她与威廉爵士夫妇说话时，总是粗鲁失礼，一直到一个月后才恢复；至于夏绿蒂，她要等到好几个月后才肯原谅她。

对班奈特先生来说，这件事反而让他愉快多了。他还说，他原以为夏绿蒂是个懂事的女孩，谁知道竟跟他的妻子一样愚蠢，比起他的女儿更是如此。

珍也承认这门亲事十分怪异，可是她什么都没说，反而诚挚地祝他们幸福。虽然伊莉莎白再三向她说明，她却认为这门亲事未必不好。琪蒂和莉蒂亚根本不羡慕卢卡斯小姐，因为柯林斯只不过是个传教士而已，这件事唯一的意义，就是当成一件新闻，带去梅利顿宣传一下。

至于卢卡斯太太，她对女儿获得的美满婚姻感到欣慰，自然不会错过这个讥笑班奈特太太的好机会。于是，她拜访朗伯恩的次数比平常更为频繁，但面对班奈特太太的恶言相向，也不禁有些扫兴。

伊莉莎白和夏绿蒂之间从此有了一道隔阂，绝口不聊这个话题。伊莉莎白认定两人再也无法回到过去那般推心置腹，于是开始将注意力转移到姐姐身上。她一天比一天更关心姐姐的幸福，因为宾利已经离开了一周，却没有任何即将回来的消息。

珍很早就写了回信给凯洛琳。她每天数着日子，等待她再次写信过来。柯林斯曾承诺的那封感谢函在礼拜二寄来了，收信人是她们的父亲。信上说了许多感激的言语，仿佛他在他们家叨扰了一年似的。他先说了一些表示歉意的话，接着又高兴地说，他有幸得到了卢卡斯小姐的芳心，为了见他的爱人，他很快又会顺便来拜访他们，应该就在两周以后的礼拜一。他又说，凯萨琳夫人衷心地赞成他结婚，并希望越快越好，他相信他的爱人一定也不会反对。对班奈特太太来说，柯林斯的重返再也不是件愉快的事了，她也跟她的丈夫一样拼命抱怨。直到想起宾利一直没有回来时，她才偶尔停下来。

珍跟伊莉莎白都对这件事大感不安。一天天过去了，完全没有他的消息，梅利顿纷纷谣传，说他今年冬天再也不会回尼德菲尔德庄园了。班奈特太太听了非常生气，总是加以驳斥，说那是没有根据的谣言。

连伊莉莎白也害怕起来了，她不担心宾利移情别恋，而是怕他的姐妹不让他走。尽管她不愿意这么想，因为这种想法对珍的幸福有害，对于她情人的忠贞更是一种侮辱，但她还是忍不住这么想。他那两位无情的姐妹，和那位足以左右他的朋友连手，再加上达西小姐的诱惑，以及伦敦的声色娱乐，纵使他果真对珍念念不忘，恐怕也挣脱不了这个圈套。

至于珍，她比伊莉莎白更加忧虑，但她不愿把心事显露出来，所以一直没有告诉伊莉莎白。偏偏她的母亲又不懂得体谅她，不到一小时就要提到宾利，还要珍承认自己受了亏待。幸好珍临危不乱，好不容易才忍受住她的这些话。

柯林斯在两周后的礼拜一准时到达。即使朗伯恩不像上次那么欢迎他，但他也够高兴了。多亏他在情场得意，主人一家落得耳根清净，不必再费心应付他。他每天在卢卡斯家消磨大部分的时间，直到他们要睡时才回到朗伯恩，为了自己终日未归向主人道歉。

可怜的班奈特太太，只要一提到那门亲事，她就会不高兴，偏偏到处都能听到人们谈论这件事。她一见到卢卡斯小姐就觉得厌恶，尤其想到她将来会成为这幢房子的女主人，又更加嫉妒了。每逢夏绿蒂登门拜访，她总认为她是来打听自己什么时候才能住进来的；每逢夏绿蒂跟柯林斯低声交谈时，她就认为他们正在讨论朗伯恩的财产，商量班奈特先生去世以后，就要把她和她的几个女儿赶走。她把这些伤心的想法都告诉丈夫。

“亲爱的，夏绿蒂 · 卢卡斯迟早会变成这幢房子的主人，我却只能眼睁睁看着她来取代我，这真叫我受不了！”

“我的好太太，别想这些事了。我们不妨往好的方面想，说不定我活得比你更久呢！”

这些话丝毫安慰不了班奈特太太，她不但没有回答，反而又接着说下去。

“我一想到所有财产都会落到他们手里，就难以忍受。要不是为了继承权，我才不在乎呢！”

“你不在乎什么？”

“什么都不在乎。”

“感谢上帝，你的头脑还没有糊涂到那种地步。”

“亲爱的，凡是关于继承权的事，我都不会感谢上帝。怎么有人能昧着良心，不把财产留给自己的女儿？我真不懂，尤其是柯林斯先生！为什么偏偏是留给他？”

“随你怎么想吧。”班奈特先生说。

第二十四章

宾利小姐的信来了，疑虑也消除了。信上劈头就说，她们决定在伦敦过冬，并替她的哥哥道歉，因为他在临走时，没有来得及向哈福德的朋友们辞行。

希望彻底破灭了。珍接着读下去，除了写信人那种做作的亲切之外，这封信完全没有令人高兴的地方。整封信满是赞美达西小姐的话，并滔滔不绝地谈到她的美。凯洛琳还高兴地说，她们一天比一天来得亲密，而且大胆地预言道，她在上封信中提到的那些愿望，一定会实现。她还得意地写道，她的哥哥已经住到达西家里去，而达西也计划添购新的家具。

珍立刻把这些事都告诉伊莉莎白。伊莉莎白愤怒不已，一方面同情自己的姐姐，另一方面又怨恨那群人。凯洛琳说她的哥哥对达西小姐着迷，伊莉莎白一点也不相信，她仍然认为宾利真正喜欢的是珍。伊莉莎白一向敬重他，现在才知道他是个优柔寡断的人，以至于被那些诡计多端的伙伴们绑住，任凭他们玩弄他的幸福……想到这些，她就感到气愤，甚至鄙夷。如果只是他一人就算了，但这其中还牵动着珍的幸福，或许他也明白这一点，但还是无能为力。究竟是宾利变心了，还是他被蒙在鼓里？虽然对她来说，她应该在弄清楚事实真相后再下评论，但对于她的姐姐来说，无论如何都是一件伤心的事。

隔了一两天，珍才把心事告诉伊莉莎白。那时，班奈特太太像往常一样提到尼德菲尔德庄园和它的主人，又唠叨了老半天；当她走开之后，珍才说道：

“噢！但愿妈妈别再说了！她不知道她这样让我多么痛苦。但我不怪谁。这不会持续太久的，他马上就会被我们淡忘，日子仍然会和往常一样。”

伊莉莎白半信半疑地望着姐姐，一声不响。

“你不相信吗？”珍微微红着脸说道，“你真是不可理喻。他对我来说是个可爱的朋友，但也仅止于此。我既不抱希望，也不曾担心，更没有责备他的理由。感谢上帝，我还没有那种烦恼，再过一段时间，我一定会慢慢习惯的。”她立刻又用更强硬的声调说道：“我现在就可以安慰自己：这全是我的妄想，好在没有伤害到别人，只伤害了自己。”

“亲爱的珍！”伊莉莎白连忙大叫，“你太善良了。你这么善解人意，就像天使一样！我觉得，我以前对你不够好，爱你也不够深。”

珍否定了这一切夸张的赞美，反而用这些话来赞美妹妹的热情。

“别这么说，”伊莉莎白说，“这太不公平了，你总觉得世界上都是好人，只要我说了别人一句坏话，你就感到难受；而我说你是个完美无瑕的人，你却又反驳。放心吧，就算你对世上所有人一视同仁，我也没意见；至于我，我喜欢的人不多，我心目中的好人又更少了。经历过的事越多，我就越对这个世界不满，我相信人性都是见异思迁，我们不能凭着一个人的外表就信任他。最近我遇到了两件事，其中一件我不想说，另一件就是夏绿蒂的婚事。这简直莫名其妙！任你怎么说，都是莫名其妙！”

“亲爱的莉兹，别胡思乱想了，那会毁了你的幸福的。你应该体谅每个人的处境和个性，想一想柯林斯先生的地位和夏绿蒂的谨慎吧！你得记住，她也算一个大家闺秀，光就财产来看，的确是一门合适的亲事。你就顾全大家的面子，想成她对我们的表哥确实有几分敬爱吧！”

“要是看你的面子，我几乎什么都愿意信了；可是这对谁都没有好处。我现在只觉得夏绿蒂根本不懂爱情，要是她真的爱上柯林斯，我又会觉得她简直毫无见识。亲爱的珍，柯林斯先生是个骄傲、自夸、小气的蠢蛋，这一点你也很清楚；你也知道，只有头脑有问题的女人才愿意嫁给他。虽然这个女人就是夏绿蒂，你也不必替她说话，千万别为了某一个人改变原则，也不要试图说服我或是你自己，去相信自私就是谨慎，糊涂就等于幸福。”

“我认为你说得太过火了，”珍说，“等你以后看到他们幸福的时候，就会知道我说得没错。这件事到此为止，谈谈另外一件吧！我不会误解你，可是，亲爱的莉兹，我求你千万不要归咎于那个人，也不要鄙视他，免得让我痛苦。我们绝不能随便认为别人有意伤害我们，也绝不能指望一个年轻气盛的人安分下来。我们往往因为自己的虚荣心而迷失，女人们总会把爱情幻想得太不切实际。”

“因此男人们就故意引诱她们那么幻想。”

“如果这件事是刻意安排的，那就是她们的错。可是世上是否真如某些人所想象的，处处充满阴谋诡计，这我就不知道了。”

“我绝不是说宾利先生早有预谋，”伊莉莎白说，“可是，即使不是故意的，仍有可能做错事情，引起不幸的后果。无论是粗心大意、视而不见还是优柔寡断，都同样能使人不幸。”

“你对这件事也是这样的看法吗？”

“当然——应该归咎于第三种原因。可是，要是我再说下去的话，你一定会不高兴的。趁着我还来得及停住的时候，赶紧停住吧！”

“那么说，你认定他被他的妹妹们控制住了。”

“是的，还有他的朋友。”

“我不相信。他们为什么要控制他？她们希望他幸福，要是他真的爱一个人，别的女人便无法使他幸福。”

“你一开始就想错了。她们除了希望他幸福之外，还有别的盘算。

她们会希望他更有钱有势，希望他跟一个出身高贵的有钱女人结婚。”

“无疑地，她们希望他选择达西小姐，”珍说，“就算是这样，她们也可能是出于一片好心，而不是你想的那么卑劣。她们认识她更久，也难怪她们更喜欢她。可是无论她们自身的愿望为何，她们总不至于违背兄弟的意愿吧？要是她们相信他爱上了我，就绝不会想拆散我们；要是他真的爱我，她们也无法拆散我们。如果你坚持说他爱我，那她们的做法也未免太荒谬了，而我也会更伤心了。别再折磨我了。我绝不会因此感到羞耻……即使有也极其轻微；反倒是他或他的姐妹们的无情，才真正令我难受呢！让我从好的方面去想吧，从合乎人情的方面去想吧！”

伊莉莎白无法阻止她这么想，从此以后，她们就不常提起宾利的名字。

班奈特太太仍然不停抱怨，尽管伊莉莎白天天向她解释，却始终无法减轻她的烦忧。伊莉莎白说了一些连她自己也不相信的理由，说宾利对珍的感情只不过是一时冲动，一旦见不到她，就忘得一干二净了。尽管班奈特太太信了这些话，但她还是每天旧事重提，只有在想到宾利可能在夏天回来时，才会欣慰许多。

班奈特先生对这件事则抱着相反的态度。有一天，他对伊莉莎白说:“嘿！莉兹，我发现你的姐姐失恋了。我要恭喜她。一个女孩除了结婚之外，也喜欢偶尔尝尝失恋的滋味，那可以让她们的脑袋活跃起来，也可以吸引朋友的注意。什么时候轮到你呢？你也不想让珍专美于前吧？现在机会来了，梅利顿有很多军官，足以使这个村子里的每一个年轻女孩失意。韦克翰怎么样？他是个有趣的家伙，一定会用很体面的方式把你遗弃。”

“多谢您，爸爸，差一点的人也够满足我了。我们可不能都指望有珍那样的好运。”

“没错，”班奈特先生说，“不管你的运气好不好，你那好心的母亲都尽力成全你的，只要想到这一点，就足以感到安慰了。”

朗伯恩一家近来坏事不断，令她们闷闷不乐。多亏韦克翰跟她们来往，把这股烦闷消去了不少。她们常见到他，对他赞不绝口，又说他坦白直爽。伊莉莎白听过的那一番话——达西如何对不起他，他因为达西吃了多少苦头——早已成为公认的事实，当人们一想到自己在还没听说这些事情时，就已厌恶达西先生，便忍不住得意起来。

只有珍认为事有蹊跷，哈福德郡的人一定漏掉了一些细节。她是个温柔、公正的人，总是希望别人互相体谅，只可惜大家都把达西当成世上最惹人厌的人。

第二十五章

柯林斯与心爱的夏绿蒂整天谈情说爱，筹划婚礼，就这样过了一礼拜。到了礼拜六，他们不得不分开了。不过，既然他已做好迎娶新娘的准备，离别的愁苦也就不那么难受了，一切只等到他下次再来哈福德郡，确定婚期，从此成为世上最幸福的男人。他像上次一样郑重地告别了朗伯恩的亲戚们，并祝表妹们健康幸福，又答应再写一封感谢函给她们的父亲。

之后的礼拜一，班奈特太太的弟弟偕妻子到朗伯恩过圣诞节，她很是高兴。加迪纳先生是个通情达理、颇有绅士风度的人，无论是个性还是受过的教育，都远远胜过他的姐姐。他出身商界，竟能有这般教养，肯定会让尼德菲尔德庄园的那些小姐大感讶异。加迪纳太太比起班奈特太太以及菲利普太太都要小好几岁，她也是个和蔼、聪明且文雅的女人，朗伯恩的小姐们跟她特别要好。她们常进城拜访她。

加迪纳太太到达后，第一件事就是发礼物，以及讲述最新的服装款式。之后她便坐在一旁，聆听班奈特太太说话。班奈特太太有好多牢骚要发，自从去年见面之后，她在家里受了不少欺负，两个女儿本来快出嫁了，到头来却落得一场空。

"我并不怪珍，"她接下去说，"因为她要是能嫁给宾利先生，那早就嫁了。可是莉兹……唉！妹妹呀！要不是她那么固执，说不定她早已成为柯林斯夫人了。他就是在这个房间向她求婚的，却被她拒绝了，结果反而让卢卡斯太太比我更早嫁掉女儿，还得把朗伯恩的财产让给别人继承。的确，卢卡斯一家太高明了，妹妹，他们都是为了我们的财产。我本来也不想这样说他们，不过事实确实如此。我在家里过得够不顺心了，又遇到这些自私自利的邻居，把我的神经给弄坏了，人也病了……你来得正是时候，给了我极大的安慰，我很喜欢听你讲的故事。"

加迪纳太太早就从珍和伊莉莎白那里知道了来龙去脉，她随便敷衍了班奈特太太几句，便把话题岔开了。

当伊莉莎白跟她单独在一起的时候，又聊到了这件事。"这对珍来说倒也是一门不错的亲事，只可惜失败了。可是这种事是难免的，像宾利先生这样的年轻人，往往很容易就爱上一位美丽的女士，等到两人因为某种原因被拆散后，他也就轻易把她忘了。这种见异思迁的事情多得是。"

"我知道你的话是出于一片好意，"伊莉莎白说，"可惜安慰不了我们。我们并不是败在什么偶发事件上，而是那位年轻人的朋友们从中作梗。这种事情倒不多见。"

"请问，宾利先生的爱情热烈到什么程度？"

"我从未看过像他那么专情的人。他对旁人越来越心不在焉，把整颗心都放在她身上。他们每见面一次，就表现得越明显。在他举办的一次舞会上，他得罪了两三位年轻小姐，没有邀请她们共舞；我找他说过话，他也没有理我。这还不能算是神魂颠倒吗？宁可因为一个人得罪大家，这难道不是恋爱最可贵之处吗？"

"噢！原来如此。这么说来，他的确对她一往情深。可怜的珍！我真替她难过，照她的个性，绝不会一下子就把这件事情淡忘。莉兹，如果是你就好了，你会一笑置之，花不了多少时间。能不能劝她去我们那里小住几日？离开家，换个环境，也许比什么都好。"

伊莉莎白非常赞成这个建议，她相信姐姐也会赞成。

“我希望，”加迪纳太太又说，“她不要因为担心见到那个年轻人而犹豫不决。虽然我们和宾利先生住在同一座城市，却不住在同一区，来往的人也不一样。而且你知道，我们很少外出。因此，除非他自己找上门，否则他们不太可能见到面。”

“那是绝对不可能的，因为他目前被软禁着，达西先生绝不会让他去见珍！亲爱的舅妈，你怎么会这么想呢？达西先生也许听说过圣恩堂街，可是，要是他真的去了那里，他一定会想花一个月的时间洗掉身上的脏污。放心好了，他绝不会让宾利先生单独行动。”

“那更好，我希望他们俩再也不要见面。可是珍跟他的妹妹不是还有书信往来吗？宾利小姐也许会来拜访呢！”

“她不会再跟她往来了。”

虽然伊莉莎白嘴上这么说，但她仍感觉事情还有一线希望。她有时甚至认为宾利先生很可能旧情复燃，朋友们的影响也许无法胜过珍的爱情带来的影响。

班奈特小姐欣然同意了舅妈的邀请，她并没有联想到宾利一家，只希望凯洛琳不和她哥哥同住，那样她就能偶尔去找她玩一个上午，而不至于遇见她的哥哥。

加迪纳夫妇在朗伯恩待了一个礼拜，每天都受邀赴宴会。有时在菲利普家，有时在卢卡斯家，有时又在军官那儿。班奈特太太周到地招待她的弟弟和弟媳，当家中有宴会的日子，必然会有几位军官到场，韦克翰也从未缺席。在这种场合下，伊莉莎白总是热情地赞美韦克翰。加迪纳太太注意到这点，留心观察他们的互动，她并不认为他们相爱了，不过显然已经互有好感，这让她相当不安，她决定在离开哈福德以前，把这件事和伊莉莎白说个明白，并向她解释这么做实在太过草率。

然而，韦克翰对加迪纳太太自有一套办法。远在十多年前，加迪纳太太还没结婚的时候，曾在德比郡住过一段时间，因此跟他有许多共同的朋友。自从老达西在五年前去世之后，尽管韦克翰不太回去那里，但对于她一些朋友的消息，仍旧十分灵通。

加迪纳太太曾亲眼见过彭伯里，并久仰老达西的大名，光是这件事就足以聊上一整晚。她把韦克翰描述的彭伯里和她记忆中的比较了一下，又把彭伯里主人的品德称赞了一番。她听到他提起达西对他的亏待，便努力去回想达西小时候的样子。最后，她终于自信地想起了过去曾听说过的事：费兹威廉·达西先生是个脾气很坏又很高傲的孩子。

第二十六章

一有跟伊莉莎白单独谈话的机会时，加迪纳太太立刻善意地给予忠告，然后又接着说：

“你是个懂事的孩子，莉兹，因此我才敢对你这么说。千万别跟这种没有财产的人谈恋爱，这么做非常轻率；你千万别让自己坠入情网，也不要引诱他坠入情网。我并不是说他不好，他是个有趣的年轻人，要是他能得到他应得的那份财产，我就会认为这门亲事再好不过了。但事实既然如此，你就别再存有非分之想。你很聪明，我们都希望你不要辜负了自己的才智。我知道你父亲十分欣赏你的品行以及果断，别让他失望了。”

“亲爱的舅妈，你也太谨慎了。”

“是呀，我也希望你能够谨慎。”

“唔，你不必着急。我会当心自己，也会当心韦克翰先生。只要我能够避免，我绝不会跟他谈恋爱。”

“伊莉莎白，你这话可就不谨慎了。”

“抱歉，让我换个方式讲。目前我并没有爱上韦克翰先生，真的没有。不过在我见过的人当中，他的确是最可爱的一个，没有人能比得上。如果他真的爱上我——我相信还是不要来得好。我知道这件事很轻率，噢！可恶的达西先生！很荣幸爸爸这么器重我，我绝不会辜负了他。他对韦克翰也有偏见。不过，当一个年轻人恋爱时，绝不会因为没有钱就放弃，我又怎么能例外？何况我又怎么知道该不该拒绝他？因此，我只能答应你不会莽撞行事，我绝不会一下子认定他是命中注定的人。虽然我和他往来，可是绝不会抱着这种想法。总之，我会尽力。”

“假如你不让他这么常来，也许会更好。至少你不必提醒你母亲邀请他。”

“就像我那天做的，”伊莉莎白羞怯地一笑，“的确，最好不要那样。可是也不全是他想来。这个礼拜是为了你才邀请他来的，你知道我母亲，她总以为自己的安排都是最聪明的。这样说你满意了吗？”

舅妈满意了，伊莉莎白也感谢她好心的提醒，于是两人分手了。加迪纳夫妇和珍一离开哈福德郡，柯林斯先生就又复返。他住在卢卡斯家，这让班奈特太太终于彻底死心，并认为这门亲事已是无法阻止的了。“但愿他们幸福！”她恶狠狠地说。礼拜四就是结婚的日子，卢卡斯小姐在礼拜三到班奈特家辞行。临走时，伊莉莎白送她出门，夏绿蒂对她说：

“我相信你一定会常写信给我，伊莉莎。”

“你尽管放心。”

“我还要你赏个脸。你愿意来看我吗？”

“我希望我们能时常在哈福德郡见面。”

“我可能暂时不会离开肯特郡，你来汉斯福德吧。”

伊莉莎白虽然预料到这种拜访不会有什么乐趣，却又无法拒绝。

“我的父母，”夏绿蒂又说，“他们三月会去找我。我希望你跟他们一起来。真的，伊莉莎，我一定像欢迎他们一样欢迎你。”

婚礼结束后，新人就去了肯特郡。没过多久，伊莉莎白收到她朋友的来信，从此她们又恢复了书信往来，不过，要像从前一样畅所欲言已经不可能了。每当伊莉莎白写信给她，都免不了对过去那种推心置腹的信任消逝感到可惜；虽说她也决心保持通信，但这与其说是为了现在的友谊，倒不如说是为了过去的交情。出于好奇心，她对夏绿蒂的前几封信十分盼望，想知道夏绿蒂的命运是否如同她所预料的。但她的信中充满了愉快的情绪与赞美，凡是住宅、家具、邻居、道路，每一样都令她称心；凯萨琳夫人又是那么和蔼可亲。至于柯林斯赞不绝口的汉斯福德和罗辛斯，她则语带委婉。伊莉莎白觉得，一定要亲自去拜访过后，才能了解一切。

珍早已寄来了一封短信，信上说她已平安抵达伦敦。伊莉莎白希望她下次的来信能提到一些关于宾利家的事。

第二封信等得她十分焦急，可是总算没有白等。信上说，她进城已经一个礼拜，既没有看见凯洛琳，也没有收到她的信。她只能猜想自己上次从家里寄给她的那封信，一定是在路上遗落了。她接着写道：

明天舅妈要到那一区去，我想趁这个机会到格罗夫纳街登门拜访。

珍见过宾利小姐后，又写了一封信。上头写道：

> 凯洛琳的精神似乎不太好，但她很高兴见到我，还怪我到伦敦来没有事先通知她。就像我猜想的，她没有收到我上次写的信。我问起了她们的兄弟，据说他的近况不错，不过与达西先生过从甚密，以至于很少与他的妹妹见面。我这一次拜访的时间并不久，因为凯洛琳和赫斯特太太都要出门。也许她们马上就会来找我。

伊莉莎白读着这封信，不由得摇头。她相信除非有什么意外，否则宾利绝不会知道珍到了伦敦。

四个礼拜过了，珍还没有见到宾利的影子。她竭力安慰自己，说自己并未因此难过，但对于宾利小姐的无情，她总算看清了。珍每天早上都在家里等她，等了两个礼拜，每天晚上都替她编造一个借口。最后，那位贵客上门了，可是只待了一下子便离开，态度更是判若两人。珍觉得不能再自欺欺人了，她把这件事写在信中告诉妹妹：

我最亲爱的莉兹：

现在我必须承认，宾利小姐对我完全是虚情假意。我相信你的眼光比我高明，而且还会为我的伤心感到自豪。亲爱的妹妹，虽然现在已证实你的看法是对的，可是，要是从她过去的态度来看，我依然认为，我对她的信任与你对她的怀疑，同样都是合理的，请别以为我固执。我始终搞不懂她过去为什么与我要好，要是再发生相同的情况，我相信我仍会受骗。凯洛琳直到昨天才来看我，来之前不曾通知过我，来之后又显得十分不甘愿；她说了几句敷衍的客套话，说自己很抱歉没有早点来看我，除此之外，从未提到她想见到我之类的话。她在各方面都判若两人，因此，当她临走时，我就下定决心和她绝交。虽然我想埋怨她，但又同情她，因为她当初不该对我那么好。这段交情是由她一手建立的，我猜她一定认为自己做错了，她之所以采取这种态度，完全是为她哥哥担心。我不用再为自己辩解了，虽然我们知道这种担心是多余的，但也足以说明她这样对待我的原因了。既然他有个这么珍惜他的妹妹，那么，不管她担心的是什么，那也是合情合理的。不过，我认为她简直是多此一举，要是他真的倾心于我，我们早就见面了。听她的口气，我相信他知道我在伦敦，但从她的谈话态度看来，又仿佛认定他爱的是达西小姐。我真不懂，我敢说其中一定大有蹊跷，但我只能尽力忘却一切痛苦的想法，只想一些让我高兴的事——例如你和舅舅、舅妈对我的关心。希望很快就能收到你的回信。宾利小姐说他再也不会回到尼德菲尔德庄园，并打算放弃那幢房子，可是语气并不怎么笃定。我们最好别再提起这件事，你从汉斯福德的朋友那里听到了许多趣事，这使我很高兴。请陪威廉爵士和玛丽亚一起去拜访他们吧！我相信你在那里一定会玩得很开心的。

这封信使伊莉莎白感到难受，但一想到珍从此不会再受到他们的蒙蔽——尤其是他的妹妹，她又高兴起来了。她已经不再对那位年轻人有所期待，甚至不希望珍与他重修旧好。她越想越鄙视他，并希望他真的跟达西先生的妹妹结婚，因为按照韦克翰的说法，那位小姐迟早会让他后悔当初抛下爱人，这也算是给他的一种惩罚，对珍更有利。

加迪纳太太也在信上提起上次伊莉莎白答应她关于韦克翰的事，并且问她最近的情况如何。伊莉莎白回了信，虽然她对内容不甚满意，可是舅妈却很满意。他对她的好感已经消失，他对她的殷勤也不见了——他另有所爱了。伊莉莎白轻易看出了这一点，但并没有感到什么痛苦，只是有些感触罢了。她想，要是她有财产，早就成为他的情人了。一想到这里，她的虚荣心也就获得了满足。说到他现在爱的那位女孩，她最大的魅力就是一万镑的财产。这一回，伊莉莎白并没有像对夏绿蒂那般苛求他，她反而觉得这是理所当然的事；她想象他是下了多么大的决心才遗弃她，又认为这个决定对于双方都好，并诚心诚意地祝福他。她把这一切都告诉加迪纳太太了。叙述完之后，她接下去写道：

亲爱的舅妈，如今我深信，我根本不爱他。假如我真的具有了这种纯洁而崇高的感情，那我在听到他的名字时应该会感到厌恶才是，可是我不仅不恨他，也不恨金小姐，反而很乐意把她看成一个好女孩。这一切完全算不上恋爱，我的提防并没有白费力气，要是我对他着迷，亲友们一定会把我当成一个笑柄。我绝不会因为失去他人的重视而遗憾，太受人重视有时需要付出很大的代价。琪蒂和莉蒂亚对他埋怨得更加厉害，她们在人情世故上还有待学习，完全不明白一个不变的真理：美少年和凡夫俗子一样，也得吃饭。

第二十七章

除了这些事，朗伯恩一家就没什么可提了。除了偶尔到梅利顿散步之外，再也没有其他消遣。湿冷的一月和二月就这样过了，三月伊莉莎白要去汉斯福德，起初她并不太想去，但一想到夏绿蒂正在引颈期盼着，她的心态也变得比较正面了。离别促进了她想与夏绿蒂重逢的愿望，也削弱了对柯林斯的厌恶。这个计划不仅新奇，还能让她暂时远离不可理喻的母亲和妹妹，更能趁机去探望珍。随着日子一天天过去，她反而迫不及待起来。最后，依照夏绿蒂原先的计划，她与威廉爵士和他的二女儿同行。这个计划后来又有所变更，决定在伦敦住一夜，这下又更完美了。

唯一叫她难过的就是和父亲离别。他一开始就不希望她去，但既然事情已经决定，他只好要她常常写信回家，他也会亲自回信。

跟韦克翰告别时，两人都十分客气。尽管他正在追求别人，却没有因此忘了伊莉莎白是第一个令他动心的人，也是第一个听他诉苦、第一个对他表示同情的人。他向她道别，祝她一切顺利，又再次赞美了德·包尔夫人，并相信她一定也会这么想。他说话时显得相当热诚，这番盛情想必会使她终生难忘，她相信无论他最终是否结婚，他在她的心目中永远会是一个和蔼可亲的人。

第二天和她同行的那些人，又让韦克翰在她心中的地位提升不少。威廉爵士说不出一句好话，他的女儿玛丽亚虽然脾气很好，头脑却像她父亲一样空洞，也说不出一句好话。听这对父女说话，就跟听到车轮的声音一样无趣，威廉爵士聊的话题不外乎谁觐见了国王，或是谁获颁爵士头衔之类的传闻，而他的礼仪举止也像他的言语一般迂腐。

这段路程不过二十四英里，他们很早就启程了，为的是赶在中午前抵达圣恩堂街。当他们来到加迪纳家的门前时，珍从窗户里看见他们，立刻到玄关迎接。伊莉莎白仔细地端详珍的脸，它仍像往常一样健康美丽，她觉得很高兴。加迪纳家的孩子急着见到表姐，都挤在楼梯口，洋溢着欢乐的气氛。这一天过得十分愉快，早上屋里乱哄哄地忙成一团，接着要出门购物，晚上则到戏院看戏。

伊莉莎白在舅妈身旁坐下，开始聊起珍的事。她仔细地问了许多问题，舅妈说，尽管珍尽力打起精神，仍然难免有沮丧的时候。加迪纳太太还提到宾利小姐拜访圣恩堂街的详细情形，又把珍跟她的谈话转述了一遍，看得出珍确实不打算再与宾利小姐往来了。

接着，加迪纳太太又谈起韦克翰抛弃伊莉莎白的事，把她的外甥女嘲弄了一番，同时又赞美她的忍耐力。

“不过，亲爱的伊莉莎白，”她接着又说，“金小姐是个怎么样的女孩？我可不想把我们的朋友看成一个见钱眼开的人啊！”

“亲爱的舅妈，一个人为了钱结婚，或是为了其他动机结婚，究竟有何不同？去年圣诞节你还怕我轻易嫁给他，但现在，他只不过娶一个拥有一万镑的女孩，你就说他见钱眼开啦？”

“只要让我知道，金小姐是个怎么样的姑娘，我就知道该怎么回答了。”

“我相信她是个好姑娘。我说不出她有什么缺点。”

“可是韦克翰起初根本看不上她，为什么她一继承了祖父的财产后，他就会爱上她了呢？”

“当然，要是他不爱我只是因为我没钱，那他又凭什么去爱一个他不在意的穷女孩呢？”

“但是，她家才刚遭逢变故，他就立刻去讨好她，这也太不像话了。”

“一个处境艰难的人，比较不会注意这些细节。只要她不反对，我们何必反对呢？”

“她不反对并不说明这就是对的。那只代表她有问题，不是脑袋有问题，就是心态有问题。”

“唉！”伊莉莎白叫道，“随你怎么说吧！说他爱钱也好，说她傻也好。”

“不，莉兹，我可没这么说。你知道，这样一个德比郡的好青年，我才不忍心说他坏话。”

“哈，要是光凭这些理由，就足以让我瞧不起那些德比郡的人了，他们那些住在哈福德郡的朋友们也好不到哪儿去。感谢上帝！明天我就要到一个地方去，那里有一个一无是处的人，无论在风度、见解上都很差劲。到头来，我只适合跟那些傻瓜来往。”

“别这样，莉兹，这些话也未免太悲观了。”

她们看完戏，刚要分手的时候，加迪纳夫妇又邀请她参加他们的夏季旅行，这令她喜出望外。

“至于要去什么地方，”加迪纳太太说，“我们还没决定，也许会去湖边。”

对伊莉莎白来说，没有什么比这个计划更合她的意了，她毫不考虑地答应了这个邀请。“我的好舅妈！”她高兴地叫了出来，“太高兴了，太幸福了！你给了我动力，我再也不沮丧了。我们将度过多么快乐的时光啊！我们不会像别的游客一样走马看花，我们会牢牢记住去过的地方；当我们聊到某个风景的时候，绝不会连位置也搞不清楚。但愿我们回想起旅行过程的时候，不要像一般游客那样胡说八道，不堪入耳。”

第二十八章

第二天旅途上的每一样事物，都让伊莉莎白新奇不已。她非常愉快，因为看到姐姐的气色不错，又想到未来那一趟旅行。当他们离开大路，走上一条通往汉斯福德的小径时，所有人都开始寻找着那幢牧师的住宅。他们沿着罗辛斯庄园的栅栏行走，伊莉莎白一想到关于那家人的种种传闻，不禁感到好笑。

终于看到那幢牧师公馆了。大路对面的花园、房子、绿色栅栏，以及桂树围篱……每一件东西仿佛都证明他们抵达了。车子在一道小门前停下，从这里穿过一条鹅卵石小路，就能直达正屋。所有人都下了车，宾主相见，无限欢欣。柯林斯手舞足蹈地迎接朋友，让伊莉莎白对这回的做客更加满意了。她发现她的表哥并没有因为结婚而改变态度，仍然和以往一样拘泥礼节，在门口耽搁了她好几分钟，以问候她们全家的情况。他指出门口，让客人看看那里有多么整洁，便把他们带进了屋子。当客人进入客厅后，他又再次表示欢迎，并连忙把妻子端来的点心重新奉上一次。

伊莉莎白早就预料到他的得意，因此当他夸耀自己的宅邸时，她忍不住心想，这一定是故意说给她听的，以使她后悔当初拒绝了他。

虽然屋内每一样东西都十分整洁、舒适，但她却不想露出任何后悔的态度。她甚至惊讶地看着夏绿蒂，她不懂她和这样的丈夫生活，有什么好高兴的。柯林斯时常会说出一些失礼的话，让他的妻子也感到困窘，每当这种时候，伊莉莎白就不由自主地朝夏绿蒂望去。夏绿蒂有几次被她看得脸红，不过大致上都当作没听见。大家在屋里坐了一段时间，欣赏着每一件家具，又谈了一路上的经历，以及伦敦的一切情形，之后柯林斯就邀请他们到花园里散步。花园很大，布置也很不错，这一切都是他一手规划的，他最大的消遣就是园艺。夏绿蒂认为这种消遣有益健康，也鼓励他这么做；她说这些话时的镇定自若，令伊莉莎白佩服不已。他领着他们走遍了花园的羊肠小道，看遍了每一处景物，并搭配一阵琐碎的讲解。不过，无论是这座花园里的景物，还是整个村子，甚至全国的名胜，都丝毫比不上罗辛斯花园的景色。罗辛斯花园几乎就在他家的正对面，四面是树，从树林的空隙中，可以望见里面有一幢漂亮的建筑。

柯林斯本来想再带他们去看两块草地，但是女士们的鞋子经不起白霜的摧残，于是全都回去了，只留下威廉爵士陪着他，夏绿蒂则陪着妹妹和她的朋友参观房子。房子很小，但是五脏俱全，布置得也很精巧。伊莉莎白对夏绿蒂赞不绝口，只要柯林斯不在，便能维持不错的气氛。她看见夏绿蒂的得意，不由得想到她平常一定不在乎柯林斯。

伊莉莎白打听到凯萨琳夫人还在乡下，她在吃饭时又提起了这件事。柯林斯立刻插嘴：

“一点都没错，伊莉莎白小姐，礼拜天晚上你就会有幸在教会见到凯萨琳·德·包尔夫人。你一定会喜欢她，她为人谦和，毫无架子，我相信做完礼拜后，你就能得到她的关注。我还能保证，只要你待在这里，只要遇到她邀请我们做客，一定也不会漏掉你跟我的小姑玛丽亚的。她对待我的夏绿蒂真是好极了，我们每周去罗辛斯吃两次饭，她从来没有一次让我们走路回家，总是用自己的马车送我们……应该说，是用她的某一辆马车，因为她有好几辆呢！”

“的确，”夏绿蒂说，“凯萨琳夫人是个通达情理的女士，还是位很好的邻居。”

“说得很对，亲爱的，你说得太好了。像她这样的女士，无论你怎么尊敬她都远远不够。”

这一晚大都在谈论哈福德郡的事，并把之前信上说过的话重提了一遍。大家散去之后，伊莉莎白独自待在房里，想到夏绿蒂究竟有多么满意现状，又多么善于应付丈夫。不得不承认，一切都好极了。她又想象这次做客的时光将会如何度过，想必是平淡无奇的日常生活，加上柯林斯那惹人厌的谈话，以及跟罗辛斯一家的应酬来往，等等。她那丰富的想象力很快就解决了问题。

第二天正午时分，她正准备出去散步，忽然听到楼下一阵喧哗，整间屋里的人顿时慌张了起来。没过多久，有人匆匆忙忙跑上楼，大声叫她。她打开门，在楼梯口遇到玛丽亚，她正激动得喘不过气，叫道：

“噢，亲爱的伊莉莎！请你快到餐厅去，那里有值得一看的场面呢！我先不跟你说是怎么回事。快！快下来！”

伊莉莎白从玛丽亚口中问不出端倪，只好跟着她跑进那间正对大路的餐厅。原来，有两位女客人来了，她们乘坐的马车正停在花园门口。

“就这样？”伊莉莎白嚷道，“我还以为有猪闯进了花园呢！原来只不过是凯萨琳夫人跟她的女儿罢了。”

玛丽亚大吃一惊，“不，亲爱的，那不是凯萨琳夫人。那位老太太是詹金森太太，她也跟她们住在一起。另一位是德·包尔小姐。你看看她那副模样，谁想得到她竟然这么瘦小！”

“她真是太没礼貌了。风这么大，却让夏绿蒂待在门外。她干吗不进来？”

“噢！夏绿蒂说，德·包尔小姐难得来一趟，这真是天大的荣幸。”

“瞧她那副模样！”伊莉莎白一面说，一面兴起了各种念头，“她看起来身体不好，脾气又坏，嫁给他真是再适合不过了。”

柯林斯夫妇都站在门口跟女客人说话。伊莉莎白感到好笑的是，威廉爵士也毕恭毕敬地站在一旁，虔诚地望着眼前的女士。每当德·包尔小姐朝他望去时，他总是一鞠躬。

他们的交谈结束了，两位女客人乘车离开，其他人都返回屋内。柯林斯一看到伊莉莎白，就夸她们走运。夏绿蒂把他的话解释给她们听，原来罗辛斯明天又要请他们去吃饭了。

第二十九章

罗辛斯这一次的邀请，使得柯林斯感到得意极了。他本来就打算让他那些好奇的客人们去见识一下那位女教徒的派头，看看她多么礼遇他们夫妇俩，想不到这么快就有了机会。

“老实说，”他说，“她请我们礼拜天去喝茶，在罗辛斯度过一个下午，这完全在我预料之中。她一向多礼，我知道她一定会招待我们的，只是没想到竟会这么隆重罢了。谁会想到你们才刚到这里，就有幸被她邀请了呢？”

“这我倒不怎么惊讶，”威廉爵士说，“大人物的处世之道都是这样，像我这样有身份的人，见过的可多了。在达官贵人之中，这类风雅好客的事不足为奇。”

直到隔天上午，柯林斯不停地向她们仔细介绍，去了那里将会看到什么，以免到时他们被那宏伟的房子、众多的仆从，以及丰盛的菜肴吓得慌了手脚。

当女士们正要回房打扮时，他又对伊莉莎白说：

“不用太担心服装，亲爱的表妹。凯萨琳夫人不会要我们穿得太华丽，只有她和她的女儿才配得上那种打扮。我建议你只要从你的衣服中，选一件出色的穿上就行，不用太过讲究。凯萨琳夫人绝不会因为你衣着朴素就鄙视你，她喜欢每个人按照本分行事。”

当她们换装的时候，他又到每个人的房门外催促她们，因为凯萨琳夫人最痛恨客人迟到。玛丽亚一听说她这么可怕，不禁吓了一跳，因为她一向不善于应酬。一想到要去罗辛斯拜访，她就像父亲当年觐见国王一样慌张。

天气十分晴朗，他们穿过花园，做了一次半英里远的散步，顺便欣赏每一间房屋的花园。伊莉莎白感到心旷神怡，但并没有像柯林斯所说的那般陶醉不已。尽管他一边数着屋前的一扇扇窗户，一边说，光是这些玻璃，就花了刘易斯·德·包尔爵士一大笔钱，但伊莉莎白并没有被这些话打动。

他们踏上台阶，走进穿堂。玛丽亚更慌张了，连威廉爵士也无法保持镇定。只有伊莉莎白仍然无所畏惧。无论是哪一方面，她都不觉得凯萨琳夫人有什么足以令她敬畏的地方，金钱与权势丝毫不能吓倒她。

进入穿堂后，柯林斯便带着一副狂喜的表情，指出屋内的富丽堂皇。仆人带着客人走过前厅，来到凯萨琳夫人母女和詹金森太太的起居间。夫人温和地站起身来迎接，夏绿蒂立刻出面介绍宾主双方，省略了那些柯林斯认为不可或缺的客套话。

尽管威廉爵士曾进宫觐见过国王，但一看到四周的奢华气派，仍然吓得说不出话来，他的女儿更是魂飞魄散，她独自坐在椅上，不知该把眼光飘向何处。伊莉莎白倒是气定神闲，面不改色地瞧着三位女主人。凯萨琳夫人是位高大的妇人，五官清晰，年轻时似乎很美。她的态度并不客气，仿佛随时提醒客人自己有多卑微。她的可畏之处倒不是默不作声，而是她说话时高高在上的语调，这让伊莉莎白顿时想起韦克翰的话。经过观察之后，她更加觉得凯萨琳夫人果真与韦克翰形容的一样。

她仔细打量她一眼，立刻发现她的容貌与达西先生略有相似。接着她把目光转到她的女儿身上，她的瘦小使伊莉莎白和玛丽亚都惊奇不已。母女二人无论体态、面貌，都没有相似之处。德·包尔小姐脸色苍白、满面病容，五官虽不难看，但也毫不起眼。她不太说话，只有偶尔跟詹金森太太嘀咕几句。詹金森太太的相貌也很平凡，她全神贯注地听着小姐说话，并且挡在她面前，不让别人看清楚她。

坐了几分钟以后，客人们被打发到窗户旁欣赏风景。柯林斯陪着他们，一面向他们解说，凯萨琳夫人也和善地告诉他们说，夏天的景色会更好。宴席果然豪华，侍候的仆人及盛酒菜的器皿，也跟柯林斯形容的一模一样，正如他预料的，夫人果然吩咐他坐在末席，这让他自豪不已。他一边吃，一边兴致勃勃地赞美着；每一道菜都由他先夸奖过了，然后再换威廉爵士夸奖一次。威廉爵士如今已完全消除了恐惧，可以附和他的女婿了。伊莉莎白看到这对翁婿的模样，不禁为凯萨琳夫人感到担心，不过凯萨琳夫人似乎对这些夸张的赞美十分满意，总是露出仁慈的微笑，尤其是在端上一道客人们从未见过的菜肴时。宾主双方的话都不多，伊莉莎白虽然算得上健谈，但座位不好——一侧是夏绿蒂，她正在用心听凯萨琳夫人说话，一侧是德·包尔小姐，从头到尾没说过一句话。詹金森太太很注意德·包尔小姐，她看小姐吃得太少，便逼她吃了一些，但还是怕不够。玛丽亚根本不想说话；男客人们只顾着吃与赞美。

女客人们回到会客室以后，继续听凯萨琳夫人说话，一直到咖啡端上来为止。无论她聊到哪件事，总是那么斩钉截铁、不容异议。她不客气地问起夏绿蒂的日常生活，又提供她一堆关于家务上的意见。她对她说，像她这样的小家庭，一切都应该仔细安排；又教她如何照顾母牛和家禽。伊莉莎白发现这位贵妇只要有机会命令别人，就绝不肯轻易放过；她与夏绿蒂说话时，也偶尔会向玛丽亚和伊莉莎白问几个问题，特别是伊莉莎白。她不太了解伊莉莎白跟她们之间的关系，不过她对夏绿蒂说，她是个优雅、漂亮的女孩。她不时问伊莉莎白有几个姐妹，比她大还是比她小，她们是否已经结婚，她们长得好不好看，在哪里受教育，她们父亲的马车长什么样子，她母亲姓什么。伊莉莎白觉得她十分唐突，但还是心平气和地回答了她。

"你父亲的财产会由柯林斯先生继承吧？"说到这里，她转过头对夏绿蒂说，"若是为你着想，我会觉得高兴，否则我实在不懂为什么不让自己的女儿继承财产，却要让给别人。刘易斯·德·包尔家就没有这种规定。你会弹琴唱歌吗，班奈特小姐？"

"略懂一二。"

"噢，有机会一定要听听看。我们的琴非常好，说不定比……你有空来试试吧，你的姐妹们会弹琴唱歌吗？"

"有一个会。"

"为什么不全部都学呢？你们都应该学。韦伯家的小姐们就个个都会，她们的父亲赚得还比你父亲少呢。你们会画图吗？"

"不，完全不会。"

"什么？一个人也不会吗？"

"是的。"

"这就奇怪了，我猜是你们没机会学吧？你母亲应该每年春天带你们到城里找老师才对。"

"我妈妈不会反对，可是我父亲厌恶伦敦。"

"你们的家庭老师还在吗？"

"我们从来没有请过家庭老师。"

"没有老师？那怎么可以！家里养了五个女孩，却不请个家庭老师！我从来没听过这种事！你妈简直把你们当成奴隶了。"

伊莉莎白忍不住笑出来，并一面告诉她说，事实并不是那样。

"那么谁教育你们呢？谁服侍你们呢？没有一个家庭老师，你们不就没人管教了吗？"

"跟一些家庭比起来，我们家的确是比较放任；可是姐妹之中，凡是好学的，也一定会有管教。父母常鼓励我们读书，也会请老师，但要是想偷懒，他们也没什么意见。"

"当然，所以请家庭老师就是为了防止这种事情。要是我认识你的母亲，我一定会建议她请一位。我认为一旦缺少按部就班的教导，学习就不会有成果，而这又只有家庭老师办得到。说起来，有很多人家的家庭老师都是由我介绍的，我喜欢帮一个年轻人做出最好的安排，詹金森太太的四个侄子女都是这样。就在前几天，我又引荐了一个小姐，她的雇主对她非常满意。柯林斯太太，我有没有跟你说过，麦卡福夫人昨天曾来答谢我？她非常欣赏波普小姐，还跟我说：‘凯萨琳夫人，你送给我一件宝物。’你的妹妹们踏入交际圈了吗，班奈特小姐？”

“是的，夫人，全部都出来交际了。”

“全部！什么，五个姐妹一起？太奇怪了！姐姐还没有嫁人，妹妹就出来交际了！你的妹妹们一定还很小吧？”

“是的，最小的才十六岁。或许她还太小，不适合交太多朋友。不过，夫人，要是因为姐姐们还没结婚，做妹妹的就不能有社交和娱乐，那也太不公平了。每个人都有享受青春的权利，怎么能为了这种理由，就把她们关在家里呢？我认为那样既无法增进姐妹情感，也无法养成温柔的性格。”

“真想不到，”夫人说，“你还这么年轻，就这么有主见。你几岁了？”

“我已经有三个妹妹成年了，”伊莉莎白笑着说，“你总不会一定要知道我的年龄吧？”

凯萨琳夫人没有得到直接的回答，显得很惊讶。敢和这位没礼貌的贵妇开玩笑的人，伊莉莎白恐怕是第一个。

“你顶多二十岁，没有必要隐瞒年龄。”

“我不超过二十一岁。”

喝过茶之后，男士们都来她们这里打牌。凯萨琳夫人、威廉爵士和柯林斯夫妇凑成一桌，剩下的两位女孩只好陪德·包尔小姐与詹金森太太组成另一桌。这一桌真是枯燥乏味，詹金森太太偶尔问德·包尔小姐觉得温度如何、光线如何，对于牌桌上的事则一字未提。另外一桌可就热闹多了，凯萨琳夫人几乎一直在讲话，聊着另外三人的失误，或是聊自己的趣闻轶事。她每说一句，柯林斯就会附和一句；每当他赢了，都会感谢她，赢得太多，还会向她道歉。威廉爵士不太说话，只顾着把一件件趣闻和一个个高贵的名字塞进大脑。

所有人一直玩到凯萨琳夫人母女俩不想再玩时才散场。她派马车送夏绿蒂回家，夏绿蒂很感激地接受了。大家又围着火炉，听凯萨琳夫人评论明天的天气，直到马车准备好，她才停止说教。柯林斯讲了许多感激的话，威廉爵士也鞠了好多次躬后，宾主双方才互相道别。马车一走出大门，柯林斯就要求伊莉莎白发表她对罗辛斯的感想。看在夏绿蒂的面子上，她勉强敷衍了几句，尽管她说出不少好话，却无法令柯林斯满意，他又开口把老夫人重新赞美了一番。

第三十章

威廉爵士只在汉斯福德待了一个礼拜，但在这次短暂的拜访中，他已经看出女儿过得不错，而且还有了这么棒的丈夫和邻居。威廉爵士做客期间，柯林斯总是每天早上陪他乘着马车到郊外游玩。他走了之后，家里又恢复正常生活。伊莉莎白十分庆幸，这一段时间中，她跟表哥相处的机会并不多。他在早餐和午餐之间，不是在整理花园，就是在那间正对大路的书房里阅读写作，或是眺望窗外；而女客房则在房屋另一侧。起初，伊莉莎白很纳闷，为什么夏绿蒂不选择宽敞、采光又好的餐厅作为客厅呢？不过她立刻看出了理由——要是客厅太舒适的话，柯林斯待在房里的时间就会变少了。她很赞赏夏绿蒂的安排。

从会客室里看不见外面大路的情形，幸好每次有车子驶过时，柯林斯都会主动告诉她们。特别是德·包尔小姐，她几乎每天都乘着小马车经过，并停在门口跟夏绿蒂闲聊几分钟——只是主人从不请她下车。

柯林斯几乎每天都要去罗辛斯，每隔几天就会带妻子一起去。伊莉莎白一直认为他们还有其他事要处理，否则没有必要牺牲那么多时间。有时夫人也会光临他们的宅邸，询问他们的日常生活，检查他们的家务，建议他们该怎么做；又挑剔地说，他们的家具摆设不好，或是他们的仆人偷懒；她偶尔会留下来吃饭，仿佛想看看柯林斯太太是否节俭。

伊莉莎白立刻就发现，这位贵妇即使没有任何正式的职称，却俨然是教区里最积极的法官，任何芝麻小事都会由柯林斯向她汇报。只要有谁吵架闹事，她就会亲自到村里处理，并骂得他们灰头土脸，不敢再生事。

罗辛斯大约每周会请她们吃一两次饭。虽然少了威廉爵士以及一桌牌局，不过每次宴会几乎都跟第一次一模一样。他们几乎没有别的邀约，因为附近的其他人家，柯林斯根本高攀不起，不过伊莉莎白对这种生活已经够满意了。她常和夏绿蒂聊个半小时，或是到户外享受宜人的天气。其他人去拜访凯萨琳夫人的时候，她会到花园旁的树林里散步，她喜欢那里的一条绿荫小道，在那里也可以避开凯萨琳夫人的注意。

两个礼拜就这样过去了。复活节的前一周，罗辛斯家将接待一个客人。这对他们这个小圈子来说是件大事，伊莉莎白一到那里，便听说达西最近即将到来，虽然她觉得在她认识的人之中，几乎没有比达西更惹人厌的，不过他的出现却能使罗辛斯的宴会增添一丝新奇，还能从他对表妹的态度看出宾利小姐的希望破灭，这更是有趣。凯萨琳夫人显然已把女儿许配给他，一提到他就显得兴致勃勃，对他赞不绝口，但一听到夏绿蒂和伊莉莎白早就认识他，还见过几次面，又觉得有些生气。

不久，柯林斯一家听说达西来了，因为柯林斯当天上午都在家门口来回走动，以便尽快得到消息。当马车驶进花园，他连忙鞠躬，接着就跑进屋里宣布这件重大的新闻。第二天早上，他赶紧拜访罗辛斯。那里有凯萨琳夫人的两位姨侄，除了达西之外，还有一位费兹威廉上校，是达西舅舅的小儿子。柯林斯回家时，把那两位贵宾也带来了，让所有人大吃一惊。夏绿蒂从房内看见一行三人从大路上走过来，便立刻跑去告诉小姐们说，马上就会有贵客莅临。

“伊莉莎，托你的福，不然达西先生才不会这么快就来拜访我呢！”

伊莉莎白还来不及反驳，门铃就响起了。没过多久，宾主三人一同进屋，带头的是费兹威廉上校，大约三十岁，长相不英俊，但仪表和谈吐都极为优雅。达西几乎跟当初在哈福德郡见到时一样，他用那一贯的庄重向柯林斯太太问好。尽管他对伊莉莎白隐含某种情愫，但当他见到她的时候，神情却十分镇定。伊莉莎白只对他行了屈膝礼，一句话也没说。

费兹威廉上校立刻就跟大家聊了起来。他口齿伶俐，像个有教养的人，并且语带风趣；但他的表哥却只在女主人面前评论了房子和花园几句，就坐在那里不动。过了一会儿，他又想到了一些问题，便向伊莉莎白问起她们一家的安好。伊莉莎白照例敷衍了几句，停了片刻，她又说：

“我姐姐最近三个月一直待在城里。你有看过她吗？”

尽管她知道那是不可能的，但还是想从他的口气，打探出他是否知道宾利一家与珍的关系。达西回答说，他从未见过珍，但说话的神情似乎有些慌张。这个话题没有继续，两位贵客很快就告辞了。

第三十一章

费兹威廉的气质大受柯林斯一家赞赏，女士们都觉得他能使罗辛斯家的宴会增添不少乐趣。不过，他们已经有好几天没有去罗辛斯了，因为那里有了新客人，用不着他们了。直到复活节那天，也就是两位贵宾到达一周之后，他们才得到邀约，但也只不过是在做完礼拜后上门坐坐罢了。上一个礼拜他们几乎没有见到凯萨琳母女。在这段时间里，费兹威廉曾来拜访过几次，但是达西却没有再来过，他们只有在教堂见过他。

所有人准时应邀，抵达了凯萨琳夫人的会客室。夫人客气地接待了他们，不过，显然他们不像其他客人那样受欢迎，而且夫人的注意力几乎都在两位姨侄身上，只顾着跟他们说话，特别是达西。

费兹威廉上校见到他们格外高兴，因为罗辛斯的生活太过乏味，使他需要一些调剂。他很喜欢柯林斯太太的那位漂亮朋友，于是坐到她身边，开始津津有味地聊到肯特郡、哈福德郡，以及各种休闲喜好，让伊莉莎白感觉受宠若惊。他们的对话也吸引了凯萨琳夫人和达西的注意。达西的一双眼睛好奇地打量这两个人，接着夫人也想到了同一件事，她毫不掩饰地叫道：

“你们在聊什么？你跟班奈特小姐说了什么？也让我听听。”

“我们在聊音乐，姨妈。”费兹威廉上校不得不回答道。

“聊音乐！那么请聊得大声一点吧！我最爱音乐了，你们也该让我加入这个话题。我认为，在英国，没有几个人像我这么热爱音乐，也没有人的品位比我好。要是我有学的话，一定会成为一个音乐家，安妮也是。乔治安娜学得怎么样了，达西？”

达西先生极其诚恳地把自己的妹妹称赞了一番。

“听到她弹得这么好，真令我开心，”凯萨琳夫人说，“请替我告诉她，请她一定要多多练习。”

“姨妈，请你放心，”达西说，“就算你不这样劝她，她也会经常练习。”

“那就好。练习永远不嫌多，我下次写信给她时，一定要叮咛她不可以偷懒。我常告诉年轻的小姐们，想学好音乐，就一定要经常练习。我已经告诉过班奈特小姐好几次，除非她勤加练习，否则永远不会有出息的。我常跟她说，柯林斯太太家里虽然没有钢琴，但我很欢迎她每天到罗辛斯，用詹金森太太房里的那台钢琴练习。你知道，她在那里不会妨碍到什么人。”

达西先生看到姨妈这种失礼的态度，感觉有些丢脸，因此没有理会她。

喝完咖啡后，费兹威廉上校提醒伊莉莎白，说她刚才曾答应弹琴给他听。伊莉莎白于是坐到钢琴旁，他也拉了一把椅子坐在她身旁。凯萨琳夫人听完半首曲子后，又像刚才一样和姨侄谈起话来。这位姨侄终于受不了她，从容不迫地走到钢琴前，以便好好欣赏演奏者美丽的面貌。伊莉莎白看出了他的用意，便停下演奏，转过头来对他娇媚一笑。

“达西先生，你忽然走过来，难道是想吓我吗？就算你妹妹的琴艺有多么好，我也不在乎，我绝不会被你吓住的。越是想吓唬我，我的胆子就越大。”

“我不会反驳你，”达西说，“因为你并非真的这么想。幸好我认识你很久了，知道你总是口是心非。”

伊莉莎白听到这样的形容，忍不住笑了出来，对费兹威廉说：“你的表哥竟把我说成这么糟糕的人，叫你不要相信我的任何一句话。我真不走运，本来想再吹牛一番，骗别人相信我有多么厉害，偏偏遇到了一个把我看穿的人。老实说，达西先生，你把我在哈福德郡的糗事全都说了出来，这实在太不厚道了。而且，容我冒昧说一句，这也是不智的；因为这么做会激起我的报复心，让我也说出一些令你的亲戚们吃惊的事情来。”

“我不在乎。”他微笑地说。

“说说看吧，”费兹威廉连忙叫道，“我很好奇他跟陌生人相处时是什么样子。”

“那我就告诉你，请别太过吃惊了。你知道，我第一次在哈福德郡遇见他，是在一个舞会上，你知道他在那里做了什么？他一共只跳了四支舞！男客人已经很少了，他却只跳了四支，何况当时在场的女客人中，有很多人是没有舞伴的。达西先生，你可不能否认这件事。”

“说来遗憾，当时现场除了朋友之外，我一位女士也不认识。”

“是啊，而且舞会上是不介绍女伴的。啊，费兹威廉上校，你希望我再弹什么呢？我的手指正在等着你的吩咐。”

“也许，”达西说，“我当时最好请人介绍，但我又不配向陌生人自我推荐。”

“我们是否该问问你的表哥，这到底是为什么呢？”伊莉莎白仍对着费兹威廉上校说话，“是否该问问他，一个有阅历又有学识的人，为什么不配把自己推荐给陌生人呢？”

“这个问题我可以代为回答，”费兹威廉说，“那是因为他怕麻烦。”

“的确，”达西说，“我没有别人那么厉害，能在陌生人面前谈笑风生。我也不会像别人那样虚情假意地嘘寒问暖。”

“我的手指，”伊莉莎白说，“弹琴时不像其他小姐那么有气势，也不像她们那么有力和灵活，更不带有感情。我一直认为这是我的缺点，是我努力不足的缘故，而不是因为它们比不上那些小姐。”

达西笑了笑说：“你说得对极了，可见你更懂得利用时间。凡是有幸听过你的演奏的人，都觉得你毫无缺点。但我们两人可就不愿意在陌生人面前表演。”

这时，凯萨琳夫人打断了他们，她大声地问他们在聊些什么。伊莉莎白立刻重新演奏起来，凯萨琳夫人走过来，听了几分钟之后，就对达西说：

“要是班奈特小姐能再多练习，或是去伦敦请一位名师来指点的话，就没有什么缺点了。虽然她的气质比不上安妮，可是她弹得很熟练。要是安妮的身体好，能够学习的话，一定能成为一位了不起的演奏家。”

伊莉莎白看着达西，想观察他对夫人这番夸奖女儿的话有什么反应，可是她完全感觉不出他对表妹有任何一丝爱意。她不禁替宾利小姐感到安慰。

凯萨琳夫人继续对伊莉莎白的演奏发表意见，还给了她许多关于演奏和鉴赏的建议。伊莉莎白只好耐心地听着，她在两位男客的要求下，一直弹到夫人准备好马车送他们回家。

第三十二章

第二天早晨，夏绿蒂和妹妹有事到村里去了，伊莉莎白独自在家里写信给珍。忽然间，门铃响了起来，让她吓了一跳。她并未听到马车的声音，因此猜想是凯萨琳夫人来了。她不安地把写到一半的信搁在一旁，免得她又问东问西。就在这时，门开了，走进来的竟然是达西先生——只有他一个人。

达西看见她单独一人，也显得很吃惊，连忙道歉，说他原以为女士们都在家，因此才冒昧进屋。

他们俩坐了下来，伊莉莎白向他问了一些关于罗辛斯的事，之后两人便无话可说。就在这尴尬的时分，她想起了他们上次在哈福德郡见面的情形，顿时起了好奇心，想问问他对那次匆忙的离别有什么看法。

“去年十一月你们离开得多么突然！达西先生。宾利先生看到你们全部跑去追随他了，一定相当惊讶吧？我记得他只比你们早走一天，我想，当你离开伦敦时，他和姐妹们的身体一定都很不错吧？”

“是的，感谢你的关心。”

她发现对方不打算说下去，隔了一会儿又说道：

“我想，宾利先生大概不打算再回尼德菲尔德庄园了？”

“我从没听他这么说。但他也许不会在那里长住，他的朋友很多，又年轻，免不了要交际应酬。”

“如果他不打算在尼德菲尔德庄园长住，那么，为了邻居们着想，干脆退租算了，这样我们也能得到一个永久的邻居。不过，宾利先生租下那栋房子，或许只是为了一时方便，并没有顾虑到邻居。”

“我想，一旦他找到了合适的房子，马上就会退租。”达西先生说。

伊莉莎白没有回答，她不想再聊到他的那位朋友。既然没有别的话好说，她打算让他自己找出一个话题。

他明白了她的意思，没过多久就说道：“柯林斯先生的这栋房子看起来不错，我相信他刚来汉斯福德的时候，凯萨琳夫人一定在上面花了不少心思。”

“我也这么想。而且我敢说，她的努力没有白费，因为世上再也没有像他这么知恩图报的人了。”

“柯林斯先生娶到这样一位夫人，真是幸运。”

“是啊，的确幸运。他的朋友真该为他高兴，竟然有一位头脑清楚的女人肯嫁给他，又能使他幸福。我这位朋友是个聪明人，但我可不认为她嫁给柯林斯先生是明智之举，不过她却乐在其中。再说，用大众的眼光来看，她的这桩婚姻的确十分理想。”

“这里离她的娘家和朋友家都很近，她想必很满意。”

“很近吗？将近五十英里呢！”

“只要交通方便，五十英里又算什么？半天就能抵达。”

“我从不觉得离家近也能成为婚姻的优势之一，”伊莉莎白说，“我绝不会说柯林斯太太住得离家近。”

“这说明你太留恋哈福德郡。我猜你只要走出朗伯恩一步，就会觉得远。”

他说这句话的时候，不禁微微一笑。伊莉莎白明白，他也许认为她想起了珍和尼德菲尔德庄园吧？于是她脸红地回答道：

"我并不是说，女人就一定要嫁到远方。远和近是相对的，必须视各种情况而定。只要负担得起旅费，再远又有什么关系呢？但这一家却不是这样。柯林斯夫妇虽然收入小康，却无法经常旅行。即使把这段距离缩小一半，我相信她也不会认为离娘家很近的。"

达西先生把椅子移近她一些，"你不能这么依赖。总不能一辈子待在朗伯恩吧？"

伊莉莎白露出讶异的表情。达西也感受到一股奇怪的情绪，便把椅子又往后拖，从桌上拿起一张报纸，看了一眼，然后用一种较冷静的声调说道：

"你喜欢肯特吗？"

于是两人开始简短地谈起这个村子。彼此都很冷静，言语也很简洁。过了一会儿，夏绿蒂姐妹回来了，谈话才终于结束。她们看到这两人促膝谈心，都感到诧异。达西把自己遇见班奈特小姐的原委说了一遍，然后又坐了几分钟才离开，一句话都没有多说。

"这代表什么？"他离开之后，夏绿蒂说，"亲爱的伊莉莎，他一定爱上你了！否则他绝不会这么随便来看我们的。"

伊莉莎白把他刚才哑口无言的模样描述了一遍，这下连夏绿蒂也不认为是这么一回事了。她们猜了半天，最后得到的结论是：他这回上门只是因为闲来无事，想来拜访朋友。这种说法倒也合理，因为这个季节早已不适合野外活动，虽然在家里能和凯萨琳夫人聊天、阅读，或是打打撞球，但男人们在屋里总是待不住。由于牧师公馆很近，里头的人又很有趣，那两位表兄弟经常前来做客。他们几乎每天上门，每次都是早上，有时同行，有时单独来，他们的姨妈偶尔也会跟着他们。女士们都很清楚，费兹威廉正是为了她们而来，而她们也越来越喜欢他。伊莉莎白跟他相处很开心，他显然也爱慕伊莉莎白，这种情况使她想起了过去的心上人乔治·韦克翰。虽说相较之下，费兹威廉没有韦克翰那么温柔、迷人，但是他脑子里的花样显然更多。

至于达西来的目的，始终没有人明白。他绝不是因为喜欢热闹，因为他总是坐在一旁一声不吭，说起话来也言不由衷。他很少有真正高兴的时候。夏绿蒂一直搞不懂这个人，费兹威廉偶尔也会笑他发呆，看得出他平常并不是这个样子。尽管夏绿蒂想不到其中的缘由，却希望他的这种变化是出于恋爱——爱上她的朋友伊莉莎白。于是她一本正经地思考起来，想把事实搞清楚。每当她们拜访罗辛斯时，或是当他来到汉斯福德时，她总是仔细注意他，但一无所获。他的确常痴痴地望着她的朋友，可是夏绿蒂无法确定他的目光里头究竟含有多少爱意，甚至那道目光有时可以说是心不在焉。

她曾经有几次暗示伊莉莎白，说他可能爱上了她。但伊莉莎白往往一笑置之，夏绿蒂也认为不该执着于这件事，以免让她动了心，到头来却只落得一场空。照她的看法，只要伊莉莎白发现自己俘虏了他，那么，对他的一切厌恶自然就会烟消云散了。她善意地为伊莉莎白做打算，有时也想撮合她跟费兹威廉。他是个风趣的人，而且也爱慕她，社会地位更是无可挑剔；不过，他不像达西在教会中拥有极大的影响力，相形之下，那些优点就微不足道了。

第三十三章

伊莉莎白在花园散步时，曾有好几次出乎意料地遇见达西。在这种毫无人烟的地方遇到他，真是不幸，她觉得命运仿佛在跟她作对。她第一次就告诉他，她之所以喜欢一个人来这里，就是为了避开他。她认为这种事不会再有第二次了，想不到不仅有第二次，甚至还有第三次；简直就像他故意要找她麻烦，或是找她赔罪——因为他既不随口敷衍，也不掉头就走，而是陪她一起散步。他从不多说一句话，她也懒得问；直到第三次见面的时候，他才问她在汉斯福德过得好不好，问她为什么喜欢一个人散步，又问她是否觉得柯林斯夫妇很幸福；当谈到罗辛斯时，她说她对于那家人不大了解。达西似乎希望伊莉莎白有机会再来肯特一趟，并在这里住一段时间。她心想，难道他想替费兹威廉上校制造机会吗？她感到不太自在，幸好这时已经走到牧师公馆对面的围墙门口。

有一天，她正一面散步，一面读着珍上一次的来信，突然又被人吓了一跳。这一次并不是达西，而是费兹威廉上校，他正迎面走来。她立刻收起了信，勉强挤出一副笑脸。

“没想到你也会来这里。”费兹威廉说，“我每年临走前都会来花园绕一圈，最后再去拜访牧师家。你还要继续走吗？”

“不，我正要回去。”

于是她果真转过身来，两人一同朝着牧师公馆走去。

“你真的礼拜六就要离开肯特了吗？”她问。

“是的，如果达西不再拖拖拉拉的话。不过我必须听他的，他做事总是这么随性。”

“就算不能满足自己的乐趣，至少也要满足自己的支配欲。我从未见过像达西先生这么爱颐指气使、恣意妄为的人。”

“他太任性了，”费兹威廉上校回答，“但每个人都一样，只不过他比别人更有这么做的理由罢了——因为他有钱。你知道，像我这样的小儿子，只能否定自己，并且依赖他。”

“在我看来，你根本什么都不懂。什么叫作自我否定跟依赖？你曾经因为没钱，而不能去想去的地方，不能买想买的东西吗？”

“你问倒我了。或许我平常没有这个困扰，可是一遇到大事情，我也许就会因为没钱而吃亏了。例如结婚，要是有钱就好办了。”

“除非是爱上有钱的女人，否则这种情形屡见不鲜。”

“我们挥霍惯了，因此不得不依赖别人。像我这种身份的人，讲到结婚时，总是必须烦恼钱的问题。”

“这是说给我听的吗？”伊莉莎白想到这里，不禁脸红，但又立刻恢复正常，用活泼的语调说道：“请问，一个伯爵的小儿子值多少身价？我想，除非那位哥哥脑袋有问题，否则顶多只会给你五万镑吧？”

他也用同样的语气回答了她，便没有再说下去。她担心这样沉默下去会让对方感到内疚，于是又说道：

“我想，你表哥会带你来，只是想要一个听他摆布的跟班吧？我不知道他干吗还不结婚，结了婚不就有个人可以一辈子听他摆布了吗？不过，或许目前他有一个妹妹就够了，既然他是她唯一的保护人，那他就可以随自己的意思摆布她了。”

“不，”费兹威廉上校说，“我也有一份。我也是达西小姐的保护人。”

“真的吗？那你这位保护人当得如何？那位小姐不好侍候吧？像她那种年纪的女孩，有时的确不好对付。假如她的脾气也跟达西一样的话，想必做事也是胆大妄为。”

她说话的时候，他仍然诚恳地望着她。他问她，为什么她会觉得达西小姐是个任性的女孩。她从他的表情猜出自己的假设很接近事实，于是立刻回答：“别紧张，我从来没听说过关于她的缺点，而且我敢说，她是世上最听话的女孩。我的朋友之中有几个人——例如赫斯特太太和宾利小姐，都非常喜欢她。你似乎说过，你也认识她们。”

“我和她们不熟。她们的兄弟是个风趣的绅士，是达西的好朋友。”

“噢，是呀，”伊莉莎白冷冷地说，“达西先生对宾利先生特别好，把他照顾得妥妥帖帖。”

“照顾他？是的，的确是，凡是他搞不定的事，达西先生总会替他想出法子。我们来这里的路上，他曾告诉过我一些事情，我相信宾利先生确实受了他不少帮助。可是我不确定他口中的那个人就是宾利，那只是我的猜测罢了。”

“什么意思？”

“达西先生不想让大家知道这件事，免得被那位小姐家里的人听到。”

“请你放心吧，我不会说出去的。”

“是这样的，我不敢保证他口中的那个人就是宾利。他只告诉我，他阻止了一位朋友盲目地陷入一桩婚姻，对此感到很欣慰；可是他并未提到当事人的姓名和详细情形。我之所以会怀疑宾利，一来是因为像他那样的年轻人，的确容易遇到这样的麻烦，二来是因为他们整个夏天都待在一起。”

“达西先生有说他为什么要管别人的闲事吗？”

“据说是因为那位小姐配不上他。”

“他是怎么拆散他们的？”

“他没提到这个，”费兹威廉笑了笑说，“我已经把他说的话都告诉你了。”

伊莉莎白没有回答，继续往前走。她心里愤怒极了。费兹威廉看了她一眼，问她为什么心事重重。

“我在回想你刚才说的话，”她说，“我觉得你表哥做得不对，他凭什么替别人做主？”

“你认为他多管闲事吗？”

“我真不懂，达西先生凭什么断定朋友的恋爱合不合适？他怎么能凭着个人喜好，玩弄朋友的幸福？”她停下来深呼吸，然后接着说下去，“但我们不明白其中缘由，因此也不便指责他。也许那一对男女之间根本就没有爱情。”

“这种猜测也不无道理，”费兹威廉说，“我表哥本来还沾沾自喜呢！被你这么一说，他的功劳可就大打折扣了。”

他这句话本来只是开玩笑，但她却觉得这正好符合达西的个性。她不便回答，于是又改变了话题，只聊些无关紧要的事，就这样不知不觉回到了牧师公馆。当上校离开后，她回到房间沉思，好好回想刚才听到的那一段话。他刚刚提到的那一对男女，一定跟她有关；世上也不可能有别人会对达西如此言听计从；至于处心积虑拆散宾利和珍这种坏事，也一定少不了他的份，她对这一点深信不疑。她一直以为是宾利小姐从中作梗，但如今才知道，原来珍遭受的种种苦难全都归咎于达西，以及他的傲慢和任性。他就这样摧毁了两个人的幸福，没有人知道什么样的惩罚才能弥补他的罪过。

“那位小姐配不上他。”费兹威廉上校曾这么说道。原因或许就是她有个姨丈在乡下当律师，还有个舅舅在伦敦经商。

想到这里，她不禁大叫出来：“至于珍本人，根本就不可能有什么缺点。她真是太可爱、太善良了；她有见识、有教养，又有气质。我的父亲也没有什么可挑剔的，他虽然有些古怪，可是他的才能也是值得尊敬的；至于他的品德，达西先生更是望尘莫及。”虽然她在想到母亲时有些动摇，但仍不相信这些瑕疵有什么大不了的。最后她明白了——达西最不能容忍他的朋友跟身份卑微的人结亲，至于对方有没有见识，他却毫不计较；他一方面被这种傲慢的心态控制着，另一方面又希望宾利能娶他的妹妹。

她气得哭出来，头也开始痛了。到了晚上，头痛得更厉害，加上她不愿看到达西，于是没有陪柯林斯夫妇去罗辛斯喝茶。夏绿蒂见她确实身体微恙，也没有勉强她；但是柯林斯却有些担心，害怕这样一来会惹凯萨琳夫人生气。

第三十四章

当柯林斯夫妇出门之后，伊莉莎白把她到肯特郡以来收到的珍的信，一封封拿出来仔细阅读。信上并没有一句埋怨的话。她的个性文静，心地善良，因此她的文章也从来不带有一丝灰暗的色彩，总是洋溢着欢欣鼓舞的气息；可是现在，伊莉莎白在她的信中，再也找不到这种欢乐的气氛，只觉得每一句话都流露着不安。她想到达西曾夸口说，自己善于折磨别人，这使她更加深刻地体会到姐姐的痛苦；她又想到达西后天就要离开罗辛斯，这总算令她稍感安慰，更大的安慰是不到两个礼拜她又可以见到珍了，而且可以用亲情的力量去帮助她打起精神。

一想起达西就要离开肯特，便不免想到他的表弟也要一起走。但既然费兹威廉已经表明自己没有其他企图，那么，即使他十分讨喜，也不至于让她因此烦恼了。门铃忽然响起，她以为费兹威廉来了，心头不由得跳动起来，因为他有一回曾经在夜间造访，这回很可能也是。但是她马上就知道自己猜错了，进来的人竟是达西。他匆忙地问起她的健康，又说自己是特地来探望她的。她客气地回应了他几句。达西坐了几分钟后又站起来，在房间里来回踱步，伊莉莎白感到好奇，但什么都没说。沉默一直持续了几分钟，他才带着激动的神情走向她，对她说：

“我实在没办法再忍耐下去了，不行了！我再也压抑不住自己的感情了。请允许我这么说，我好欣赏你，我好爱你！”

伊莉莎白不知该怎么形容此刻的惊奇。她瞪大了双眼，满脸通红，但又一肚子疑惑，说不出话来。他看见她的反应，以为她希望他继续说下去，于是立刻把一直以来对她的好感老实说出来。他的话十分动听，除了倾吐爱意之外，还提到了一些其他的想法。他一方面信誓旦旦地表示自己的深情，一方面却又说了许多傲慢无礼的话——他认为她出身卑微，这可能会使他们的见解与心愿无法兼容。这一段热烈的表白，虽然足以表现出他的慎重，却未必能使他的求婚受到青睐。

尽管她对他的厌恶已根深蒂固，但她毕竟无法对这样一个男人的爱无动于衷；虽然她的意志不曾动摇，但还是多少为他感到怜悯。然而，他后来的那些话却引起了她的怨恨，她的怜惜之情顿时化为愤怒，但还是尽力忍耐下来，以等到他把话说完。之后，达西跟她说，他对她的爱情是那么强烈，尽管他一再努力克制，但还是做不到；他希望她能接受他的求婚。她看得出，达西显然相信她会给予一个满意的答复，虽然嘴里说自己十分担心，却露出一副万无一失的表情。这更加深了她的怒气。等他说完之后，她面红耳赤地说：

“一般来说，对于这种事，只要别人对你一番好意，即使你无法给予相应的报答，也得表示一番感激。因此我必须感激你——虽然我没有这种感觉。我从不稀罕你的抬爱，何况你又爱得如此勉强。我从不想让任何人痛苦，就算真的让人感到痛苦，也是出于无心，我希望很快就能化解。你刚才说，你过去顾虑太多事，因此无法向我表达好感，那么，在经过我这番解释之后，你想必能轻易抑制住这种好感。”

达西斜靠在壁炉架上，一双眼睛盯着她看。他听她说了这番话后，仿佛既愤怒，又惊奇。他的面色铁青，脸上的每一个角落都能看出他内心的烦恼。这一阵短暂的沉默让伊莉莎白感到难受，达西尽可能装出镇定的样子，然后才勉强沉住气，开口说道：

“我很荣幸得到你这样的回答！也许我可以冒昧请问一下，为什么我竟然遭受如此失礼的回绝？不过这也无关紧要。”

“我也可以请问一下，”她回答道，“为什么你存心招惹我，嘴上却偏偏要说喜欢我？这还不够作为我失礼的理由吗？可是我还气别的事。你心知肚明，就算我对你没有反感，就算我与你无冤无仇，甚至就算我对你有好感吧！我又怎么能爱上一个毁了我姐姐的幸福的人呢？”

达西先生听了她这番话，脸色大变。但这种变化只维持了一下子，他继续听她说话。

“我有足够的理由对你反感。你在这件事上丝毫不顾情义，无论你有什么动机，都难以原谅。就算不是你亲手拆散他们的，也是你指使的，你绝不能否认这一点。那位先生从此将被嘲笑是朝三暮四，那位小姐则是痴心妄想，你让他们俩受尽了痛苦。”

说到这里，她看见他完全没有一丝后悔的态度，又更加生气了。他甚至还露出一副不以为然的微笑表情。

“你敢否认这些事吗？”她又问了一遍。

“我不想否认，”他故作镇静地回答，“我的确用了各种手段，拆散了我朋友和你姐姐的亲事。我也不否认，自己对此相当自豪。我总算对他尽了一份力。”

伊莉莎白听了这番优雅的声明，并不表现得很在意。她明白这些话的含意，却平息不了内心的愤怒。

“不过，还不只有这件事，”她继续说道，“我很早就对你有了成见。几个月前，我从韦克翰先生那里听说一些事情，就明白了你的本性。关于这点你还有什么好说的？我看你这回又打算怎样颠倒是非，把这件事曲解成为了朋友着想？”

听到这里，达西的脸色变得更厉害了，说话也不再像刚才那么镇定。

“你很关心那位先生。”

“凡是知道他不幸遭遇的人，谁能不关心他？”

“他的不幸遭遇？”达西轻蔑地重复道，“是的，他的确太不幸了。”

“全是你一手造成的！”伊莉莎白拼命叫道，“你害得他一贫如洗！本来该由他享有的利益，你却不肯给他，剥夺了他独当一面的权利；而当别人提到他的不幸，你却要鄙视和嘲笑。”

“这就是你对我的看法！”达西一面大喊，一面向屋子另一头走去，“原来我在你心中是这样的人！感谢你解释得这么详细，看来我果真罪孽深重！不过，”他停下脚步，转过头对她说，“只怪我把自己犹豫不决的原因说了出来，伤害了你的自尊心，否则你也许就不会计较我对你的冒犯了。要是我玩弄一些心机，把内心的矛盾掩饰起来，一味地恭维你，让你相信我无论在理智、思想，还是其他方面上，都对你怀着无条件的爱，那么，你也许就不会有这些苛刻的指责了。遗憾的是，我痛恨虚伪，我也不以我刚才说的话为耻。这些顾虑都是合情合理的，难道你认为我应该为你那些地位卑微的亲戚欢呼吗？难道你以为，我会为了得到这些地位远不如我的眷属感到荣幸吗？”

伊莉莎白越来越愤怒，但她还是尽可能心平气和地说道：

“达西先生，如果你的态度好一点，我或许还会因为拒绝你而过意不去。否则，要是你以为这么说，就能影响我的决定，那就大错特错了。”

他听到这番话，吃了一惊，可是没有说什么。于是她接着说下去：

“不管你用什么样的手段，也不能打动我的心，让我接受你的求婚。”

他又露出惊讶的样子，带着痛苦和诧异的神情望着她。她又说：

“可以说，打从我认识你的那一刻开始，你的行为举止，就令我感到你是个十足狂妄、自私的人，这也正是我对你不满的原因。之后又发生了许多事情，让我对你深恶痛绝。认识你不到一个月，我就觉得像你这样的人，哪怕世界上没有其他男人，我也不愿意嫁给你。”

“你说得够多了，小姐。我完全理解你的心情，现在我只对我过去的那些顾虑感到羞耻。原谅我耽搁了你的时间，并允许我诚挚地祝你健康幸福。”

他说完这些话后便匆匆走出房间。隔了一会儿，伊莉莎白就听到他走出大门的声音。她心乱如麻，全身瘫软无力，坐下来哭了半个小时。她回想起刚才的一幕，越想越奇怪。达西竟会向她求婚，竟会爱上她好几个月了！达西竟会那样地爱她，想和她结婚，无论她有多少缺点，而她的姐姐正是因为这些缺点而受到他的阻挠，不能嫁给他的朋友……这真是一件不可思议的事！一个人能在无意中得到别人如此热烈的爱慕，也足够高兴了。但是，他的傲慢——他那可恶的傲慢！他居然无耻地承认自己破坏了珍的好事，还露出一副自以为是的神气；还有他提到韦克翰时那种无动于衷的态度，他一点也不打算否认他对韦克翰的无情。一想到这些事，就算她的心头曾闪过对他的怜悯，这时候却连一丝也没有了。

她就这样反复地左思右想，直到后来听见凯萨琳夫人的马车声，她才意识到自己的模样无法见夏绿蒂，便匆匆回到房间里。

第三十五章

这一晚，伊莉莎白一直沉思到睡着。隔天一早醒来，她的心头又涌起了这些想法。她仍然对这件事感到诧异，无法想到其他的事，于是决定吃完早饭后外出散心。当她正想朝她最爱的那条小径上走去，忽然想到达西有时也会在那里出现，于是便绕了些路，没有进入花园。她沿着花园的栅栏走，不久便经过了一道栅门。

她沿着小路来回走了两三遍，被清晨的美景深深迷住了，于是便停在门前观赏。她来到肯特郡的五个礼拜中，村里已有了很大的改变，树也一天比一天绿了。她正要继续往前走，忽然看到花园旁的树林中有一个男人正朝这里走来，她担心那是达西，急忙往回走。但是那人已经很接近了，他匆匆忙忙跑向她，一面叫着她的名字，她只好再走回门边。达西拿出一封信交给她，她不由自主地收下了。他带着一脸傲慢而从容的神情说道："我已经在树林里等了好一阵子，希望能遇到你。能请你赏脸看完这封信吗？"于是他微微鞠了一躬，重新消失在树丛中。

伊莉莎白拆开信——只是为了好奇，而不是想从中得到什么乐趣。令她惊讶的是，信封里装着两张信纸，以细致的笔迹写得密密麻麻。信封上也写满了字。她一面沿着小路走，一面开始读信。信是早上八点在罗辛斯写下的，内容如下：

小姐：

收到这封信时，请你不必害怕。既然我昨晚的表白和求婚令你厌恶，我自然不会在这封信里旧事重提。我曾衷心地希望我们两人幸福，但我不想在这封信里再提到这些，免得使你痛苦，并使我委屈。我之所以写这封信，又请你劳神拜读，无非是拗不过自己的性格。因此请你原谅我冒昧地亵渎你的精神，我知道你绝不愿意劳神，但我仍请求你心平气和一些。

你昨晚曾把两件不同的罪名加在我头上。第一是指责我拆散了宾利先生和令姐的好事，完全不顾他们之间的爱情；第二件是指责我残酷无情，蔑视他人的权益，破坏了韦克翰先生美好的前途。对于抛弃了儿时的玩伴、先父生前的宠儿、一个无依无靠的青年——从小就指望我们的恩惠——这的确是我的一大遗憾。至于那一对年轻男女，他们仅仅认识几个礼拜，就算我拆散了他们，也不能与上述罪过相提并论。

现在请允许我一一坦白我的行为和动机，希望当你明白了其中原委之后，能不再像昨晚那样对我严词苛责。在解释这些事情时，如果我迫不得已抒发了自己的情绪，因而使你感到不愉快，我只能向你表示歉意。话说回来，既然是迫不得已，道歉也未免太可笑了。

我刚到哈福德郡不久，就和其他人一样，看出宾利先生在当地的少女中看上了令姐。但一直要到尼德菲尔德庄园的舞会上，我才惊觉他的确对令姐产生了爱情。我看过太多他的爱情。在那次舞会上，当我有幸与你共舞时，我才听威廉·卢卡斯无意间提到，宾利先生对令姐的殷勤早已传得沸沸扬扬，大家都以为他们早已论及婚嫁。听他的口气，仿佛这件事万事俱备，只是时间上的问题罢了。

从那时候开始，我密切关注着他的行为，并看出他对班奈特小姐的态度，果然和他过去的恋爱大不相同。我也关注着令姐，她的神采和气质仍然落落大方、和蔼可亲，并没有陷入情网的迹象。根据我那一晚的观察结果，我认为她虽然乐于接受他的殷勤，却没有打算用感情来回报他。如果你是对的，那么错的一定是我。你对于令姐了解得十分透彻，那么只有可能是我错了。如果事实果真如此，如果真的是我搞错，并造成令姐的痛苦，那也难怪你如此愤怒了。可是我能肯定地说，令姐当时潇洒的风度，即使是观察力最敏锐的人，也必然会认为她是个难以打动的人。我当时的确希望她无动于衷，可是我敢说，尽管我存有各种主观的顾虑，但我的观察和判断却不会受到影响，毕竟，令姐绝不会因为我希望她不要动心，就真的不动心。我的想法是无私的，我的愿望也合情合理。我昨晚曾说，当这样地位悬殊的婚姻降临到自己身上时，我必须用极大的努力去抗拒。

至于他们的这一桩婚姻，我之所以反对，还不光是因为这个理由，因为我朋友对于身份地位并不像我那么重视。我反对这桩婚姻，还有一些令人厌恶的原因——尽管它们现在仍然存在，而且同时存在于两件事之中，但我早就决定视而不见了，而现在我必须再次提起它们。

虽然你母亲的娘家令人不太满意，可是比起你们一家怪异的作风，这一点简直微不足道。你的三个妹妹不断地做出各种怪异的事，有时连你的父亲也是。原谅我这样直言不讳，其实我也不想得罪你。我明白，家人有这些缺点，已经够让人难受了，再被我这样一说，你当然会更不高兴；但你只要想一想，你和你的姐姐举止优雅，别人不仅没有牵连你们，反而对你们的才学与性格赞誉有加，这应该不失为一种安慰吧？我还想告诉你，当我那天晚上看到那种情形，不禁更加确定了自己的看法，并加深了我的偏见——我一定要阻止我的朋友，不让他步入这桩不幸的婚姻。他隔天就离开尼德菲尔德庄园去了伦敦，我相信你一定还记得，他原本只打算离开几天。

我得把我在这件事上扮演的角色说明一下。原来，他的姐妹们都跟我一样，对这件事深感不安。我们立刻发现了彼此的想法，并觉得应该尽快到伦敦去，把她们的兄弟隔绝起来。我们就这样走了。到了那里，我便向朋友解释了这门亲事的坏处。在我苦口婆心的劝说下，虽然终于动摇了他的意愿；不过，要是我当时没有那么笃定地说，令姐对他根本没有意思，或许这番规劝也不会有那么大的效力，他最终还是会跟她结婚。在我对他进行劝说之前，他一直以为令姐即使没有以爱情回报他，至少也是诚恳地期待着他。但是宾利先生本性亲切，无论是任何事，只要我一开口，他总是相信我胜过相信自己。我轻易地说服了他，使他相信这件事只是他自己一厢情愿。他既然有了这个念头，我们便进一步说服他不要回到哈福德郡——这当然不费吹灰之力。

我并不觉得自己有哪里做错。只有一件事令我心里不安：当令姐来到城里时，我竟向他隐瞒这个消息。这件事不仅我知道，宾利小姐也知道，然而她哥哥直到现在还被蒙在鼓里。让他们见面没什么不好，但我当时认为他尚未完全死心，最好别让他见到她。我这样欺瞒一个人，或许有失身份，然而木已成舟，而且全是出于一片好意。对于这件事，我已无话可说，道歉也于事无补；要是我伤了令姐的心，也是出于无心。你当然会认为我的做法无凭无据，但我直到现在仍然不觉得自己有错。

现在来说另一件更重的罪名：破坏了韦克翰先生的前途。关于这件事，我唯一的辩解就是把他和我家的渊源全部说出来，由你判断其中的是非曲直。我不知道他特别指责我哪一点，但我即将陈述的事实，有许多信誉卓著的人能为我作证。乔治·韦克翰先生的父亲是个可敬的人，在彭伯里管理产业多年，克尽其职，因此先父很愿意帮他的忙，并对这名教子恩宠有加。先父让他受教育，甚至让他进入剑桥大学——这是对他最大的一项帮助，因为他父亲的财产被妻子花光，无力让他接受高等教育。由于这位年轻人风度翩翩，先父不仅喜欢他，还很器重他，希望他进入教会，并打算为他安插一个职缺。

许多年前，我对他的印象开始转坏。他为人放荡不羁，恶习重重；尽管他将这些缺点掩饰起来，不让朋友发现，但终究逃不过我这个同龄青年的眼睛，机会多得是——当然我父亲绝不会有。在这里，我不免又要引起你的痛苦了；不论韦克翰先生让你产生了什么样的感情，我都要怀疑这些感情的本质，并向你说明他真正的性格。当然，我这么做难免别有用心。

尊敬的先父约于五年前去世。他对韦克翰先生的恩宠始终如一，连遗嘱上也特别提到了他，要我极力提拔这个人；要是教会有优渥的职缺，就让他递补上去。另外还留给他一千镑。他的父亲不久后也去世了。在这几件大事过后不到半年，韦克翰先生就写信跟我说，他已决定不接受圣职。既然他放弃了那个职位的薪俸，作为交换，便希望我给他一些直接的利益。他又说，他想进修法律，而靠着一千镑存款的利息显然不够花费。与其说我相信他的话，倒不如说我愿意相信他。无论如何，我最后还是答应了他的要求。我知道韦克翰先生不适合当牧师，因此这件事很快就谈妥了：我们支助他三千镑，他不再争取那份圣职。从此我和他就断绝一切关系。我极度鄙视他，不再邀请他到彭伯里，在城里也不和他来往。我相信他一直住在城里，但是所谓的进修只是个借口罢了，他摆脱了一切束缚后，便整天过着放荡挥霍的生活。

我连续三年不曾听到他的消息。后来，有个牧师过世了，于是他又写信给我，要我举荐他递补这个职缺。他说他已经陷入了困境，这当然不难猜到；他又说学习法律毫无前途，现在已下定决心当一名牧师，只差我出面举荐。他以为我一定会听从他，因为眼下没有其他人选，而且我也不能无视先父的遗嘱。尽管他再三要求，我始终没有答应——你不会因此责怪我吧？他的境况越糟，怨恨就越深。毋庸置疑，他无论在人前人后，都不遗余力地诋毁我。从那之后开始，连一点点仅存的交情也破灭了。我不知道他是怎样维生的，可是说来痛心，去年夏天我又注意到他；我得在这里说一件自己不愿想起的事，这件事我本来不想让任何人知道，但现在却非说不可，我相信你一定能保守秘密。

我妹妹比我小十多岁，由我母亲的内侄费兹威廉上校和我当她的保护人。大约在一年前，我们把她从学校里接回来，把她安置在伦敦。去年夏天，她跟管家扬吉太太去了兰斯盖特。韦克翰先生也紧随其后，显然别有用意。我们也真是识人不清，原来扬吉太太和他早就认识，在她的纵容和帮助下，韦克翰竟向乔治安娜求爱。遗憾的是，乔治安娜心地太善良，还惦记她与他小时候的友情，因此竟被打动了，还答应跟他私奔。她当时才十五岁，我们只能归咎于她年幼无知。虽然她一时糊涂，可是幸亏她仍把这件事情告诉了我。原来，在他们私奔之前，我去找了他们；乔治安娜一直把我当成父亲般尊重，她不忍心让我难过，于是把整件事一五一十地说了出来。你可以想象，我当时有多么震惊，又采取了什么样的行动。为了顾全妹妹的名誉和心情，我保守了秘密，但我写了一封信给韦克翰先生，要他立刻离开，扬吉太太当然也被开除了。毫无疑问，韦克翰先生是看上了我妹妹的三千镑财产，但我认为，他或许也想趁机报复我——他差点就成功了。

我已经把所有与我们有关的事全都据实以告了。如果你不认为我说谎，那么，我希望未来你不要再认为我对韦克翰先生忘恩负义。我不知道他是如何蒙骗你的，不过，既然你过去对我们一无所知，那么受骗也不足为奇了。你也许困惑为什么我昨晚不当面说出这一切，但当时我也犹豫不决，不知该说出哪些部分。

至于这封信内容的真实性，你可以问问费兹威廉上校；他是我们的近亲，又是我们的至交，而且是先父的遗嘱执行人之一，对于详细情形再清楚不过。假如说，你对我的厌恶使你把我的话看得一文不值，那不妨将你的意见告诉我的表弟。我之所以想尽早将这封信交给你，就是为了让你有机会与他讨论一下。我想说的就是这些了，愿上帝祝福你。

费兹威廉·达西

第三十六章

当达西先生将这封信交给伊莉莎白的时候，她原以为信中只不过是想重新提出求婚罢了。当她一看见这样的内容，可想而知，她立刻急切地想要往下读完。她的心情简直无法形容。信的开头，她看到他竟然还以为能获得原谅，不免吃惊；再读下去，又感觉他每一句都是自圆其说，并流露出欲盖弥彰的罪恶感。她一读到关于那天发生在尼德菲尔德庄园的事情，就对他的一言一行都产生极大的偏见。

她迫不及待地往下读，几乎来不及思考上一句话的意思。他说珍对宾利没有什么情意，这让她立刻断定他在说谎；他说这门亲事确实存在着缺陷，又让她几乎气到不想再读下去。他对于自己的所作所为没有丝毫悔意，这当然无法令她满意。他的语气又盛气凌人，丝毫没有反省的意思。

当读到关于韦克翰的事情时，她才比刚才恢复了一些理智。其中有许多细节与韦克翰亲口叙述的十分吻合，要是这些都是事实，那足以把她过去对韦克翰的好感一笔勾销，这更使她心乱如麻。她感到惊讶、怀疑，甚至还有几分恐惧，恨不得这些事全都是他捏造出来的。“一定是他说谎！这不可能！这是荒谬至极的谎言！”她把信读完之后，几乎想不起最后的一两页在说些什么，连忙把它收好，而且喃喃自语地说，绝不会把这封信当成一回事，也绝不会再去读它。

她心烦意乱地走着，心中千头万绪，不知该从哪里想起。可是不到半分钟，她又忍不住从信封里抽出信，专心地读着关于韦克翰的那几段，细细地体会每一句话的意思。其中讲到韦克翰与彭伯里之间关系的那一段，简直和他亲口所述的一模一样；而讲到老达西先生对他的好处，也和韦克翰所说的一致，尽管她并不知道老达西先生对他究竟好到什么程度。目前为止，双方的描述都是吻合的，但在遗嘱问题上面，两个人的说法却大相径庭。当她一想起韦克翰的话，就不免意识到，他们之中一定有一方在说谎，这个想法让她十分高兴。她接着读，读到韦克翰以牧师职位交换三千镑等情节时，又不由得犹豫起来。她放下那封信，把每一个情节好好推敲了一番，把每一句话都慎重考虑了一下，但却无济于事，因为双方都是各执一词。她只好再往下读，越读就越混乱。她原本认定无论达西怎样颠倒是非，也丝毫不能掩饰他的卑鄙；岂知达西竟把事情换了另一种说法，将责任推得一干二净。

达西竟然将骄奢淫逸的罪名冠在韦克翰身上，这令她惊骇不已，最可怕的是她竟然提不出反证。在韦克翰参加民兵团之前，伊莉莎白根本没有听过这个人；而他之所以从军，也只不过是被一位偶然遇见的朋友介绍的；至于他过去的经历，除了他片面的说词之外，她一无所知；至于他真正的人品，即使她打听得到，也从未想追根究底。他的仪表神态令人讨喜，让人一看就觉得他具备一切美德。她努力去想几件足以证明他品行优良的事，以反驳达西的指责，却想不出一分一毫。每当她闭上眼睛，就仿佛能看到他出现眼前，风度翩翩，言行优雅；然而，除了邻里的称赞，以及他靠着交际手腕得到的名声之外，她想不起任何更具体的优点。

她想了一阵子，又继续读信。接下来又读到他对达西小姐的企图，关于这点，只要想想昨天早上费兹威廉上校说过的话，就能够加以证实。信的最后，他希望她去询问费兹威廉上校本人，以证明信上内容的确属实。之前她就曾听费兹威廉提到过，他对表哥的一切了如指掌，而她也没有理由怀疑费兹威廉的人格。她几乎就想去问他，但又觉得这些问题有些别扭，于是打了退堂鼓。后来她又想到，达西很有可能会跟表弟串通，于是又干脆打消了这个主意。

那天下午她跟韦克翰在菲利普家中初次见面时所说的话，她仍能清清楚楚地回想起来。但她突然想到，他为什么要跟一个陌生人说这些话呢？为什么她当时没有起疑？她发现他当时的自吹自擂有多么失礼，而且他又是多么言行不一。她想起他曾说自己不怕达西，也不会被达西吓得落荒而逃；然而，就在下一次的舞会上，他却没有出席。她也记得在尼德菲尔德庄园的一家搬走之前，他从未跟另一个人提过自己的身世，可是当他们一搬走后，这件事就甚嚣尘上了。虽然他曾经说过，为了尊重达西的先父，他不愿意揭露那位少爷的过失，可是他毕竟还是肆无忌惮地在诽谤达西的人格。

凡是有关他的事，竟都如此矛盾！他向金小姐求爱一事，现在看来，也完全是为了钱，真是太可恶了！金小姐的财产并不多，但这不能说明他不爱钱，反而说明他见钱眼开。他接近她的动机也不单纯，要不是误以为她很有钱，就是为了博得她的欢心以满足自己的虚荣。只怪她不小心，竟被他看出了自己的好感。她越想越觉得这个人一无可取；她又想到珍向宾利问起这件事情时，宾利曾说，达西在这件事上仁至义尽，于是她又更偏向达西一方了。虽然达西态度傲慢，惹人生厌，但他们认识以来（近来他们时常见面，她又更加了解他了），她从没见过他有什么品行不端正的地方，也没看过他有任何有违风俗的恶习；他的亲友们都很尊敬他，倚重他，连韦克翰也不得不说他是个好哥哥。她还常听达西一脸怜爱地谈到自己的妹妹，这说明他还是个有血有肉的人。即使达西的行为真有韦克翰所说的那么恶劣，那也无法欺骗所有的人；而这样一个罪大恶极的人，竟然能跟宾利这样的好人交朋友，也太不可思议了。

她惭愧得无地自容。无论是想到达西，还是想到韦克翰，她总觉得自己过去未免太盲目，也太偏心了，总是对人存在偏见，而且不讲道理。

“我真是太卑鄙了！”她不禁大声叫道，“我一向以聪明人自居！我一向自视甚高！一向瞧不起姐姐那宽大的胸襟！为了满足自己的虚荣，我待人总是猜忌多端，显得自己高深莫测，这多么可耻！可是，这都是自取其辱。即使我真的爱上一个人，也不会盲目到这么愚蠢的程度。然而我的愚蠢并不在恋爱方面，而是在虚荣心方面。刚认识他们两人的时候，一个喜欢我，让我开心，一个怠慢我，令我生气，才造成了我的偏见和盲目，一旦遇到与他们有关的事，我就无法明辨是非了。我到现在才知道自己有多么傻！”

她想到自己，又想到珍，再想到宾利。她的思想串联在一起，使她立刻想到达西对这件事的解释还不充分，于是又把信读了一遍。这一次的效果完全不同了，她既然在一件事上不得不相信他，在另一件事上又怎能不相信呢？他说自己从没想到珍会对宾利有意思，这让她也想起了过去对夏绿蒂的看法。她也无法否认他对珍的形容，因为尽管珍内心热情，可是外表却不露痕迹，她那种安然自得的模样，实在让人看不出她的多愁善感。

在他提到她家人的那一段中，虽然措辞不留情面，但那一番指责倒也一针见血，让她难以否认。尤其他特别强调尼德菲尔德庄园舞会上的情形，是他反对这桩婚姻的第一个原因——老实说，那幅画面固然令他印象深刻，但她也同样难以忘怀。

至于他对她和珍的赞美，也让她听了很舒服，却并未因此欣慰；毕竟这无法弥补她家人的失态招致的非议。她认为珍的遭遇全是自己的家人一手造成的，她又想到，她与珍的优点也一定会因家人的行为大打折扣。想到这里，她感到前所未有的沮丧。

她沿着小路走了两个小时，反复地来回思考，又把许多事情重新考虑了一番。这一切对她十分重要。她感到疲倦了，又想到离家已久，应该回去了。她希望走进屋子的时候脸色能像平常一样愉快，又决定把这些想法压抑下来，以免被人发现她的态度不太自然。

回家后，她立刻听说罗辛斯的两位先生不久前曾来找过她。达西先生是来辞行的，只待了几分钟就走了；费兹威廉上校却跟她们一起坐了整整一小时，希望能等到她回来。伊莉莎白虽然装得很惋惜的样子，心中却因为没有见到这位客人而感到庆幸。她心中再也没有费兹威廉了，只有那封信。

第三十七章

那两位先生隔天一早就离开了罗辛斯。柯林斯在大门附近等着为他们送行，他带了一个好消息回来，说这两位贵客虽然对罗辛斯依依不舍，但身体健康，精神也很饱满。然后他又赶去罗辛斯安慰凯萨琳母女。回家后，他洋洋得意地转述了凯萨琳夫人的话——她觉得非常郁闷，希望他们全家一起去陪她吃饭。

当伊莉莎白看到凯萨琳夫人，不禁想起：要是自己愿意接受达西，现在早已成为夫人的侄媳妇了；她想起夫人那时可能有多么气愤，就不禁好笑。她不断地想象这些有趣的场面："她将会说什么话呢？她将会有什么举动呢？"

他们一开始就谈到那两位客人离开的事。"老实说，我真的很难过，"凯萨琳夫人说，"我相信没有人像我一样，为亲友的离别如此伤心。我特别喜欢这两个年轻人，他们也很喜欢我，临走时一直依依不舍。他们总是这样，那位可爱的上校最后才勉强打起精神；达西看起来最难过，我看他比去年还要难过，他对罗辛斯的感情真是日久弥深。"

说到这里，柯林斯又讲了一句恭维话，举了个例子，逗得这对母女笑了出来。

吃过中饭后，凯萨琳夫人看到伊莉莎白似乎不太高兴，她猜想，一定是因为她还不想回家，于是说：

“要是你不想回去，就写封信给你母亲，请求她让你在这里多待一阵子。我相信柯林斯太太一定很乐意陪你的。”

“感谢您好心的挽留，”伊莉莎白回答，“可惜，我下周六一定要进城。”

“哎！这么说来，你只在这里待了六个礼拜。我本来还希望你能待两个月呢！不用急着走，你母亲一定会答应让你多留两个礼拜的。”

“可是我爸爸不会答应。他上礼拜就写信来催我回家。”

“噢！只要你母亲答应，父亲自然也会答应的。一个父亲从来不像一个母亲那么疼女儿。我六月初要去伦敦住一个礼拜，要是你能再待一个月，我就能顺便带你们其中一个一起去。道森同意驾四轮马车，因此多带一个人也不成问题；要是天气凉快的话，搞不好还能两个一起带去，毕竟你们个头都不大。”

“您真是好心，夫人。可惜我们仍然得按原订计划行事。”

凯萨琳夫人不便强人所难，于是说道：“柯林斯太太，派一个仆人送她们上路，我不放心让两位年轻小姐自行离开，这太不像话了！你一定得派一个人送她们。我对于年轻小姐们总是这样细心照顾。我的姨侄女乔治安娜去年夏天去兰斯盖特的时候，我就要求一定要两名仆人随侍在侧，再怎么说她都是彭伯里的达西先生和安妮夫人的千金，没这种规格可不行，我对于这种事特别讲究。就派约翰送这两位小姐吧，柯林斯太太。幸好我及早想起这件事，否则让她们孤零零地自行上路，你的脸就丢大了。”

“我舅舅会派人来接我们的。”

“噢！你的舅舅。他有仆人吗？真高兴有人能想到这些事。你们打算在哪里换马呢？当然了，一定是在布朗莱。只要你们在驿站报上我的名字，就会有人来招呼你们。”

关于她们的旅程，凯萨琳夫人还有许多问题，这让伊莉莎白能暂时从无止境的胡思乱想中解脱。但当周遭没有其他人的时候，她又会翻来覆去地思考起来。她没有一天不独自散步，边走边想着那些不愉快的事情。

达西的那封信，她几乎快要背下来了。每一句话都被她反复推敲过。她对于写信者的感情忽而热烈，忽而冷却。一想起他在信中的口吻，她依旧感到说不出的气愤；但一想到过去对他的误解，她的气愤又转移到自己身上了。他那沮丧的情绪令她同情，他的爱慕令她感激，他的人格也令她尊敬；可是她无法对他产生好感。她从不后悔自己拒绝了他，她根本不想再看到他。

她常为自己过去的行为感到懊恼和悔恨，更为家人的缺陷痛苦万分。这些缺陷是无法补救的，她父亲对此只是一笑置之，懒得去管教他那几个狂妄任性的小女儿；至于她母亲，既然她本性如此，自然不会意识到自己的荒腔走板。伊莉莎白常常和珍一起约束两个小妹，但母亲却仍然纵容她们，让她们永远无法长进。凯萨琳意志薄弱又神经质，对莉蒂亚言听计从，一听到珍和伊莉莎白的规劝就会恼羞成怒；莉蒂亚固执、任性，又粗心大意，她从不理会她们的劝告。这两个妹妹无知、懒惰，又爱慕虚荣，只要梅利顿出现一个军官，她们就跑去缠着他。梅利顿跟朗伯恩距离不远，她们一天到晚往那里跑。

还有一件事，那就是珍的感情。达西的解释虽然让她重拾了对宾利的好感，但她却更意识到珍的损失重大。宾利对珍一往情深，他的行为不应该受到任何指责，就算要指责，也顶多只能怪他太信任朋友。珍明明有一个得到幸福的机会，却被家人的愚蠢断送了，叫人怎能不痛心！

每当她想起这些事，不免联想到韦克翰的堕落。这让平日乐观开朗的伊莉莎白也大受打击，连笑也笑不出来了。

离开的前一个礼拜，罗辛斯的宴会还是一如往常的频繁。最后一晚也是在那里度过的，老夫人又仔细问起她们这趟旅程的细节，指导她们如何收拾行李，又说到长衣服应该如何整理。玛丽亚听了之后，又回家把整理好的箱子翻了开来，重新打包一遍。

告别时，凯萨琳夫人特地祝福她们一路平安，又邀请她们明年再来汉斯福德。德·包尔小姐甚至向两位小姐行了屈膝礼，并伸手与她们一一握别。

第三十八章

礼拜六吃早饭时，伊莉莎白和柯林斯不约而同提早到了餐厅。柯林斯连忙利用这个机会向她郑重道别——他认为这是不可少的礼貌。

“伊莉莎白小姐，”他说，“这次蒙你光临寒舍，不知道内人是否向你表达过感激之情，不过我相信她不会忘了的。老实说，我们很感激你这次来访，我们的家十分寒酸，生活也很清贫，再加上我们见识浅薄，像你这样的小姐一定会觉得汉斯福德这里枯燥乏味；但我们还是感激你的这次赏光，我们也尽力让你过得舒适，不致感到无趣。希望你能体谅。”

伊莉莎白连声道谢，说自己这六个礼拜十分开心，不仅跟夏绿蒂相处时快乐，主人一家的招待也十分周到，令她感激万分。柯林斯听了相当满意，立刻露出一副笑容可掬的样子，一本正经地回答道：

“得知你并没有过得不称心，真是令我骄傲。我们总算尽了心意。尤其是有幸介绍你跟上流人士来往；尽管寒舍微不足道，但多亏罗辛斯一家，让你住在这里不致单调，这一点令我庆幸，也使你没有白来汉斯福德一趟。凯萨琳夫人对我们真是爱护有加，这样的机会可遇不可求，你也可以见识到我们的社会地位。你瞧，我们几乎天天上门做客。虽然我这栋宅邸简陋不便，但只要住进来，就可以和我们共享与罗辛斯的深厚情谊，这真是一种福气，对吗？”

他的满腔喜悦实在无以言喻。伊莉莎白想了几句简单、真诚的客套话来奉承他，这让他高兴得几乎跳起舞来。

“亲爱的表妹，你可以到哈福德郡宣传我们的事。你也看到了凯萨琳夫人对内人的礼遇，总之，我相信你朋友的选择并没有错……不过这不提也罢。请听我说，亲爱的伊莉莎白小姐，我打从心底祝你将来的婚姻也一样幸福。我亲爱的夏绿蒂和我真是天造地设，在任何事情上都是一条心。”

伊莉莎白正想回答说他们的确幸福，但话才说到一半，柯林斯太太就走了进来。可怜的夏绿蒂，要跟这样的男人朝夕相处，实在是一种痛苦；但这毕竟是她自己深思熟虑后的选择。她知道客人们就要离开了，不免觉得难过，可是又仿佛不希望别人同情。管理家务、饲养家禽、应付教区的各种事，都还没令她生厌。

马车终于来了，箱子被系在车顶上，包裹放进车厢，一切都准备就绪。大家依依不舍地告别之后，柯林斯便送伊莉莎白最后一程。他们朝花园走去，一路上，他又托她代为问候她的家人，并为去年冬天在朗伯恩所受的款待致谢，以及问候加迪纳夫妇——虽然他并不认识他们。最后他扶她上车，玛丽亚也随后上去。车门即将关上，他又突然慌慌张张地说，要她们别忘了留话向罗辛斯一家告别。

“不过，”他又说，“你们当然会这么做，还会感谢她们这些日子来的款待。”

伊莉莎白没有异议，车门这才关上，马车开走了。

“老天！”沉默了几分钟以后，玛丽亚叫道，“我们到这里似乎没多久，却发生了不少事情呢！”

她们一路上几乎没有说话，也没遇到什么状况。出发四个小时后，就抵达了加迪纳家。她们会在那里待几天。

伊莉莎白看到珍的气色不错，只差没机会好好观察一下她的心情，因为她的舅妈早就准备了各式各样的娱乐。幸好珍将会跟她一起走，等回到了朗伯恩，多得是说话的机会。

她等不及想把达西求婚的事告诉珍，好不容易才耐住了性子。她知道自己有办法说得让珍大惊失色，还能满足她那难以克制的虚荣心。她恨不得立刻说出口，又不知道该说出哪些细节；也怕一谈到这个问题，就难免牵扯到宾利身上，这也许会伤了姐姐的心。

第三十九章

五月的第二周，三位年轻小姐一起从圣恩堂街出发，来到哈福德郡的某个镇上。班奈特先生事先跟她们约好，将会派马车到一间小旅店接她们。一到达旅店，她们就看到琪蒂和莉蒂亚正从楼上的餐厅望着她们，显然马车已经到了。这两位女孩已经在那里等了一个多小时，逛过对街的一家帽子店，观赏了站岗的哨兵，又做了一些黄瓜沙拉。

她们迎接了两位姐姐之后，便洋洋自得地摆出一些小菜（都是小旅店里常见的冷盘），一面说："不错吧？你们一定没有料到。"

"我们打算好好款待你们，"莉蒂亚又说，"可是还必须跟你们借一些钱，因为我们的钱都花在那间店里面了。"说到这里，她把买来的东西拿给她们看。"瞧，我买了这顶帽子。虽然没有很漂亮，但买一顶也无妨。回家后我要把它重新装饰一遍，看会不会变得更漂亮。"

姐姐们都嫌这顶帽子难看，她却满不在乎地说："噢，那家店还有好几顶更丑的，只要我买几条漂亮缎带来装饰一下就好了。再说，隔壁郡的民兵团，不到两个礼拜就要走了，等他们离开梅利顿之后，夏天随便你穿什么都没关系。"

“他们要走了？真的吗？”伊莉莎白满意地说道。

“他们就要驻扎到布莱顿去。真希望爸爸能带我们去那里避暑！这个主意不错，或许还不用花半毛钱。妈妈也一定会赞成的！不然这一个夏天多无聊呀！”

“是啊，”伊莉莎白心想，“真是个馊主意。我的老天！光是梅利顿的一个民兵团和每月的几次舞会，就弄得我们头晕目眩了，又怎么应付得了布莱顿一整营的士兵呢？”

“猜猜我现在要告诉你们什么，”大家坐下以后，莉蒂亚说，“这真是个好消息，再重要不过的消息。关于我们大家都喜欢的一个人。”

珍和伊莉莎白面面相觑，她们打发了那名侍者走开，于是莉蒂亚笑着说：

“嘿，你们也太小心了。让他听又没关系，反正他平常应该也听了不少；不过这个丑八怪走了倒也好……唔！现在我要开始说了，这是关于可爱的韦克翰的新闻，他不会跟玛莉·金结婚了——真是个好消息呀！那位姑娘去利物浦找她叔叔，再也不会回来了。韦克翰安全了！”

“应该说玛莉·金安全了，”伊莉莎白接着说，“她总算逃过一桩轻率的婚姻。”

“要是她喜欢他却又离开，那真是个大傻瓜呢！”

“但愿他们彼此的感情还不深。”珍说。

“我相信他的感情不会多深。”

“我敢说，他根本没把她放在心上。谁看得上这一个满脸雀斑的小家伙呢？”

伊莉莎白心想，虽然她绝不会说出这么粗鲁的话，但这种粗鲁的想法却与她过去的偏见毫无两样。一想到这里，她感到很是惊讶。

付过了饭钱后，她们便吩咐准备马车。几位小姐与她们的箱子、针线袋、包裹，以及琪蒂和莉蒂亚所买的那些烂东西，总算全都上了车。

“这样挤在一起多么好！”莉蒂亚叫道，“我很高兴买了一顶帽子，要是能再多一只帽盒就更棒了！好了，现在就让我们相亲相爱地回家吧。首先，请你们讲讲，你们离家之后遇到了什么事情。你们遇到过中意的男人吗？跟人家有过暧昧吗？我还希望你们能带个丈夫回来呢！话说回来，珍马上就要变成一个老女人了，她快二十三岁了！天哪！要是我不能在二十三岁前结婚，那就太丢脸了！菲利普姨妈希望你们赶快嫁出去，她说，要是莉兹能嫁给柯林斯先生就好了，但我可不这么想。天哪！我真想比你们更早结婚！那样就可以带你们去各式各样的舞会了。那天在福斯特上校家里，我们开了一个大玩笑。福斯特太太知道琪蒂和我打算在那里玩一整天，于是邀请了哈林顿家的两个孩子。可是哈莉特病了，只有潘出席。你猜我们怎么办？我们让张伯伦穿上女人的衣服，太有趣了！除了上校、福斯特太太、琪蒂和我，以及姨妈等人以外，谁也没有发现。姨妈也是因为我们跟她借衣服才知道的。你们想象不到他扮得有多像！丹尼、韦克翰、普拉特和其他三人进来的时候，根本认不出他来。天哪！我快笑死了，福斯特太太也是，这才让他们起了疑心，没多久就识破了。”

莉蒂亚就这样说着舞会上的事，讲讲笑话，琪蒂不时在旁加油添醋，逗得大家一路上都很开心。伊莉莎白尽可能不去注意，但难免听到一声声韦克翰的名字。

回家后，家人都亲切地迎接她们。班奈特太太看到珍的姿色不减，十分高兴。吃饭时，班奈特先生不由自主地重复对伊莉莎白说：

“真高兴你回来了，莉兹。”

餐厅里的人很多，卢卡斯几乎全家都来接玛丽亚，顺便打听各种消息。卢卡斯太太向桌子另一侧的玛丽亚问起她姐姐过得如何，鸡鸭的数量多不多；班奈特太太忙得不亦乐乎，不停向坐在旁边的珍打听时下流行的事物，然后再去说给卢卡斯家的年轻小姐们听；莉蒂亚的嗓子比谁都要高，她正把当天早上的趣事一件件告诉她的听众。

“噢！玛莉，”她说，“要是你能跟我们一起去就好了！在路上的时候，琪蒂和我把车帘放下，伪装成一部空车在行驶，只是琪蒂途中竟然晕车了；我们在乔治客店也做得不错，我们用全世界最美的冷盘款待她们三个，要是你也去的话，我们也会款待你的。临走的时候也很有趣，我还以为那部车子塞不下全部的人呢！我真的快笑死啦！回来的路上也很开心！我们有说有笑，声音大到十英里外的人都听得见！”

玛莉听了，一本正经地回答：“我亲爱的妹妹，我并不想扫你们的兴。老实说，你们这些普通女孩的乐趣可打动不了我，我觉得读书有趣多了。”

莉蒂亚把她的话当成耳边风。她不喜欢听人说话，尤其是玛莉。

到了下午，莉蒂亚又要姐姐们陪她去梅利顿找朋友。伊莉莎白坚决反对，以免被人笑话，说班奈特家的小姐整天追着军官们跑；她还有一个反对的理由，那就是不想再看到韦克翰。她已经下定决心，对于这个人能躲则躲。不到四个礼拜，那个民兵团就要调走了，她感到松了一口气。她希望他们走后，从此平安无事，她也不会再为韦克翰苦恼。

回家不到几小时，她就发现父母正在讨论去布莱顿游玩的计划，也就是莉蒂亚在客店里提到的。伊莉莎白看出她的父亲丝毫不想让步，但嘴上的回答仍然模棱两可，因此她母亲也不肯轻易放弃，尽管她老是碰钉子。

第四十章

非把达西求婚的事告诉珍不可了，她再也忍耐不住了。伊莉莎白决定在隔天早上说出来，至于跟姐姐有关的细节则隐讳不提。她猜想珍一定会大吃一惊。

珍与伊莉莎白手足情深，认为无论妹妹被谁爱上了都不足为奇。因此，尽管她开头有些惊讶，没多久就习以为常了。她替达西感到惋惜，觉得他不该用那种失礼的方式倾诉心事；但最让她难过的，是她妹妹的拒绝为他带来的难堪。

“他不该那么有自信的，”她说，“至少不该让你看出他的自信；可是你想想，这会让他多么失望啊！”

“的确，”伊莉莎白回答，“我为他难过。可是，既然他还存在那些顾虑，那他对我的好感可能很快就会消失了。你不会怪我拒绝了他吧？”

“怪你？噢，不会的。”

“可是我那么偏袒韦克翰，你会怪我吗？”

“不会，我看不出你哪里错了。”

“等我把第二天的事也告诉你，你一定就看得出来了。”

于是她说起了那封信，把关于乔治·韦克翰的部分全都说了出来。珍感到惊讶不已！她从不相信世上竟有这么多罪恶，而这些罪恶又集中在一个人身上。虽然达西的自白令她满意，可是又无法为这个残酷的发现感到高兴。她努力地想说服自己事实并非如此，想为其中一人洗刷冤屈，却又不愿委屈另一人。

“这可不行，”伊莉莎白说，“这件事无法两全其美，你只能偏袒其中一人。他们两人加起来有那么多优点，但这些优点又在两人之间游移不定。对我来说，我比较偏向达西先生，我认为这些优点都是他的。你可以按照自己的意思。”

过了好一阵子，珍的脸上才勉强露出笑容。

“我从来没有这么吃惊过，”她说，“原来韦克翰这么坏！真是难以置信。可怜的达西先生！亲爱的莉兹，想想他有多么痛苦！他遭受了这样的打击，又知道你看不起他，还不得不把妹妹的秘密讲出来！这的确太令他痛苦了，你应该也有同感吧？”

“不。看到你对他的同情，我反而更加心安了。我知道你会拼了命替他说话，因此我就更不把它当一回事。你的多情造就了我的无情。要是你再为他叹息，我就要开心得飞起来了。”

“可怜的韦克翰！他的长相那么善良，风度那么文雅！”

“那两位先生在教养上都有所欠缺。一个的优点全暴露在外，一个则深藏不露。”

“你认为达西先生的仪表不佳，但我从来没这么想过。”

“我倒认为我对他没来由地厌恶是件好事。这股厌恶感可以激励一个人的智慧。例如说，你在骂人时，很难说出一句好话；但取笑人的时候，却有可能偶尔想到一句妙语。”

“莉兹，你第一次读那封信的时候，我相信你对这件事的看法一定和现在不同。”

“当然了，我当时很难受，非常难受——也可以说不开心。我心中有许多感触，但找不到一个人可以宣泄，也没有你来安慰我，说我并不像自己想象的那么懦弱、虚荣和荒唐。噢！我真不能没有你！”

“你向达西先生提到韦克翰的时候，语气那么强硬，这实在太糟糕了！现在看来，那些话显然不怎么恰当。”

“的确是，我不该说得那么恶毒。但既然偏见已经存在，这也是难免的。你认为，我该不该把韦克翰的真实性格告诉朋友们呢？”

珍想了一会儿，说道：“没有必要让他太难堪。你觉得呢？”

“我也这么想。达西先生并未允许我把这些事散布出去，反而要我替他保守他妹妹的秘密。至于韦克翰的事，即使我对大家说实话，又有谁会信呢？大家都对达西先生抱着那么深的成见，要是说出来的话，梅利顿有一半的人都会嗤之以鼻的。没办法，幸好韦克翰马上就要走了，他是好是坏再也不关我们的事。等到真相大白的那一天，我们再去嘲笑人们的愚蠢吧！目前就什么都不要讲。”

“你说得对。揭露他的过错，很可能葬送了他的前途。或许他现在已经悔悟，痛改前非，我们不要让他走投无路。”

经过这场谈话之后，伊莉莎白纷乱的心境终于平静一些。两周以来缠绕她心头的难题也终于解决了。她相信，未来要是再谈起这两件事，珍一定还是乐意倾听。可是还有一些隐情她不敢说，她不敢提到那封信的另外一半，也不敢向姐姐说宾利有多么欣赏她。这件事绝不能让任何人知道，她认为除非把一切细节都搞清楚，否则不能透露这最后的秘密。“也就是说，”她想，“等到那件不太可能的事成为了事实，我才可以把这个秘密说出来。不过到了那时，或许宾利先生会自己说出来，还会说得更动听。才轮不到我呢！”

回到家之后，她有更多时间观察姐姐真正的心情。珍心里并不开心，她仍然忘不了宾利，她过去甚至没预料到自己会爱上他，因此她的爱仍像初恋那么热烈，再加上她的年龄和性格因素，使得她比初恋的人们还要来得坚贞不移。她痴痴地盼望他能记得她，把他看得比世上所有男人都优秀。幸好她及早看出了他亲友们的心思，才没有由爱生恨——那想必会毁了她的健康和心智。

“喂，莉兹，”有一天，班奈特太太说，“你对于珍的事有什么看法呢？我已经下定决心，再也不在任何人面前提到它。我那天跟你姨妈说过，我知道珍在伦敦完全没有见到他的影子，哼，他是个不值得爱的人，我看她这辈子休想嫁给他了。我也没听说他夏天会回到尼德菲尔德庄园，凡是有可能知道内情的人，我全都问过了。”

“我看他再也不会回尼德菲尔德庄园了。”

“唉！随他高兴吧，没人希望他来。我只是觉得他亏待了我的女儿，如果我是珍，我才咽不下这口气。唉！我唯一希望的就是珍伤心而死，到时他就会后悔不该那么狠心了。”

伊莉莎白没有回答，这种荒谬的愿望并不能让她得到安慰。

“喂，莉兹，”没过多久，她母亲又接着说，“柯林斯夫妇过得很不错，是吗？好啊！但愿他们天长地久。他们家的伙食怎么样？夏绿蒂一定是个了不起的管家婆。她只要有她妈妈的一半精明，就能省下不少钱了。他们的日常生活绝不会有什么浪费。”

“当然，一点浪费也没有。”

“他们很会持家，不错，不错！他们会小心管理收入与开销，永远不愁没钱。好吧！愿上帝保佑他们！我猜他们一定常常聊到你父亲死后接收朗伯恩的事。要是那一天真的到了，我看他们真的会把它看成自己的财产呢！”

“他们当然不方便在我的面前提这件事。”

“当然了，要是他们敢提才奇怪呢！但我相信他们私底下一定常常聊到。嗯，但愿他们能心安理得地拿走这笔不义之财。要是叫我去接受一笔法庭硬派给我的财产，我才没那个脸呢！”

第四十一章

她们回到家之后，转眼就过了一周，如今已是第二周了。过了这周后，驻扎在梅利顿的民兵团就要开拔了，附近的年轻小姐个个变得垂头丧气，几乎到处都是消沉的气氛。班奈特家的两位大小姐生活依旧不变，但琪蒂和莉蒂亚已经伤心欲绝。她们时常责备两位姐姐的冷淡，完全不懂家里怎么会有这么无情的人！

“天呀！这下我们怎么办呢？”她们经常悲痛地嚷道，“你竟然还笑得出来？莉兹？”她们那慈祥的母亲也跟着她们一起伤心，她记得二十五年前自己也曾为类似的事情痛苦过。

“我记得，”她说，“当初米勒上校那一团调走的时候，我整整哭了两天，几乎要心碎了！”

“是我一定会心碎的。”莉蒂亚说。

“要是我们能去布莱顿就好了！”班奈特太太说。

“对啊，如果能去布莱顿就好了！可是爸爸偏不答应。”

“洗一次海水浴能让我健康一辈子。”

“菲利普姨妈也说，洗海水浴对我的身体很好。”琪蒂接着说。

朗伯恩一家的两位小姐，总爱没完没了地长吁短叹。伊莉莎白想嘲笑她们一番，可是羞耻心打消了她的兴致。她又想起达西的确没有冤枉她们，他指出的那些缺点的确是事实。她深深感觉到，难怪他要干涉宾利和珍的好事。

但是莉蒂亚的忧郁很快就烟消云散了，因为福斯特太太请她一起去布莱顿。这位朋友是位年轻的夫人，刚结婚不久；她跟莉蒂亚都活泼好动，很合得来。虽然认识才三个月，成为知己的时间却已有两个月。

可想而知，莉蒂亚是多么欢天喜地、感激福斯特太太，班奈特太太又是多么高兴，琪蒂又是多么扼腕。莉蒂亚在屋里又笑又叫，活蹦乱跳，要所有人都来恭喜她；不幸的琪蒂却只能在客厅里唉声叹气。

“我不懂福斯特太太为什么不叫我也一起去，”她说，“就算我跟她交情不是特别好，一起去又有什么关系？我比莉蒂亚大两岁，人缘也更好呢！”

伊莉莎白安慰她，珍也要她别生气，但她都不理。伊莉莎白对于这次邀请完全没有高兴的心情，她认为莉蒂亚即使原本并不糊涂，这一去也毁了。她只能暗地里要父亲禁止莉蒂亚去，也顾不得莉蒂亚知道后会有多么恨她了。她把莉蒂亚平日不得体的举止都告诉父亲，说明和福斯特太太这样的人交友毫无益处；跟这样的朋友到充满诱惑的布莱顿去，肯定会变得更荒唐。父亲耐心地听完她的话，说道：

“莉蒂亚不去别人面前出个丑，是绝不会罢休的。她这一趟既不用花钱，又不用麻烦我们，何乐而不为呢？”

“如果你看得出来，”伊莉莎白说，“像莉蒂亚那样轻浮、冒失的行为，一定会让我们姐妹吃大亏（事实上早就吃亏了）的话，那你对这件事的看法就会不一样了。”

“让你们吃了大亏？”班奈特先生重复道，“怎么说？她把你们的爱人吓跑了吗？可怜的小莉兹，别担心。那些挑剔的小伙子，会因为看见了莉蒂亚的放荡行为，而不敢向你们示好？”

“你误会我的意思了。我并不是因为吃亏才来抱怨，我也不知道我到底想抱怨什么，只觉得坏处很多。莉蒂亚这种放荡的性格，会有损我们的颜面，影响我们的社会地位。原谅我实话实说，爸爸，你得想办法管管她那狂野的脾气，让她明白她不能一辈子追着别人跑，否则很快就无可救药了。一旦她的个性定型以后，要改就困难了。她才十六岁，就变成一个轻浮的女人，只会让她自己和家庭贻笑大方，还让大家瞧不起她。她除了年轻、长得还算漂亮之外，就一无可取；她愚昧、无知，爱慕虚荣，却处处被人鄙夷。琪蒂也差不多，她对莉蒂亚言听计从，不仅愚蠢、虚荣，又懒惰，完全没有一点家教！唉！我的好爸爸，无论她们去哪里，都会被认识她们的人指指点点，还会连累到她们的姐姐；难道你还能视而不见吗？”

班奈特先生看到她开始歇斯底里，便和蔼地握住她的手。

“放心，好孩子。你和珍两人无论到了哪里，都能够得到别人的尊重，绝不会因为有了两个——甚至三个傻妹妹，就失了面子。这次要是不让莉蒂亚去布莱顿的话，我们在朗伯恩就休想安静。让她去吧！福斯特上校是个有见识的人，绝不会让她闯祸的，而且她没什么钱，不会有任何人看中她。布莱顿跟这里没两样，即使她想追着别人跑，但军官们总会找到更中意的对象。因此，希望她在那儿能得到一些教训，知道自己有多么渺小。无论如何，她再坏也坏不到哪儿去，我们不能把她一辈子关在家里。”

伊莉莎白虽然没有改变想法，但听到父亲这样回答，也只能表示满意，闷闷不乐地走开了。她从不会钻牛角尖，自寻烦恼；她相信自己已尽到了责任，要她再为了那些无法避免的害处去忧虑，那是不可能的。

要是让莉蒂亚和母亲知道这一次谈话的内容的话，她们一定会气死了。就算她们两张利嘴同时夹攻，滔滔不绝地破口大骂，也消不了她们的气。对莉蒂亚来说，只要能去布莱顿一次，此生就别无所求了。她幻想着那华丽的浴场，街道上挤满了军官。她幻想着几十个，甚至几百个军官，纷纷向她献殷勤。她幻想着富丽堂皇的营帐，里面挤满了血气方刚的年轻小伙子，都穿着光鲜亮丽的红色军服。她还幻想自己坐在帐篷里面，同时向好几个军官卖弄风情。

要是她知道姐姐竟想妨碍她，不让她享受这些美妙的事物，那怎么忍受得了？只有她母亲才能体会她的心情，而且跟她深有同感。班奈特太太知道丈夫绝不会去布莱顿，因此要是莉蒂亚能去，对她的痛苦也算是一种莫大的安慰。

她们母女俩完全不知道这回事。直到莉蒂亚离家的那一天，她们一直都处在欢天喜地的气氛中。

伊莉莎白和韦克翰将要作最后一次会面。她回家之后已见过他不少次，早已没有不安的情绪。他的文雅风度曾赢得她的欢心，现在她看出了这其中的虚伪，不禁心生厌恶，他现在对她的态度又使她更不愉快——他很快就露出想与她重修旧好的意思，完全不知道她对自己的反感。自从她得知这个人是个游手好闲的轻薄公子后，便对他心灰意冷；但他却以为只要重新示好，就能再度得到她的欢心，完全忘了自己已多久没有向她献殷勤，又是为了什么原因。她看到他的态度，尽管表面上默不作声，内心却不停地咒骂。

民团离开梅利顿的前一天，他跟一些军官来到朗伯恩吃饭。他问起伊莉莎白在汉斯福德的那一段日子，伊莉莎白想令他难堪，便趁机说出费兹威廉上校和达西曾在罗辛斯度过三周的事情，并问他是否认识费兹威廉。韦克翰忽然变得气急败坏，但很快又镇定下来，笑嘻嘻地说自己曾见过他很多次。他说费兹威廉很有绅士风度，又问她喜不喜欢这个人，她也热情地说自己很喜欢他。他立刻又用满不在乎的语气问道："你说他在罗辛斯待了多久？"

"差不多三个礼拜。"

"你常和他见面吗？"

"是的，几乎每天都见面。"

"他的风度和他的表哥大不相同。"

"的确是。但我认为，或许达西先生跟人熟识之后就会变好了。"

"真的吗！"韦克翰忽然吃惊地大叫道，"对不起，我能不能请问你——"说到这里，他尽可能让自己看起来愉快些，然而又接着说："他跟别人说话时，态度有变好一些吗？他对人是否比以前更有礼貌？因为我实在不敢指望——”他的声音越来越小，越来越严肃，“指望他的本性会变好。”

“没那回事！”伊莉莎白说，“我相信他的本性跟过去没有两样。”

韦克翰听到她这么说，又看见她那难以言喻的表情，感到有些害怕和焦急。他不知道自己该表示高兴还是不以为然，于是她又说下去：

“所谓达西先生跟人熟识之后就会变好，并不是指他的思想和态度会变好，而是指当你与他越熟，也就越了解他的个性。”

韦克翰一听此话，不禁慌张了起来，变得面红耳赤，神情也十分不安。他沉默了好几分钟，才收敛了那股窘相，温和地对她说：

“你很了解我对达西先生的看法，因此你也会明白，当我听到他居然也懂得做表面功夫了，有多么高兴。他的傲慢即使对自己没有好处，也对别人有好处；因为既然他傲慢，也就不会再做出对我的那种恶劣行为了。只怕他虽然收敛了一些（或许你是这个意思），但只是为了骗过他姨妈，好得到她的欢心罢了。我很明白，他和他姨妈相处时总是战战兢兢，这多半是为了和德·包尔小姐结婚。我敢说，这才是他最大的目的。”

伊莉莎白不由得微微一笑。她稍微点了点头，一言不发。她知道韦克翰又想当着她的面重提旧事，她完全不想去鼓励他。这一晚就这样过去了，虽然他表面上还是跟平常一样愉快，但没有再向伊莉莎白献殷勤了。最后他们客气地互相道别，但或许都不想再见到对方了。

他们分手以后，莉蒂亚与福斯特太太回到梅利顿，计划明天一早就出发。莉蒂亚离开家人时，与其说是依依不舍，倒不如说是欢天喜地。只有琪蒂哭出来，但那是因为嫉妒和烦恼。班奈特太太祝福女儿，又叮咛她不要错过了任何享乐的机会——没有一个女儿会违抗这种叮咛。她得意忘形地向家人大声道别，声音盖过了姐妹们对她的祝福。

第四十二章

如果要伊莉莎白根据她们家的情况，来解释何谓婚姻的幸福，何谓家庭的乐趣，那她一定说不出半句好话。她的父亲当年就因为贪图青春美貌，而娶了这样一位愚蠢又小气的女人，结婚没多久，他对太太的情意就消失得无影无踪。夫妻之间的信任和尊重荡然无存，他对于家庭幸福的理想也完全破灭。换作别人，或许会从此沉溺在荒唐或是不正当的娱乐之中，借以自慰；可是班奈特先生却不这么做。他钟情乡村风光，热爱读书。说起他的妻子，除了能拿她的无知开玩笑之外，他对她就没有别的感情了。一般的男人都不希望在妻子身上找这种乐趣，但他既然找不到其他的优点，也只好顺其自然了。

伊莉莎白并不是看不出父亲的缺点。她看不惯这些缺点，但她尊敬他的才学，又感谢他的宠爱，因此对于这些事只能睁一只眼，闭一只眼。即使一个父亲不该叫孩子瞧不起他的母亲，也不该让夫妻关系日渐恶化，她也尽可能视而不见。然而，她对于一桩不美满的婚姻为儿女们带来的伤害，对于父亲不当应用知识而产生的坏处，却从未有现在这么深刻的体会。要是他能好好利用自己的才学，即使不能让母亲变得有见识，至少也能让女儿们有面子。

韦克翰的离去使得伊莉莎白感到安慰，但自从民兵团离开之后，外头的宴会再也不像从前那么有趣了。母亲和妹妹成天抱怨生活烦闷，让家中蒙上一层阴影。琪蒂在军官走了之后，马上又恢复安分守己的生活；但另外一个妹妹，本性已放荡不羁，如今又身处兵营和浴场的环境中，难免会变得更加大胆，闯出更大的祸。她发现（其实她过去也发现过）当自己翘首以盼的事终于实现时，总是不像预期的那么如意。她不得不在真正的幸福来临前找出其他的寄托，好好安慰一下自己。如今她最开心的事，是马上就可以去湖区旅行。家里被母亲和琪蒂闹得鸡犬不宁，一想起出门，便使她获得了最大的安慰；要是珍也能陪她一起去，那就更完美了。

“幸好，还有一些开心的事，”她心想，“假如一切都很称心的话，我反而会觉得失望。要是姐姐不能陪我去，虽然有些可惜，不过也让我多了一分期待。圆满的计划往往不会成功，只有保留几分烦恼，才能避免太过失望。”

莉蒂亚临走前，答应会常常写信给母亲和琪蒂，告诉她们一路上的情形。但是她离开之后，总是隔了好久才寄信回家，而写给母亲的信上又往往只有寥寥数行，仅仅提到她们刚从图书馆回来，有许多军官陪她们一起去，她们在那里看到许多漂亮的装饰品，她非常羡慕；或是她买了一件新衣服、一把阳伞，她本来想写得更详细，可是福斯特太太在叫她了，她们马上就要到兵营去……诸如此类的事。至于写给琪蒂的信，虽然比较长，但一样空洞无物，因为有许多重要的话不方便写出来。

她离开两三周以后，朗伯恩又恢复了欢乐的气氛。到城里过冬的人们都搬回来了，他们都穿起夏天的服装，到处是夏天的聚会。班奈特太太又像往常一样喋喋不休。到了六月中，琪蒂完全恢复正常，这让伊莉莎白很是高兴；她希望到了圣诞节，琪蒂能变得理智一些，不要一天到晚提到军官们——如果作战部不要又开一次玩笑，再调一团人到梅利顿来的话。

他们北上旅行的日期越来越接近，只剩下两个礼拜了。没想到，加迪纳太太这时却寄来一封信，上头提到，由于加迪纳先生有事，行期必须延后两周，七月才能动身；加上他只能离开伦敦一个月，行程很仓促，不能按照原订计划作长途旅行，沿途也无法慢慢欣赏。湖区是去不了了，行期也必须缩短，只能到德比郡为止。不过德比郡已足够他们游览，并消磨短短三周的日子；加上加迪纳太太非常向往那个地方。她以前曾在那里住过几年，对于能够旧地重游——尤其是马特洛克村、查兹华斯庄园、多佛戴、大山区等——感到心醉神往。

这封信让伊莉莎白大失所望（她一心想去观赏湖区风光），但很快就释怀了。一提到德比郡，就免不了引起各种联想。她立刻想到彭伯里和它的主人。“我可以大摇大摆地走进他的家，趁他不注意的时候偷捡几块漂亮的石头。”她心想。

行期一延再延。四周过去了，加迪纳夫妇终于带着他们的四个孩子来到朗伯恩。四个孩子中有两个女孩，一个六岁，一个八岁，另外两个男孩年纪还很小。他们都要留在这里，由珍代为照顾；因为他们都喜欢她，加上珍举止稳重，性情温和，非常适合应付小孩子。

加迪纳夫妇只在朗伯恩待了一晚，隔天一大早就把伊莉莎白带走了。这几个旅伴都很适合——所有人都身强体壮，性格温和，能忍受旅途中的任何不便。他们都朝气勃勃，不仅感情丰富，人也聪明，万一遇到了什么突发状况，也能够安然自得。

关于德比郡的风光，以及他们游历过的一些名胜地区，例如牛津、布伦亨、沃里克、肯尼尔沃斯、伯明翰，等等，这里就不多提了。加迪纳夫妇曾在郡内一个名为兰姆顿的小镇中住过，近来她听说还有一些熟人住在那边，于是打算绕道过去看看。伊莉莎白听舅妈说，彭伯里距离兰姆顿不到五英里，虽然不在必经之途上，但也只不过多走一两英里路罢了。当他们前一晚讨论路线的时候，加迪纳太太说希望去那里看看，加迪纳先生也同意，于是便征求伊莉莎白的意见。

“亲爱的，”加迪纳太太说，“你也听过那个地方，想去看看吗？你的很多朋友都跟那里有些渊源。你知道的，韦克翰的少年时期就是在那里度过的。”

伊莉莎白感到困窘。她实在不想去彭伯里，只好说自己已经看腻华丽的房子了，没有必要再去。

加迪纳太太忍不住说她傻，“要是只有一幢华丽的房子就算了，可是那里的庭园景色实在很漂亮，那里的花草树木也是全国最美的。”

伊莉莎白没有回答，但她仍然不以为然。她想到有可能在那里遇到达西，那多么糟糕！一想到这里，她立刻红了脸，觉得应该把事情老实跟舅妈说出来，但又觉得这么做不恰当。最后，她决定先私下打听达西在不在家里，要是在的话，再使出其他手段也不迟。

睡觉前，她向侍女打听彭伯里的状况，以及主人的姓名，又紧张地问起主人一家是否会回家避暑。她得到了想要的答案：他们不会回来。如今她可以壮着胆子了，但又忍不住好奇，想亲眼看看那幢房子。第二天早上，当舅妈又来征求她的同意时，她毫不在乎地答应了。于是他们决定前往彭伯里。

第四十三章

他们乘坐的车子行进着。当彭伯里的树林映入眼帘，伊莉莎白顿时有些心慌；等他们走进了庄园，她更加心神不宁。

庄园很大，里头高低起伏，气象万千。他们从一个低洼处进入庄园，在一座阴暗辽阔的美丽树林中行驶着。

伊莉莎白心中满怀感触，说不出话来，但她每看到一处美景都赞赏不已。他们沿着上坡路缓慢行驶了半英里，来到一个山坡，这里正是树林的尽头，彭伯里府邸立刻出现在众人眼前。房子位于山谷另一侧，有一条陡峭的路蜿蜒直上；那是一幢高大、漂亮的石造建筑，屹立在高地之上；屋后有一片树林茂密的小山坡，屋前那条优美的溪流正在涨潮，没有一丝人工的气息。两岸的点缀既不呆板，也不做作。伊莉莎白愉快极了，她从不曾看过比这里更有情调的地方，也没有看过这样天然的美景。大家都热烈地赞美了一番，伊莉莎白顿时想到，或许在彭伯里当个女主人也不错呢！他们走下山坡，过了桥，直接来到府邸门前，就近欣赏附近的景物。伊莉莎白不免又害怕起来，担心旅馆里的侍女弄错了。他们请求进屋参观，于是立刻被请进客厅，等待女管家出来。伊莉莎白这时才想起自己身在何处。

女管家来了，她是一个态度端庄的老妇人，不怎么漂亮，但礼数出乎意料地周到。他们跟着她走进餐厅。那是一个宽敞舒适、布置精美的大房间。伊莉莎白随便看了一下，便走到窗口欣赏风景。他们望着刚才下来的那座小山，那里丛林密布，遥望更显得陡峭，相当壮丽。她又纵目四望，只见一弯河道，林木夹岸，山谷蜿蜒曲折，看得她心旷神怡。他们再走到其他房间，每一间的摆设都不同，每扇窗户的风景也各有特色；房间高大美观，家具陈设也和主人地位相称，既不俗气，又不过于奢华，比起罗辛斯尤为风雅。伊莉莎白非常佩服主人的品位，她心想："我差一点就成为这里的女主人了！这些房间也许早就被我逛遍了！我不但不用以一个陌生人的身份来参观，还可以当成自己的家来使用，把舅父母当成贵客欢迎。可是，不行，"她忽然想到，"这是不可能的。到那时我就见不到舅父母了，他绝不会允许我邀请他们。"

幸好她想起了这一点，才没有后悔当初的决定。

她想问女管家，她的主人在不在，可是没有勇气。但她的舅舅却代替她问了这个问题，她慌张地转过头去，她听见这名雷诺太太回答说他的确不在家，接着又说："但是他明天会回来，还会带来许多朋友。"伊莉莎白十分庆幸，还好自己早了一天过来。

她的舅妈要她看一幅画。她走上前，发现那是一幅韦克翰的肖像，就和其他几张小型画像一起挂在壁炉架上方。舅妈笑着问她觉得如何。女管家走过来，说画上的年轻人是老主人账房的儿子，老主人一手将他栽培起来。

"他现在加入军队了，我恐怕他已经变得很浪荡。"她又补充说道。

加迪纳太太笑盈盈地看了外甥女一眼，但伊莉莎白实在笑不出来。

"这就是我的小主人，"雷诺太太指着另一张画像，"画得真像。跟那一张是同时画的，大约有八年了。"

"我常听说他相貌堂堂，"加迪纳太太望着那张画像说道，"他的确很英俊……莉兹，你认为画得像吗？"

雷诺太太听说伊莉莎白跟自己的主人熟识，便对她露出几分敬意。

“原来这位小姐认识达西先生？”

伊莉莎白脸红了，连忙说：“不是很熟。”

“你觉得他是位英俊的少爷吗，小姐？”

“是的，很英俊。”

“我敢说，我从未见过这么英俊的人。楼上的画室还有一张他的画像，比这张更大，画得也更好。老主人生前最喜欢这个房间，这些画像的摆法也还是维持他的喜好。他很喜欢这些小型画像。”

伊莉莎白这才明白，为什么韦克翰的像也放在一起。

雷诺太太接着又指出一张达西小姐的画像，那是在她八岁的时候画的。

“达西小姐也跟她哥哥一样好看吗？”加迪纳先生问道。

“噢，当然！我从没见过这么漂亮的小姐，又那么多才多艺！她每天弹琴唱歌。隔壁房间有一台刚买来的钢琴，那是主人送给她的礼物，她明天就会跟他一起回来。”

那位女管家跟加迪纳先生谈得十分高兴。她很乐意聊到她的主人兄妹俩，因为她以他们为傲，又跟他们交情深厚。

“你的主人待在彭伯里的日子多吗？”

“没有我希望的那么多，先生。他每年大概会在这里待上半年，达西小姐总是在这里避暑。”

“除非她去了兰斯盖特。”伊莉莎白心想。

“等你的主人结了婚，你就能常常见到他了。”

“是的，先生。但我不知道这件事哪时才会发生，我也不知道谁家的小姐配得上他。”

加迪纳夫妇都笑了。伊莉莎白忍不住说：“他一定会很高兴你这样想。”

“这是真的，认识他的人都这么说。”女管家说。伊莉莎白觉得她的话太夸张了，但她又接着说道：“我从没见他发过一次脾气。我在他四岁时就跟着他了。”

这句赞美的话最令她意外。她早就认定达西是个脾气暴躁的人，这时却听到女管家这么说，不禁引起了她的注意。她很想再多听一些事，幸好她舅舅又开口说道：

“天底下没几个人担得起这种赞美。你真幸运，遇上了这么好的主人。”

“是啊，先生，我也这么觉得。世上再也没有一个这么好的主人了。一个人小时候脾气好，长大了脾气也会好。他从小就是个乖巧、温和的孩子。”

伊莉莎白忍不住瞪大眼睛，心想：“达西真的是这样的一个人吗？”

“他父亲是个了不起的人。”加迪纳太太说。

“是的，太太，他的确是个了不起的人。他的独子完全像他一样，也那么体贴穷人。”

伊莉莎白一直听着，先是好奇，接着怀疑，最后又想继续听下去；但雷诺太太已经没有其他令她感兴趣的话了。她谈到画像，谈到房间大小，谈到家具的价格，她都不想听。加迪纳先生认为女管家之所以这样吹捧主人，无非是出于家人的偏心，但他仍然听得很愉快，于是话题很快又回到这上面。她一面津津有味地讲到他的优点，一面带着他们走上楼梯。

“他是个最好的地主，最好的雇主。”她说，“他不像时下那些轻浮的年轻人，一心只想到自己。没有一个佃户或仆人不爱戴他。有些人说他傲慢，可是我从不觉得他有哪一点傲慢。据我猜想，他只是不像一般年轻人那么爱说话罢了。”

“他被你说得多么可爱！”伊莉莎白想道。

她舅妈一边走，一边小声地说：“她拼命说他的好话，可是他对待我们那位可怜的朋友却是那种方式，两者好像不太符合。”

“我们可能被骗了。”

“不太可能，我们的根据那么确实。”

他们走到楼上宽敞的穿堂，接着被带进一间漂亮的客厅，这个房间最近才布置好，比楼下的许多房间还要精致。据说这里是专门供达西小姐使用的，因为去年她在彭伯里看中了这个房间。

“他的确是一个好哥哥。”伊莉莎白一边说，一边走到一扇窗户前。

雷诺太太想象当达西小姐走进这个房间，将会多么高兴。“他总是这样，凡是能让妹妹开心的事，他一定立刻去办到。他从来不会拒绝她。”她说。

只剩下画室和两三间主要寝室要展示了。

画室里陈列着许多美丽的油画，可惜伊莉莎白在艺术上完全是外行人。她觉得这些画仿佛已经在楼下看过，因此她宁愿去看达西小姐画的那几张粉笔画，因为那些画的题材都比较有趣，也比较容易看懂。

画室里都是家族成员的画像，伊莉莎白从中找出了达西的那一张。他脸上的笑容就如同之前看到他时的那样。她在这幅画前站了几分钟，看得出了神。离开画室之前，又走回去看了一下。雷诺太太说，这张画像是他父亲还在世时画的。

伊莉莎白不禁对画中的人产生了一阵亲切之感，过去她见到他时从来没有这种感觉。这应该归功于雷诺太太对主人的称赞，有什么称赞能比一个聪明仆人的称赞来得宝贵呢？她认为，他作为一个兄长、一个地主、一个家主，都掌握着众多人的幸福。他能够给予别人许多快乐，又能够给予别人许多痛苦；他可以做多少善事，又可以做多少坏事。而女管家所提到的每一点，都足以说明他品格优良。她站在他的画像前，感觉到那双眼睛盯着她看，不由得想起了他对自己的爱慕，于是一阵前所未有的感激之情油然而生。她一回想起他的钟情，便不再计较他求婚的唐突了。

他们参观了所有允许参观的地方，最后走下楼，告别了女管家。女管家吩咐一个园丁送他们离开。

他们穿过草地，走向河边，伊莉莎白又转过头来看了一眼，舅父母也都停下脚步。她的舅舅正想估量一下这栋房子的建筑年代，忽然看到屋主从一条通往马厩的大路上走了过来。

双方只相隔了二十码，他的突然出现令她根本来不及躲避。一瞬间，他们四目相交，两个人都满脸通红。主人惊讶得一动也不动，但又立刻回过神来，走向他们。他跟伊莉莎白说话，语气并不怎么镇静，但十分有礼貌。

伊莉莎白原本不由自主地走开了，但看到他走上前来，不得不停下脚步，害羞地接受他的问候。她的舅父母起初没认出他，但一看到他和刚才那幅画像的相似之处，又看到园丁惊恐的态度，立刻明白了眼前的人是谁。他们看到他正在跟外甥女说话，便稍稍站得远一点。

达西客气地问候了她的家人，她却慌张得不敢抬起头来看他，也不知道自己回答了什么。他的态度跟上次分手时完全相反，这使她感到惊奇，因此他的每一句话都使她感到困窘。她左思右想，认为自己出现在这里真是有失体统，这短短的几分钟成了她一生中最难挨的一段时间。他也不比她镇定。他问她是什么时候离开朗伯恩的，来德比郡多久了，同样的问题提了又提，而且神色慌张。

最后他似乎无话可说，默默无言地站了几分钟，突然又回过神来，告辞而去。

舅父母这时才走到她面前，说他们很欣赏达西的仪表。伊莉莎白心事重重，一个字也听不进去，只是一言不发地跟着他们走。她感到说不出的羞愧和懊恼，她这次的造访真是世界上最不幸、最愚蠢的事了。他会多么莫名其妙！像他那么傲慢的人，又会多么鄙视这件事！她为什么要自己送上门来呢？或是说，他为什么偏偏要提早一天回家呢？他们只要早十分钟离开，就不会遇到他了；他显然才抵达，刚跳下马背，或是走出马车。想起了刚才见面时的别扭，她的脸色越来越红。他的态度完全不一样了，这是怎么一回事呢？他居然会走来跟她搭话，光是这一点就够不可思议的了！何况他的谈吐与问候又是那么温和有礼！她从不知道他的态度如此谦恭，语气如此温柔。上次他在罗辛斯将信交给她的时候，他的措辞跟今天形成了强烈的对比。她不知道该做何感想，也不知道如何解释这些矛盾。

他们已经走到河边一条美丽的小径上，地势逐渐降低，眼前的风光越来越壮丽，树林的景色也越来越幽静。他们慢慢地走着。沿途，舅父母一再提醒伊莉莎白欣赏眼前的景色，她随口应了一声，眼睛也随意望了一下，但过了好久都看不到一景一物。她根本无心观赏，一心只想着彭伯里府邸里达西身处的那个角落。她想知道他现在思考什么，他心中怎样看待她，他是否仍然对她有好感。他也许是因为从心事中解脱了，所以对她特别客气；但听他说话的语气，又不像是了无牵挂的样子。她不知道他见到她的时候，是痛苦多一些，还是快乐更多一些。但看他的行为举止，一点也不像是心神镇定。

当舅父母问她为什么心不在焉，她才终于意识到，应该装出个样子。

他们走进树林，踏上山坡，跟这一弯溪流暂时告别。从树林的空隙间望出去，可以看见山谷各处的景色。对面的一座座小山长满了整片树林，蜿蜒曲折的溪流不时映入眼帘。加迪纳先生想在庄园里散步，又怕走不动；园丁带着得意的笑容告诉他们，走一圈有十英里路那么远，这才作罢。

他们沿着小径绕了好一阵子，才从悬崖上的小树林走出来，重新回到河边，这是河道最狭窄的一处。他们从一座简陋的小桥过河，这座桥和周围的景色十分搭调。这里比之前那些地方来得朴素，山谷到这里也变成了一条小夹道，只能容纳这一条溪流和一条小径。小径上灌木丛生，参差不齐。伊莉莎白很想循着小径去冒险一番，但过了桥之后，加迪纳太太早已走不动了，她一心只想赶快坐上车。于是，大家只好从河对岸抄近路朝住宅走去。他们走得很慢，因为喜欢钓鱼的加迪纳先生看见河里有鳟鱼，又跟园丁聊了起来。他们就这样慢慢前进。

这时他们又吓了一跳，尤其是伊莉莎白。原来达西又朝他们这里走来，而且就快接近了。这一带的小路不像对岸那么隐蔽，因此他们远远就看得见他。但无论伊莉莎白多么诧异，至少比刚才的见面有了更多心理准备。她打定主意，如果他真的是来找他们的，她就干脆好好跟他交谈一番。她原以为他会走到别的路上，因为他的身影忽然在转弯处消失了。但再拐一个弯，他又立刻出现在他们面前。她偷偷瞥了他一眼，看见他仍然风度翩翩，于是也模仿他那彬彬有礼的样子，开始赞美庄园的美丽风光。当她开口说了“动人”“妩媚”等形容词后，又不高兴地想到：或许自己对彭伯里的一番赞美会遭到曲解，于是又面红耳赤，一言不发。

加迪纳太太站在后方不远处。当伊莉莎白默不作声的时候，达西却请她为他介绍这两位亲戚。他的礼貌再度令她大感意外。当初他向她求婚是那么傲慢，对她的亲友又是那么鄙视，如今却要她介绍这些被他鄙视的亲友。她几乎要笑出来，“要是他知道这两位是谁的话，真不知会有多么吃惊呢！他大概误以为他们是什么上流人士了。”

不过她还是立刻为他一一介绍。她一面向他说起这两位是她的至亲，一面偷偷瞄了他一眼，想观察他的反应。她想象他也许会掉头就走，避开这些卑贱的朋友。当他知道了他们的亲戚关系之后，果然感到惊讶，但他不仅没有走开，反而陪他们一起走回去，还跟加迪纳先生攀谈起来。

伊莉莎白非常得意。她终于让他知道，她也有几个有头有脸的亲戚，这令她大感欣慰。她仔细聆听着他跟加迪纳先生的对话，她的舅舅的谈吐也颇为高雅。他们立刻就聊到钓鱼，她听见达西客气地对他说，既然他们就住在附近，只要高兴，随时都可以来钓鱼，又答应借给他钓具，还指出这条河里鱼群最多的地方。加迪纳太太牵着伊莉莎白的手，对她使了个眼色，暗示自己十分惊奇。伊莉莎白没有回答，可是心里却相当自豪，因为达西的举动显然都是为了讨好她。但她还是很诧异，一遍又一遍地问自己：“他的个性怎么变得这么多？这是为什么？总不会是看在我的面子上，才把身段放得这么低吧？总不会因为我在汉斯福德骂了他一顿，就让他改过自新吧？他不一定还爱我。”

一行人就这样走了好一会儿，女在前，男在后。后来，为了欣赏一些稀奇的水草，他们各自散开，走到河边。当他们重新集合时，前后次序就不一样了。原来加迪纳太太走累了，她认为伊莉莎白的手臂扶不动她，于是就挽着丈夫走。达西取代了她的位置，和她的外甥女并排行走。

两人先是沉默一段时间，后来小姐先开口了。她向他解释说，他们事先打听到他不在家，才决定前来拜访，因此她对他的突然返回感到吃惊。“你的女管家说你明天才会回来。在我们离开贝克威尔的时候，就打听到你不会那么快回到乡下来。”达西承认了这一点，他说因为自己有事要找账房，所以比其他人提早了几个钟头出发，接着又说：“他们明天一早就会抵达，也有你认识的人——宾利先生和他的姐妹们都会来。”

伊莉莎白点了点头。她立刻回想起他们上次提到宾利时的情形，她从他的脸色看出他也在想这件事。

又沉默了片刻，他继续说：“这些人之中，有个人特别想认识你，那就是舍妹。我想趁你还留在兰姆顿时，介绍你们认识，不知道这个请求是否太冒昧？”

她受宠若惊，不知道该不该答应。但她又认为，达西小姐之所以想认识她，多半是出于哥哥的怂恿，光想到这一点就足够使她得意了。她发现尽管两人有些过节，但他却并未因此憎恶她，心里感到很快乐。

他们又默不作声地往前走，各自想着各自的事。伊莉莎白感到不安，因为这个要求实在太不近情理了，但她又感到得意。他想把妹妹介绍给她，这的确是她的荣幸。他们很快就追过加迪纳夫妇，到达马车时，那对夫妇还落后他们好一段距离呢！

他请她进屋休息，她回答自己还不累，于是两人便一起站在草地上。这种场合下，不说些话可不行了；她想找话题，可是脑中一片空白。最后她想起了这一趟旅行，于是便聊起马特洛克和多佛戴的景色。时间过得很慢，她的舅妈也走得很慢，这场谈话还没结束，她却已心慌地找不到话题了。加迪纳夫妇终于赶到，达西再三邀请他们进屋休息，可是客人们拒绝了，于是双方很有礼貌地互相道别。达西扶着两位女客上车，直到马车开动，伊莉莎白才看见他慢慢走进屋里。

舅父母开始发表他们的评论了。夫妇两人都说达西的人品比他们想象的还要好。“他的举止优雅，礼数也很周到，而且完全没有架子。”舅舅说。

“他的确有点骄傲，”舅妈说，“但只是一点点而已，并不惹人讨厌。现在我打从心底同意那位女管家的话，虽然有些人说他傲慢，但我完全看不出来。”

“没想到，他竟然这样款待我们。那不只是客套，而是发自内心的欢迎。其实他不用这么麻烦，因为伊莉莎白跟他的交情又不深。”

“当然了，莉兹，”舅妈又说，“他没有韦克翰那么英俊，或者该说，他也不像韦克翰那样谈笑风生，因为他成熟稳重。但你怎么会说他十分讨厌呢？”

伊莉莎白拼命解释说，她上次在肯特郡见到他时，已经对他比较有好感了，还说她从未看过他像今天早上这么和蔼可亲。

“不过，”舅妈说，“也不能太相信他的殷勤，这些有钱人都是一样的。他请我有空去钓鱼，我也不能太相信，也许哪天他会忽然改变主意，不让我进他的庄园。”

伊莉莎白觉得他们完全误解了他，但是并没有说出口。

“我真想象不出，”加迪纳太太接着说，“他这样的人竟然会那么狠心地对待可怜的韦克翰。他看上去心地不坏，说话也很讨人喜欢；至于他的表情，的确有些威严，但也并不代表心肠就不好。只是那个女管家形容得也太夸张了，有几次我差点要笑出声来；不过，我想他一定是位慷慨的主人，在一个仆人的眼里，这就代表了他的德行。”

伊莉莎白感到有必要替达西说几句好话，以说明他没有亏待韦克翰。她小心翼翼地把事情原委说了出来。她说，达西在肯特郡的朋友曾经告诉她，他的行为与外面流传的完全不同，他的为人也不像哈福德郡的居民想象的那么荒谬，韦克翰的为人同样不像他们想象的那么厚道。为了证明这一点，她又把这两人的金钱往来一五一十地讲了出来。尽管没有透露这些消息的来源，但她保证这些话相当可靠。

这番话让加迪纳太太大感惊讶。但他们如今已经重回故地，她一切的心思早已抛到九霄云外，只顾着沉溺在甜蜜的回忆之中。她把周围有趣的事物一一指给丈夫看，根本无心想到其他的事上面。虽然一个早上的步行令她筋疲力尽，但一吃过饭，她又动身去拜访旧友，并与老朋友共度了一晚，相当开心。

至于伊莉莎白，白天发生的事情就够她细细回味了。她没有其他心思去结交新朋友，只是一心想着，达西今天为什么那样礼貌周全。最令她讶异的是，他为什么要把妹妹介绍给她。

第四十四章

伊莉莎白原以为，达西会在妹妹抵达的隔天带她登门拜访。但是她完全猜错了，原来在她舅父母来到兰姆顿的那天早上，那批客人就抵达了彭伯里。这对夫妻跟着几个新朋友溜达完回到旅馆，准备换衣服去朋友家吃饭，忽然听到一阵马车声。他们走到窗前，看见一男一女坐在一辆两轮马车上，正从大街上行驶而来。伊莉莎白认出马车夫的衣服，立刻有了心理准备。她告诉他们贵客马上就要光临了。她的舅父母非常惊讶，他们看见她说话时的困窘，再对照两天来发生的事情，立刻得出了结论。虽然他们一直被蒙在鼓里，但现在却明白，达西一定是爱上了他们的外甥女，否则就无法解释他的百般殷勤了。他们的脑中不停打转，伊莉莎白也越来越心慌意乱；她不知道自己为什么会坐立不安。她担心达西因为爱慕她，而在妹妹面前过度吹捧她。她越是想讨人喜欢，越是觉得自己一点也不讨人喜欢。

她怕被舅父母看出心事，便离开了窗前，在房里来回踱步，努力装出镇定的样子。她发现舅父母的神色诧异，心中暗自发慌。

达西兄妹终于走进了旅馆，双方郑重其事地介绍了一番。伊莉莎白看到达西小姐也跟自己一样害羞，觉得有些意外。自从她来到兰姆顿，总是听说达西小姐性格傲慢；但她只观察了她几分钟，立刻断定她只是个害羞的女孩罢了。达西小姐对于任何问题都是唯唯诺诺，一个多余的字也不说。

她的身材很高，比伊莉莎白健壮；虽然才十六岁，可是已经发育完全，行为举止都像个大人，端庄大方。她没有哥哥那么好看，但她的脸蛋生得聪明伶俐，仪表又谦和文雅。伊莉莎白原以为她也像达西先生一样尖酸刻薄，但事实完全相反，这让她松了一口气。

不久后，达西告诉伊莉莎白，宾利也要来拜访她。她正要回以一句客套话，就听到宾利上楼梯的急促脚步声。片刻工夫，他已经走进来了。伊莉莎白早已原谅他，纵使还有一些埋怨，一看到他那诚恳而欢欣的态度，也都一扫而空了。他亲切地问候他们一家，虽然言语十分平凡，但他的容貌谈吐依旧令人感到愉快。

加迪纳夫妇也和她有同感，认为他是个值得结交的人物，他们早就想见见这号人物了。眼前的客人引起了他们极大的兴趣；他们偷偷观察达西跟他们外甥女的互动，立刻看出两人之中至少有一个人已经陷入情网了。女方的心意一时还难以确定，但男方显然情意绵绵。

伊莉莎白手忙脚乱。她既好奇这些客人对她的观感，又好奇自己对这些人的观感，同时又要博得所有人的喜爱——这也是她最担心的。不过一切都非常顺利，因为这些人早就对她抱有好感。宾利存心结交她，乔治安娜也想认识她，达西更是非取悦她不可。

一看到宾利，她自然又想到了姐姐；她很想知道他是否也想到了她的姐姐。她有时觉得他的话变少了，有时又觉得他努力想从她身上看出一点珍的影子，或许这只是她的凭空想象，但有一件事是确定的：有人说达西小姐是珍的情敌，但宾利对达西小姐根本没有意思。他们两人之间没有任何爱情的表现，无论从哪个角度来看，都不会认为宾利小姐能够如愿。伊莉莎白觉得自己的推测十分正确。

之后又发生了几个小插曲，伊莉莎白更相信宾利依旧对珍难以忘情，只是由于胆小才不敢主动聊到她。他趁着别人也在说话时，用一种惋惜的语气对她说："我好久没有见到她了，真是可惜。"她还来不及回答，他又说，“有八个多月没有见面了。我们是十一月二十六日分别的，那天我们都在尼德菲尔德庄园跳舞。”

伊莉莎白知道他对往事记得十分清楚，感到很开心。之后，他又趁着别人不注意的时候，向她问起她的姐妹们是不是还待在朗伯恩。这些话本身没有意义，但说话者的态度却耐人寻味。

她虽然不能时常注意达西，但只要她偶尔瞥他一眼，就能看见他脸上的亲切。他的谈吐没有丝毫的高傲，也没有半点蔑视她亲戚的意味。她不由得心想，他在昨天的改变，即使只是暂时的，好歹也维持到了今天。几个月前他不屑与这群人为伍，如今却乐于结交他们，而且努力赢得他们的好感。他不仅对她礼数周到，甚至对那些他曾经鄙视的亲戚们也相当客气。他在汉斯福德向她求婚的场景历历在目，如今对比之下，简直判若两人。这些情形令她相当激动，惊讶的心情全写在脸上。她从未见过他这么殷勤，无论是在尼德菲尔德庄园与朋友一起时，还是在罗辛斯与那些高贵的亲戚一起时，都不曾像现在这么谦虚、健谈。尤其他殷勤招待的这些人，并不能使他的面子增光，只会让他受到尼德菲尔德庄园和罗辛斯的太太小姐们嘲笑罢了。

这些客人待了半个多小时。临走时，达西要妹妹跟他一同邀请加迪纳夫妇和班奈特小姐，希望他们在离开前到彭伯里去吃顿饭。达西小姐不习惯邀请客人，显得畏畏缩缩，但还是立刻照做了。加迪纳太太望着外甥女，想看她愿不愿意，毕竟这次邀请正是为了她；没想到伊莉莎白却转过头去不回答。加迪纳太太认为她这种反应是出于害羞，而非不愿意。她又看看丈夫；他本是个喜爱交际的人，立刻欣然答应。于是由她将日期定在后天。

宾利很开心，因为他又多了一次见到伊莉莎白的机会。他有许多话要跟她讲，还要向她打听哈福德郡一些朋友的事。伊莉莎白知道他想打听珍的消息，感到很是欣喜。尽管她当时并不怎么兴奋，但是客人离开了以后，她一想起刚才的情景，就不禁洋洋自得。她怕舅父母问东问西，因此一听完他们对宾利的赞美之后，就立刻跑去换衣服了。不过她也没必要担心加迪纳夫妇的好奇心，因为他们并不打算逼她说出心里的话。她跟达西显然不只是他们想象的那种泛泛之交，他必然爱上了她。舅父母发现了许多端倪，却又不便过问。

他们回想着达西的优点。从他们认识他以来，在他身上找不到半点缺陷，他的亲切也令他们感激涕零。要是只凭借他们的观点和那个女管家的话，而不参考其他数据，那么，哈福德郡的那些人，简直分辨不出这就是达西。如今他们都相信那个女管家的话，因为她从主人四岁起就服侍他，当然深知他的为人，加上她本身也令人起敬，不该轻易忽视她的话。而除了傲慢，达西也没有其他可指摘之处。也许他真的傲慢，即使他不傲慢，小镇的居民一整年见不到他，也难免会说他傲慢；但他倒是公认的慷慨大方的人。反观韦克翰，他们很快就发现他在这一区风评不佳；虽然大家不清楚他和达西之间的关系，但都知道他离开德比郡时曾欠下多少债务，这些债都是由达西替他偿还的。

这一晚，伊莉莎白一心想着彭伯里，更甚于昨晚。这一夜十分漫长，但她仍嫌不够长，因为彭伯里府邸里的那个人弄得她千头万绪。她在床上躺了整整两个小时，左思右想，还想不清楚自己对他是爱慕还是憎恶。她绝不恨他，恨早已消失；如果说她曾经讨厌过他，她也为过去的这种心情感到惭愧。自从她发现他身上许多高尚的品格后，就对他肃然起敬——尽管她起初还不想承认。她听到大家都对他赞誉有加，昨天又亲眼看到各种情形，明白他是个温柔的人，于是在尊敬之外又添了几分亲切。

但最重要的不在于她对他的敬重，而在于她对他的好感。她很感激他，不仅因为他曾爱过她，而且即使她轻率地拒绝过他、误会过他，他也不计前嫌，依旧爱着她。她原以为他会憎恨她，绝不会再理睬她，但这一次巧遇后，他却仿佛急着想与她重修旧好；且他的语气神态也毫无粗鄙的表现，只是竭力地想获得她亲友们的好感，还诚恳地向她介绍他的妹妹。这么傲慢的男人却一下子变得这么谦虚，这不仅令人惊奇，也令人感激，这只能归功于浓烈的爱情。她虽然无法明白地解释这种爱情，但她并不觉得讨厌，甚至被深深打动了，想让它继续滋长下去。她一开始尊敬他、感激他，也就免不了关心他的幸福；她相信自己能吸引他再次求婚，问题在于她是否该这么做，以使两个人都幸福。

当晚她曾和舅妈商谈，都认为达西小姐非常客气，虽然早上才回到彭伯里，却还是当天就赶来拜访。她们就算不能像她那么有礼貌，至少也应该回访一次。最后，她们决定隔天一早就去彭伯里。伊莉莎白很高兴，却又不知道为什么高兴。

第二天吃过早饭之后，加迪纳先生马上就出门了，因为昨天他又跟人聊到了钓鱼的事，约好今天中午到彭伯里去见几位先生。

第四十五章

现在，伊莉莎白认定，宾利小姐之所以讨厌她，原因不外乎是吃醋。她不禁觉得，这回前往彭伯里，一定不会得到宾利小姐的欢迎；尽管如此，她却想看看这一次的久别重逢，是否会让那位小姐顾及一些礼貌。

来到彭伯里府邸，家人们就带着她们走过穿堂，进入客厅。客厅北面景色非常美丽，窗外是一片空地，屋后树林茂密，岗峦耸迭，草地上种满了美丽的橡树和西班牙栗树，真是一片爽心悦目的夏日风光。

达西小姐在房间里接待她们。跟她一起的还有赫斯特太太、宾利小姐，以及那位在伦敦与达西小姐同居的太太。乔治安娜对她们很有礼貌，但态度不太自然，这是由于她害羞，生怕自己失礼；但在那些自卑的人眼中，便容易误会她是个傲慢的人。幸好，加迪纳太太和她的外甥女绝不会错怪她。

赫斯特太太和宾利小姐只对她们行了个屈膝礼。坐下之后，宾主双方许久不曾交谈，气氛相当别扭。安斯利太太首先开了口。这位太太是个和蔼可亲的贵妇，从她努力想找出话题的样子，便看得出她比另外两位女士有教养得多了。靠着她与加迪纳太太首先交谈起来，伊莉莎白又不时插上几句话，才让场面不至于太冷清。达西小姐似乎想说话，却又缺乏勇气，只用听不见的声音支吾了一两声。

伊莉莎白很快就发现宾利小姐正仔细地注视她的一举一动，特别是当她跟达西小姐说话的时候。她与达西小姐坐得很近，她也毫不顾虑宾利小姐的目光，但由于找不到话题，加上她心事重重，因此聊得并不尽兴。她时时刻刻都希望男士们赶快进来，但又不知道自己是期盼，还是害怕。就这样坐了一刻钟，宾利小姐没有说话，只有一次冷冷地问候她的家人，她也同样冷冷地敷衍几句。

不久后，仆人们送来了冷肉盘、点心，以及水果——达西小姐一直忘了这件事，幸好安斯利太太不时向她使眼色，提醒了她身为主人的责任。这下大家有事可做了，她们一看见这些美丽的葡萄、油桃和桃子，便围着桌子坐下。吃东西的时候，达西走了进来，伊莉莎白趁这个机会确认了自己的心情：究竟是希望他在场，还是害怕他在场？结论是，当他进来不到一分钟，她又认为他还是不进来比较好。

达西原本跟两三个家人陪着加迪纳先生钓鱼，一听说加迪纳太太和她外甥女要来拜访乔治安娜，便立刻摆脱他们回到家里。伊莉莎白一看见他，便打定主意要表现得从容不迫、落落大方，只可惜事与愿违。她发现在场的人都在怀疑着他们。自从达西一走进来，几乎所有的眼睛都盯着他身上。虽然每个人都好奇，但没有一个人像宾利小姐那么露骨，她对两人说话时仍然满脸笑容，既没有嫉妒到不择手段的地步，也还没对他完全死心。达西小姐看见哥哥来了，话开始多了起来，伊莉莎白看出达西很希望她跟他的妹妹尽快熟识，并尽可能促进两人对话。宾利小姐看着这些情景，很是气愤，也顾不得礼貌了，一找到机会便冷冷地说：

“请问，伊莉莎小姐，听说梅利顿的民兵团开走了，这对你们家来说想必是个很大的损失吧？”

她不敢在达西面前提到韦克翰的名字，但伊莉莎白立刻明白她的话中之意，并为此感到羞愧。她决定对这种恶意的攻击还以颜色，于是立刻用一种满不在乎的语调回答了她。她一面说，一面不由自主地望了达西一眼，只见他涨红了脸，恳切地望着她，达西小姐更是紧张得说不出话来。要是宾利小姐知道这个话题会使意中人难堪的话，她绝不会这么说。她以为伊莉莎白曾经倾心于韦克翰，便存心使她出丑，让达西看不起她，甚至让他想起她的几个妹妹曾为了那个民兵团闹出的笑话。至于达西小姐计划私奔的事情，她一点也不知情——达西对这件事守口如瓶，尤其是对宾利的亲友们。他预料总有一天会与他们结亲，于是十分关心宾利的幸福，但这并不是他设法拆散宾利和珍的原因。

达西看到伊莉莎白不动声色，这才安下心来。宾利小姐有些失望，没有再提到韦克翰，于是乔治安娜也恢复了平静，但一时还羞于开口，也害怕看到哥哥的眼睛（事实上，达西根本没想到她与这件事的关联）。宾利小姐本来想用这个方法挽回达西的心，结果反而使他更加欣赏伊莉莎白了。

客人们很快就告辞了。当达西送她们上车的时候，宾利小姐趁机在达西小姐面前大发牢骚，把伊莉莎白的人品、举止和服装都挑剔了一遍。乔治安娜没有回答，她受到哥哥的影响，也对伊莉莎白有了好感。她相信哥哥的眼光绝不会错，也一样认为伊莉莎白既亲切又可爱。达西回到客厅后，宾利小姐又把刚才批评的话重复了一遍。

“达西先生，”她大声说，“伊莉莎·班奈特小姐今天的脸色多难看！从去年冬天到现在，她变得真多。我从没看过一个人像她这样，皮肤变得又黑又粗糙，路易莎和我简直认不出她了。”

达西讨厌这种话，但还是敷衍了她一下。他说自己看不出她的变化，虽然皮肤变黑了一点，但那只不过是夏天旅行的结果。

“老实说，我根本不觉得她美，”宾利小姐回答，“她的脸太消瘦，皮肤没有光泽，五官也不清秀。她的鼻子很普通；而她的眼睛，虽然有人对它们赞不绝口，但我却不这么想。它们看起来有些刻薄，又有些恶毒，我一点也不喜欢。再说她的风度，一副自以为是的样子，其实却贻笑大方，令人受不了。”

宾利小姐早已认定达西爱上了伊莉莎白，但她仍使用这种不高明的手段。毕竟，人们在气愤之下，往往会有失去理智的时候。她看出达西咬紧牙关，有些烦恼的神色，以为自己的诡计成功了，她想要激他说几句话，于是又说道：

“我还记得在哈福德郡第一次认识她的时候，曾听说她是个有名的美人，当时就觉得十分奇怪。还有一个晚上，她们在尼德菲尔德庄园吃过晚餐以后，你曾说过：‘要是她也算得上漂亮的话，那她的妈妈就算得上聪明了！’我相信之后你对她有改观，不过也就一下子而已。”

“是的，”达西终于忍无可忍，他回答道，“但那是我刚认识她的时候。最近的几个月，我已经把她当成我所有女性朋友中最漂亮的一位。”

他说完就走开了，只剩下宾利小姐一个人。她本以为可以借这个机会得意一番，却自讨没趣。

加迪纳太太和伊莉莎白回到旅馆后，便谈论起这次做客的情形，唯独漏掉了大家都感兴趣的那件事；她们谈论了所有遇到的人，唯独漏掉了她们在意的那个人；她们谈到了他的妹妹、朋友、住宅、他请客人吃的水果，唯独漏掉了他本人。事实上，外甥女一直希望舅妈提起对他的印象，舅妈也希望外甥女先扯到这个话题上。

第四十六章

回到兰姆顿之后，伊莉莎白没有收到珍的信，感到非常失望。第二天早上她又失望了一次。到了第三天，她就不再焦虑了，因为她一次收到了姐姐的两封信，其中一封曾经送错了地方——她并不意外，因为珍把地址写得很潦草。

这两封信送来的时候，他们正要出去散步。于是舅父母先走了，留她一个人慢慢读信。先读送错的那一封，那是五天前写的。信的前半段提到一些小型宴会和约会之类的事，又“报道”了一些乡下的新闻；后半段却说了一个重要的消息，并注明是隔天写的，看得出作者下笔时心绪很乱。内容如下：

亲爱的莉兹：

写完上半封信之后，发生了一件出乎意料的大事。我担心吓坏了你，不过请放心，家里一切安好。我要说的是关于可怜的莉蒂亚的事。昨晚午夜时分，我们正要就寝，突然收到福斯特上校的一封急件，他通知我们：莉蒂亚跟他手下一名军官去了苏格兰——简单来说，她跟韦克翰私奔了！你能想象我们当时有多震惊。但琪蒂却一点也不意外。我很难过，他们两人就这样轻率地结合在一起！但我仍然要从好的角度去想，希望是大家误会了他的人格。尽管我认为他为人冒昧，但他这次的举动未必居心不良（但愿如此）。至少他选了莉蒂亚不是为了利益，因为她父亲根本没有嫁妆可以给她。可怜的妈妈伤心得要命，爸爸却忍耐住了。感谢上帝，幸好我们还没让他们听到外界的议论，我们自己也不必把它放在心上。据说，他们是在礼拜六午夜离开的，一直到昨天早上八点才被发现失踪，于是福斯特上校连忙写了那封信。亲爱的莉兹，他们一定曾经经过附近。福斯特上校说他会马上赶过来，莉蒂亚留了一封短信给福斯特太太，说明他们两人的意图。我不得不停笔了，因为我不能离开妈妈太久。你一定觉得莫名其妙吧？我也不知道自己写了些什么。

伊莉莎白读完了这封信之后，惊讶得说不出话来。她想也没想，连忙抓起另一封信拆开。这封信比前一封信晚了一天。

亲爱的妹妹：

你现在应该收到了我那封匆促写下的信了吧？希望这封信能把问题解释得更清楚。不过，虽然时间还算充裕，我的头脑却一片混乱，并不能保证这封信有条有理。我亲爱的莉兹，我简直不知道该怎么写，但我总得把坏消息告诉你，而且事不宜迟。

尽管韦克翰先生和可怜的莉蒂亚的婚姻十分荒唐，但我们却恨不得尽快听到他们结婚的消息，因为我们担心他们没有去苏格兰。福斯特上校前天寄出那封急件后，几小时内就从布莱顿启程，并在昨天抵达我们家。虽然莉蒂亚在信里告诉福斯特太太说，他们将前往格雷纳草场，但丹尼却认为韦克翰不会去那里，也不打算跟她结婚。福斯特上校听了他的话后，便连忙从布莱顿前去追赶。他追到克拉普罕就停住了，因为他们到了这里后，便把从艾普森雇来的马车打发走，重新雇了一辆，之后的行踪就难以追查。有人曾看见他们朝伦敦的方向行进。福斯特上校在伦敦努力打听了一番以后，便来到哈福德郡。他在途经的关卡以及巴奈特和海特菲尔德两地的旅馆里都搜索了一番，却无功而返。最后他来到朗伯恩，把他的各种怀疑一五一十告诉了我们。我真替他们夫妇难过，谁也不能怪罪他们。

我们痛苦极了。爸爸和妈妈都对这件事的结果感到悲观，但我不忍心这么想。也许他们为了种种原因，打算在城里私下结婚，所以没有按照原订计划做。就算他欺负莉蒂亚年幼无知，无人倚靠，因此对她居心不良，难道莉蒂亚会那么傻吗？这绝对不可能！不过，听到福斯特上校说他们不会结婚，我又不免伤心。我把我的想法告诉他，他只是不停摇头，说韦克翰是个不可靠的人。可怜的妈妈快要病倒了，整天不出房门，要是她能克制一下就好了。至于爸爸，我从未见过他这么难受。可怜的琪蒂也很生气，她自责没有事先把他们的亲密关系说出来，但她能够为他们严守秘密，我也不便怪罪她。亲爱的莉兹，我真高兴你没有见到这些痛苦的场面，但我又希望你回来，这个要求总不会不合情理吧？如果你不方便，我也不会勉强你。

再见了！刚刚才说不会勉强你回来，现在我又要提起笔来逼你了。因为按照目前的情况来看，我不得不这么做。舅父母和我交情很深，绝不会见怪，所以我才敢提出这个要求，而且我还有其他的事要拜托舅舅。父亲马上就要陪福斯特上校去伦敦找她，我不清楚他的具体做法，但从他那痛苦的表情，就能看得出他不太靠得住；而福斯特上校明晚就得回到布莱顿。情况如此紧急，非拜托舅舅帮忙不可，我相信他会体谅我此刻的心情，并对我们伸出援手。

“天哪！舅舅在哪里？”伊莉莎白读完信，不禁失声叫道。她连忙从椅上跳起来，匆匆忙忙跑去找舅舅。她刚走到门口，仆人正好把门打开，达西走了进来。他看见她脸色苍白，神情慌张，不由得吓了一跳，正想开口说话，但她一心想着莉蒂亚的事，连忙叫道：“对不起！我没有空！我有要紧的事要去找加迪纳先生，一分钟也不能耽搁！”

“老天！发生了什么事？”他叫道，完全忘了顾及礼貌。镇静下来后，他又接着说，“我不想耽误你，不过请让我代劳吧！或是让仆人去也好。你的身体不好，不能去。”

伊莉莎白犹豫不决，但是她双膝发软，的确没有办法去找他们。她只好叫仆人来，派他去找回加迪纳夫妇。她说话时上气不接下气，几乎听不清楚。

仆人离开以后，她才坐下来。达西看到她身体摇摇欲坠，脸色非常难看，因此不放心离开。他用温柔的语气对她说：“我把女仆叫来吧！你能吃点东西吗？或是一杯酒？你好像生病了。”

“不，谢了，”她竭力保持镇静，回答道，“我没事。只是刚从朗伯恩接到了一个不幸的消息，使我很难受。”

她说着忍不住哭了起来，一句话也不说。达西一头雾水，只好含含糊糊地说了一些安慰的话，接着就同情地望着她。之后，她向他吐露实情：“我刚收到珍的一封信，告诉我一个非常不幸的消息。反正也瞒不了任何人，我就告诉你吧。我最小的妹妹抛下亲友……私奔了……上了韦克翰先生的当。他们从布莱顿逃走了。你深知他的为人，后面我也不用说了。她没钱没势，也没有可利用之处……莉蒂亚的一生完了。”

达西愣住了。伊莉莎白又更激动地接着说：“我本来可以阻止这一件事的！我知道他的真面目！我只要把那件事的一小部分……我听说的一小部分告诉家里，只要大家都知道他的真面目，就不会发生这件事了！但现在为时已晚。”

"我很痛心，"达西说道，"而且震惊。这消息可靠吗？真的可靠吗？"

"当然可靠！他们是礼拜天晚上从布莱顿逃跑的。大家一直追踪他们到伦敦，可是再也追不下去。他们一定没有去苏格兰。"

"那么，有没有什么方法找到她呢？"

"我父亲去伦敦了。珍写信要舅舅立刻回去帮忙，我希望我们半小时内就能动身。可是这件事毫无办法，我认为毫无办法。要怎么对付这样的一个人呢？又该怎么找出他们？我实在不敢抱着任何一丝希望，越想越害怕。"

达西摇摇头，表示默认。

"我早就看穿了他的人格，只怪我优柔寡断，担心造成不好的后果。全都是我的错！"

达西没有回答。他仿佛没有听见她的话，只是在房间里来回踱步，心事重重地思考着。他眉头紧锁，满脸忧愁。伊莉莎白看到他的表情，随即明白了他的心思：她对他的吸引力正一点一滴消退中。家里发生这件奇耻大辱的事情，理所当然会令人鄙夷；她毫不感到诧异，也不责怪别人。就算他仍然愿意接受她，她也未必就会感到安慰，或是减轻痛苦，反而更加看清自己。如今爱情已经失去意义，但她却第一次感觉到自己真心地爱着他。

她难免想到自己，却又不完全只想到自己。只要一想到莉蒂亚为大家带来的耻辱和痛苦，她就立刻打消了所有个人的顾虑。她用手绢掩住脸庞，对一切再也不闻不问。过了好久，她听见达西用充满同情、拘束的声调对她说："恐怕你早就希望我消失了吧？我实在没有理由待在这里，但我仍要对你表示同情，尽管这种同情无济于事。老天！但愿我能说几句话，或是尽一分力量，来安慰你这种深切的痛苦！可是我不想说些空洞的场面话，让你难过，或是表现得想讨好你。恐怕这件不幸的事，会让你们今天不能去彭伯里看我妹妹了。"

"唉！是的。请替我们向达西小姐致歉。就说我们有急事必须立刻回家。请你尽可能隐瞒这一桩不幸的事——虽然我知道隐瞒不了多久。"

他答应替她保守秘密，又再次表达自己的同情之意，祝福这件事能有个圆满的结局。最后，他请她代为问候她的家人，然后郑重地望了她一眼，便告辞了。

他一走出房门，伊莉莎白不禁对这一回在德比郡的巧遇，以及他多次的礼遇大感意外。她又回想两人的渊源，一种奇妙的心情油然而生；她曾恨不得断绝这一段交情，如今却又希望能继续下去。一想到这些矛盾之处，她不由得叹了口气。

如果说，爱情都是源于感激之情，那伊莉莎白的感情变化就十分合情合理；相反地，也有的人一见钟情，或是聊了三言两语就相互倾心。如果说，由感激产生的爱情，比起一见钟情的爱情显得不合乎情理，这么一来，我们当然就不能再偏袒伊莉莎白。但还有一点能够为她辩驳：过去韦克翰打动她的时候，她或许也采用过另一种比较乏味的恋爱方式。

当她看见达西离开，心中无限惆怅。莉蒂亚轻率的行为立刻造成了不良的后果，因此当她回想起这件糟糕的事，心里就更加痛苦。自从她读了珍的第二封信以后，她再也不指望韦克翰与莉蒂亚结婚了。她认为除了珍以外，谁都不会抱这种希望。她对事态的发展毫不意外，虽然她在读第一封信时，曾觉得惊讶：韦克翰怎么会与这样一个无利可图的女孩结婚？莉蒂亚又怎么会爱上他？这些问题实在难以理解；但现在却觉得再自然不过了。这样子的巧合，光凭莉蒂亚的风流妩媚就可能造成。

她不认为莉蒂亚会存心与人私奔，而不打算结婚；但莉蒂亚无论在品德或是见识上都很欠缺，会经不起别人的勾引，也就不足为奇。

民兵团驻扎在哈福德郡时，她完全没看出莉蒂亚对韦克翰有任何倾心之处，但又明白莉蒂亚有多么容易受骗。她今天喜欢上一个军官，明天又喜欢上另一个；只要对她献献殷勤，就能得到她的心。她的感情极不专一，却又从不缺少谈情说爱的对象；一切全怪她的家庭太过纵容，才使这样一个女孩落到这种下场。伊莉莎白如今终于有了深刻的体会。

她非回家不可了——必须亲自了解情形，并为珍分劳解忧。家里的情况这么糟，父亲不在家，母亲身体又不好，一切重担都压在珍一个人身上。至于莉蒂亚的事，虽然她认为已经无药可救，但又认为舅舅的帮助极为关键。当仆人找到加迪纳夫妇后，他们还以为外甥女得了急病，慌慌张张地赶了回来。他们发现伊莉莎白安然无恙，才放下了心；她连忙说出叫他们回来的原因，又把那两封信念出来，并气急败坏地念了第二封信最后的那一段话。

尽管舅父母平常并不喜欢莉蒂亚，可是仍感到深深的忧虑，因为这件事不只涉及莉蒂亚，还涉及所有人的面子。加迪纳先生先是大吃一惊，连声叹气，然后便一口答应帮忙到底，让伊莉莎白感激涕零。没过多久，三人就收拾完毕。“可是彭伯里那边怎么办呢？”加迪纳太太说，“约翰说，你叫他来找我们的时候，达西先生正在这里，是真的吗？”

“是真的。我已经跟他说我们不能赴约了，不用担心。”

“那就没问题了。”舅妈喃喃自语道，一面跑回房间准备，“难道他们的感情已经好到可以谈论这种事了吗？哎！我真是越来越好奇了！”

可惜的是，她顶多能在这匆忙的一个小时中，稍微宽慰一下自己；即使伊莉莎白能忙里偷闲聊上几句，在这种狼狈的场合下，哪里还有兴致来谈这种事呢？何况自己也和她一样，有许多事需要处理。她必须写信给兰姆顿所有的朋友，并捏造一些借口，解释他们为什么忽然离去。一小时之后，一切都准备就绪，加迪纳先生也付清了住宿费，只差动身启程了。伊莉莎白苦闷了一整个上午，终于能坐上马车，朝朗伯恩出发了。

第四十七章

“我把这件事想了一遍，”离开城镇时，舅舅跟伊莉莎白说，“我很严肃地考虑了一回，更加同意你姐姐的看法。我认为，无论是哪个年轻人，绝不会对这样的一位女孩心怀不轨。她并不是举目无亲，况且又住在他上司的家里。我要从最好的方面去着想：难道他以为她的亲友会善罢甘休吗？难道他以为这一次得罪福斯特上校以后，还回得了民兵团吗？我认为他不会痴情到冒这种险。”

伊莉莎白的表情立刻变得高兴起来，连忙问道：“你真的是这样想吗？”

“你可以相信我，”加迪纳太太插嘴道，“我也赞成你舅舅的看法。这件事实在太轻率了，他不会这么胆大妄为的，我认为韦克翰没有这么坏。莉兹，难道你就这么瞧不起他，相信他会做出这种事吗？”

“他也许会想到自己的利益，除此之外，我相信他什么都不在乎。他最好能有所顾忌，但我可不敢这样奢望。要是真的如你所想，那他们为什么不去苏格兰呢？”

“首先，现在还不能证明他们没有去苏格兰。”加迪纳先生回答道。

“哎！但他们把原来的马车打发走，换了一辆新的马车，光凭这一点就猜得到了！何况，往巴奈特的路上也没有发现他们的踪迹。”

“那么就假设他们在伦敦吧。他们去那里也许是为了躲避风头，而没有别的用意。他们都没什么钱，也许他们是想到，在伦敦结婚虽然没有在苏格兰那么方便，但却省钱多了。”

“可是为什么要这么保密？为什么不想被别人发现？为什么结个婚要偷偷摸摸的？哦，不，不！你的想法太不切实际。你应该看到珍在信里说的，连他最要好的朋友也认为他不会娶她，韦克翰绝不会跟一个没钱的女人结婚的，绝对不会！莉蒂亚除了年轻、健康、爱开玩笑之外，还有哪一点可以吸引他，让他为了她放弃致富的机会？至于他会不会担心私奔的举动让他在部队里丢脸，我就无从得知了，因为我也不清楚他的这一次行为究竟会产生什么样的后果。至于你说的另一点，我也不敢保证：莉蒂亚既没有亲兄弟为她出头，她的父亲又懒散、消极，因此他便以为他会置之不理。”

“但你认为莉蒂亚会因为爱他，竟能不顾一切，就算不结婚也要跟他同居吗？”

“这的确不可思议，”伊莉莎白眼里含着泪水说道，“竟然有人会怀疑自己的妹妹如此可耻！但是，我真的不知该说什么，也许我冤枉了她。她还年轻，又没有人教过她该怎样考虑这些重大的问题。半年以来——不，整整一年以来——她只知道寻欢作乐，爱慕虚荣；家人纵容她，让她过着轻浮浪荡的日子，让她对任何事情轻信盲从。自从民兵团驻扎在梅利顿之后，她满脑子只想着谈情说爱，向军官卖弄风情。她本性就已经很轻浮了，又一天到晚想着这些事，就更加——该怎么说呢？——更容易被人欺骗。我们都知道韦克翰无论在仪表、言辞上，都有足够的魅力可以迷住一个女人。”

“但你必须明白，”她的舅妈说，“珍就不觉得韦克翰有那么坏，她认为他不会有这种居心。”

“珍哪时候把别人当成坏人过？不管是谁，不管他过去的行径如何，要是没有确凿的事实，她就绝不会把对方当成坏人。但说到韦克翰的背景，珍却跟我一样心知肚明，都知道他是个不折不扣的浪子，既没有人格，又没有尊严，只会虚情假意、花言巧语。”

这些话引起了加迪纳太太极大的好奇心，她想知道外甥女是怎么知道这些事情的，于是问道：“这些事你真的都了解吗？”

“当然了解！”伊莉莎白红着脸回答，“那一天我已经把他对待达西先生的无耻行为告诉你了。别人对他那么宽宏大量，但你上次在朗伯恩的时候，应该也听到了他是如何毁谤对方的。还有一些事我不便明说，但他对于彭伯里家造谣中伤的事实，真是说也说不尽。他把达西小姐说成那样子的人，害我一直以为她是一位骄傲、冷酷的女孩。然而事实完全相反，他一定也明白，达西小姐正如同我们看到的那样和蔼可亲，一点也不装腔作势。”

“难道莉蒂亚完全不知道这些事吗？既然你和珍都这么了解，她又怎么会一无所知呢？”

“问题就在这里。我也是在肯特郡与达西先生和他的亲戚费兹威廉上校相处过后，才知道真相。等我回家之后，民兵团已经准备离开梅利顿了。当时我把这些事全部告诉珍，珍和我都认为不必对外声张，因为邻居们都对韦克翰抱有好感，这么做对谁都没有好处。甚至在莉蒂亚决定跟福斯特太太一起走的时候，我也没有想过这么做。我从没想到她竟然会被他欺骗。你知道的，我从没想过会造成这样的后果。”

“也就是说，他们前往布莱顿的时候，你仍然没发现这两人已经爱上对方了？”

“完全没发现。我记得两个人都没有流露出相爱的意思，只要能看出一点端倪，我们一家是绝不会不去讨论的。他刚来到部队时，她就十分仰慕他，当时我们都是一样的。在前一两个月中，梅利顿一带的女孩没一个不为他神魂颠倒，但他却不曾注意过她。后来，那一阵热潮消退了，她对他的幻想也就消失了，因为民兵团的其他军官更加关心她，于是她的心又转到他们身上去了。”

一路上，他们不停地讨论着这个奇妙的话题。谈到哪些地方值得担心，哪些地方还有些希望，揣摩起来又是如何。最后，再也想不出新意了，只得暂时住口。但只停了一会儿，又回到这个话题上了。伊莉莎白的大脑总是摆脱不了这件事，她为此自怨自艾，没有一刻能够安心，也没有一刻能够忘怀。

他们匆匆忙忙地赶路，在途中住宿了一夜。第二天的晚餐时分，他们终于抵达朗伯恩，令伊莉莎白感到欣慰的是，至少她没有让珍等得太久。

他们驶进牧场，加迪纳夫妇的孩子一看见马车，便跑到台阶上站着。当马车来到门口时，孩子们个个惊喜交集，满面笑容地跳来跳去，这是他们回来后第一次受到的愉快热诚的欢迎。

伊莉莎白跳下马车，匆忙地吻了吻每个孩子，接着便朝门口跑去。珍这时正从母亲房里跑下楼来，在那里迎接她。

伊莉莎白与她热情地拥抱着，姐妹俩都热泪盈眶。伊莉莎白迫不及待地问她，是否打听到那对私奔男女的下落。

“还没打听到什么，”珍回答，“幸好亲爱的舅舅回来了，我希望之后一切顺利。”

“爸爸进城去了吗？”

“进城了，礼拜二去的。我在信上告诉过你。”

“有常常收到他的信吗？”

“只收过一封，是礼拜三寄来的。信上提到他已平安抵达，又把他的详细地址告诉我，那是我在他临走前特别交代的。除此之外，他只说一有重要消息就会再写信回来。”

“妈妈好吗？家里人都好吗？”

“我认为妈妈还算好，只是精神受了很大的刺激。她在楼上的更衣间，看到你们回来一定很开心。谢天谢地，玛莉和琪蒂也都非常好。”

“但你好吗？”伊莉莎白又大声问道，“你的脸色好苍白，一定操了不少心。”

姐姐说自己安然无恙。这时，加迪纳夫妇带着一群孩子走过来了，她们的谈话暂时中止。珍走到舅父母面前表示欢迎和感谢，笑了一阵又哭了一阵。

大家都走进会客室之后，舅父母又学伊莉莎白问候了珍一遍，他们很快就发现珍没有什么消息可以奉告。她的心地善良，总是从乐观的角度想事情，即使到了现在，她还没有心灰意冷，总是期盼一切会有个圆满的结局：迟早她会收到一封信，也许是父亲写的，也许是莉蒂亚写的，信上会把事情的详细经过解释一番，或许还会宣布两个人的结婚消息。

大家聊了一会儿之后，都来到班奈特太太的房间。班奈特太太一见到他们，立刻泪眼汪汪，长吁短叹。她先是把韦克翰的卑劣行为痛骂了一顿，又为自己的病痛和委屈埋怨了一番，她几乎把所有人都骂了一回，除了一个人——那个盲目溺爱女儿，使女儿铸下大错的人。

“要是当初照我说的，让全家人都一起去布莱顿，就不会发生这种事了。莉蒂亚真是可怜，又可爱。最重要的是没有人看住她，福斯特太太怎么会让她离开他们的视线呢？我看，八成是他们怠慢了她！像她那样一个女孩，要是有人好好照顾，就绝不会做出这种事来。我一直觉得他们没资格照顾她，可是最后还是受人摆布。可怜的孩子！班奈特先生已经走了，等他遇到韦克翰，一定会跟他拼个你死我活，最后被韦克翰打死，到时我们该怎么办？他尸骨未寒，柯林斯一家就会把我们赶出房子。兄弟，要是你不帮帮我们，我真的不知道该怎么办了！”

大家听到她这些可怕的话，都叫了出来。加迪纳先生告诉她，无论是对她，还是对她的家人，他都会尽力照顾；然后又告诉她，他明天就要去伦敦，尽可能帮班奈特先生找到莉蒂亚。

“不用着急，”他又说，“虽然应该做好最坏的打算，但也未必会得到最坏的结果。他们离开布莱顿还不到一周，再过几天，或许我们就会得到一些消息。等我们把事情搞清楚，假如他们没有结婚，而且不打算结婚，到时再失望也不迟。我一进城就去找姐夫，请他到我们家来，并一同商量出好办法。”

"噢！亲爱的，你说得太好了，"班奈特太太回答，"你一到城里，一定要找到他们，不论他们在哪里。要是他们还没结婚，一定要让他们结婚。至于结婚的礼服，就请他们委屈一下了；只要告诉莉蒂亚，等他们结婚之后，她要多少钱做衣服我都给她。最重要的是，别让班奈特先生找他决斗。告诉他，我真是受尽折磨，几乎要神经错乱了，一天下来没一刻能够安心。再跟我的莉蒂亚宝贝说，叫她不要随便定做衣服，等见到我了再说，因为她不知道哪一家的布料最好。噢，兄弟，你真是太善良了！我知道你会想办法把一切都处理好。"

加迪纳先生又再次安慰她，并保证自己一定会尽力效劳，但又叫她不要过度乐观，也不要过度忧虑。大家一直谈到吃中餐时才结束，反正，女儿们不在的时候，还有管家婆侍候她，她能继续对她发牢骚。

虽然她的弟弟和弟媳都觉得她不需要单独用餐，但他们并不打算反对她这么做，因为她说话不经大脑，要是在仆人面前把事情全都说出来也不太好。因此，最好还是只让一个仆人——一个最可靠的仆人侍候她，听她唠叨自己对这件事有多么担心、多么牵挂。

他们走进餐厅不久，玛莉和琪蒂也来了。这两个姐妹待在各自的房间里，一个在读书，一个在化妆，因此一直没有出来。她们的表情都相当平静，看不出什么变化，琪蒂讲话的语调显得比平常暴躁，这或许是因为她失去了一个心爱的妹妹，也或许是因为气愤。至于玛莉，她却另有一番看法。等到大家坐下之后，她便摆出一副严肃的面孔，跟伊莉莎白低声说道：

"这实在是件不幸的事，很有可能引起外界议论纷纷。我们一定要及时防范，免得事态一发不可收拾。我们要用姐妹之情来安慰彼此受创的心灵。"

她看见伊莉莎白不想回答，便接着说："这件事虽然是莉蒂亚的不幸，但也给了我们一个启示，那就是：只要一个女人失去贞操，就从此万劫不复。她应该多提防那些轻薄的男人才对。"

伊莉莎白抬起眼睛，神情很是诧异。她心里实在太郁闷，所以一句话也说不出来。但是玛莉仍然讲个不停，她想从这件不幸的事情中得到一些启发，聊以自慰。

到了下午，两位年长的小姐有半个小时可以好好谈心。伊莉莎白不放过机会，连忙向珍问东问西，珍也一一加以回答。她们先是叹息了一番，伊莉莎白认为这件事不会有好的结果，珍也认为如此。于是伊莉莎白继续说道："请把我不知道的细节说给我听，并说得详细一些。福斯特上校说了什么？他们私奔之前，难道没有任何端倪吗？照理说应该会看到他们经常待在一起呀？"

"福斯特上校说，他也曾怀疑他们有暧昧，特别是莉蒂亚，但他并没有看出什么可疑的形迹。我真替他难过，他是个殷勤善良的人，他早在想到那两人没有去苏格兰的时候，就打算来我们这里慰问；等到人心惶惶的时候，他又连忙赶来。"

"丹尼认为韦克翰不会娶她吗？他知不知道他们计划私奔？福斯特上校有没有见到丹尼本人？"

"见到了。他先是矢口否认，说根本不知道他们有私奔的打算，也不肯说出自己对这件事的看法。丹尼后来没有再提过他们不会结婚之类的话。照这样看来，希望上回是我听错了他的话。"

"我想在福斯特上校来这里以前，你们都没有怀疑他们不会结婚吧？"

"怎么会怀疑呢？我只是觉得有些担心，怕妹妹嫁给他不会幸福，因为我早就知道他品行不佳。爸爸和妈妈完全不知道这件事，他们只觉得这门亲事非常冒昧。琪蒂当时就得意地说，她比我们大家都了解内幕，莉蒂亚写给她的最后一封信就隐约透露出一些口风了。看琪蒂那副神气，仿佛好几个礼拜前就知道他们相爱了。"

"该不会在他们去布莱顿之前就知道了吧？"

"不，我相信不会。"

"福斯特上校是不是表现出鄙视韦克翰的样子？他知道韦克翰的真面目吗？"

"我得承认，他不像过去那么器重他了。他认为他行事荒唐，又爱好奢华。这件伤心的事发生之后，外面纷纷谣传他离开梅利顿时欠了不少债，希望这只是谣言。”

“唉！珍，要是我们当初不隐瞒这个秘密，把他的事情老实说出来，或许就不会发生这种事了！”

“大概吧，”珍说，“不过，光是强调一个人过去的错误，而不重视他目前的行为，这样也不太好。我们看待一个人，应该先从好的方面着想。”

“福斯特上校能把莉蒂亚留给他太太的那封信背出来吗？”

“他直接把那封信带来了。”

珍从口袋里掏出那封信，递给伊莉莎白。全文如下：

亲爱的哈莉特：

当你明早发现我失踪时，一定会大为惊奇；等你知道我去了哪里后，一定又会发笑。我一想到这里，也忍不住笑了出来。我要去格雷纳草场。如果你猜不到我是跟谁一起去的，那我就要说你是个傻瓜，因为这个世界上只有一个男人是我所爱。他真是一个天使，没有了他，我就不会幸福；因此，别以为我会惹出什么祸来。如果你不愿意把我离开的消息告诉我在朗伯恩的家人，那也没关系。我要让他们收到我的信时，看到的签名是“莉蒂亚·韦克翰”，因此大感意外。这个玩笑太有趣了！我几乎笑得无法写下去！请替我向普拉特说声抱歉，我今晚不能赴约陪他跳舞了，希望他知道这一切之后，能够原谅我。请告诉他，下次在舞会上相见时，我一定愿意跟他跳舞。我抵达朗伯恩后就会派人去取衣服，请替我转告莎莉，我那件平纹礼服裂了一条大缝，叫她替我收拾行李时顺便补一补。再见。请代为问候福斯特上校。愿你为我们的一路顺风而干杯。

你的好友莉蒂亚·班奈特

"好一个愚蠢的莉蒂亚！"伊莉莎白读完了信，大叫道，"在这么重要的时刻里，竟然还有兴致写出一封信来！但至少可以显示，她很重视这一次旅行。无论他之后会诱骗她到什么地步，至少她没有打算做出什么丢脸的事情来。可怜的爸爸！不知道他对这件事有什么看法！"

"我从未见过他那么惊讶的模样。他整整十分钟说不出一句话来。妈妈立刻就病倒了，全家人都变得心神不宁！"

"噢，珍，"伊莉莎白叫道，"该不会所有的仆人都知道这件事了吧？"

"我不清楚，但愿他们没有。不过在这种时候，就算你多么提防，也很难不走漏风声。妈妈那种歇斯底里的老毛病又发作了，虽然我尽了最大的力量去安慰她，但还是不够。我担心会出什么意外，吓得不知如何是好。"

"你这样侍候她也真是够累了。你的脸色不太好，什么事都你一个人在操心，要是我也在就好了！"

"玛莉和琪蒂都很好心，愿意替我分担疲劳。但我不想让她们受累，因为琪蒂很纤弱，玛莉要读书，不应该再去打扰她们休息。幸好，礼拜二父亲离开后，菲利普姨妈也到朗伯恩来了，一直陪我到礼拜四才走。她帮了我们不少忙，还安慰了我们。卢卡斯太太对我们也很好，她礼拜三早上来慰问过我们，说要是需要她们的帮忙，她和女儿们都乐意效劳。"

"叫她们乖乖待在家里吧！"伊莉莎白大声说，"也许她真是出于一片好意，但遇到了这么不幸的事情，谁还想见到自己的邻居？她们既帮不了我们，她们的慰问又会令我们难受。还是随便她们怎么在背后议论我们吧！"

接着，她又问起父亲这次进城，打算用什么方法找到莉蒂亚。

"他好像打算去艾普森，"珍说，"因为他们是在那里换马车的。他要去那里找那些车夫，看能不能从他们口中打听出一些消息。最重要的是查出他们在克拉普罕搭乘的那辆出租马车的车号。那辆马车是从伦敦过去的，他认为，一男一女在路上换车，一定会引起别人注意。因此他准备去克拉普罕调查，先查出马车夫是在哪一家门前卸下前一位客人，再到那里去询问一下，也许能问出马车的车号和停车处。至于还有什么其他的办法，我就不知道了。他匆匆忙忙地离开，心绪非常紊乱，我能从他口中问出这些已经很不容易了。”

第四十八章

第二天早上，大家都盼望班奈特先生的信。可是当邮差来时，却没有带来他的任何讯息。家里人明白他一向懒得写信，总是拖延再三；但在这样的时刻，她们都希望他能够勤劳一些。既然没有来信，她们因此认为他没有任何好消息；但就算是这样，她们也希望把事情搞清楚，加迪纳先生也希望在动身以前能看到几封信。

加迪纳先生离开之后，大家都认为，至少今后可以常听到一些事情的进展。他临走前，曾答应一定会劝告班奈特先生尽早回家。她们的母亲非常欣慰，她认为唯有这样，才能保证她丈夫不会死于决斗。

加迪纳太太和她的孩子们还要在哈福德郡多待几天，因为她认为留下来可以帮外甥女一些忙；她可以帮她们侍候班奈特太太，又可以安慰她们。菲利普姨妈也常常来访，但她没有一次不提到韦克翰的骄奢荒淫，每次上门都能举出新的事例。当她离开以后，总是令她们比原先更为消沉。

三个月前，几乎所有梅利顿的人都对这个男人赞不绝口；三个月后，整个梅利顿的人又都拼命诋毁他。他们说，他在当地的每一个商人那里都欠了一笔债；又说他诱拐妇女，魔爪伸遍每一个商人的家庭。每个人都说他是世上最坏的年轻人，都说自己打从一开始就识破了他那伪善的面貌。伊莉莎白虽然对这些话半信半疑，但她却更加深信妹妹会毁在他的手里。连珍也几乎感到失望。时间已经过了这么久，如果他们两人真的去了苏格兰，现在也应该有消息了。这样一想，纵使她从来没有感觉失望，现在也难免失望起来。

加迪纳先生是礼拜天离开朗伯恩的，礼拜二的时候，加迪纳太太收到一封他的来信。信上说，他一到城里就找到了姐夫，并劝他去圣恩堂街；又说在他抵达伦敦之前，班奈特先生曾去过艾普森和克拉普罕，可惜没有查出任何满意的消息；接着说他打算先到城里各大旅馆打听一下，因为班奈特先生认为，韦克翰和莉蒂亚到了伦敦，可能会先住在旅馆里，然后再开始找房子。加迪纳先生并不指望这个方法能行得通，但既然姐夫决定这么做，他也只好帮助他。信上还说，班奈特先生暂时不想离开伦敦。他答应不久后就会再写一封信来。信上还有这样的一段附注：

> 我已经写信给福斯特上校，请他找韦克翰在民兵团里的好友打听一下，看他有没有什么亲友知道他躲在城里的哪一区。要是能找出这样的线索来源，那就大有用处。目前我们还是毫无方向，也许福斯特上校能得到让我们满意的结果。不过我又想了一下，认为莉兹也许比任何人都了解状况，知道他还有些什么亲戚。

伊莉莎白不知道自己为何会受到这样的抬举，可惜的是，她拿不出什么令人振奋的线索，因此也担不起这样的恭维。

除了听韦克翰提过他的父母之外，她从不曾听说他有什么亲友，何况他的父母已经去世多年。他在民兵团里的朋友们，也许能提供一些情报，尽管她并不抱有太大的奢望，但仍然值得一试。

朗伯恩一家每天都过得非常焦急，尤其是等待邮差送信的时候。不管信上报道的是好消息还是坏消息，她们都想知道，并盼望隔天能有更重要的消息传来。

加迪纳先生还没寄来第二封信，但她们却收到了其他地方寄来的一封信。原来是柯林斯寄给她们父亲的信。珍事先曾受父亲嘱咐，要她代理他拆阅一切信件，于是她便开始读这一封信。伊莉莎白知道柯林斯的信总是荒诞不经，因此也在珍的身旁一起阅读。

> 亲爱的老前辈：
>
> 我认为我有责任对您一家表达慰问，不论是出于我的身份地位，还是出于我们两家的亲戚关系。昨天我们接获哈福德郡的来信，别担心，柯林斯太太和我都发自内心地怜悯您可敬的家庭。您现在肯定相当悲痛，而这种痛苦又无法随着时间消逝；因此，我相信我的存在能为这不幸的灾难带来一些安慰。
>
> 发生这样的事，对于为人父母来说确实是一大折磨，甚至比女儿夭折还要痛苦。真是可悲！我亲爱的夏绿蒂告诉我，您的女儿之所以做出如此放荡的行为，全源于平日的骄纵。为了让你们感到安慰，我宁可相信这个女孩本性恶劣，才会在年纪轻轻的时候，就犯下这般天理不容的罪行。
>
> 我已经把您的事告诉了凯萨琳夫人。她也与我们一样，认为您的遭遇值得同情。她们都同意一点，就是一个女儿误入歧途，也会连累到其他姐妹的未来；夫人甚至不屑地说，还有谁会想跟您的家庭扯上关系呢？她的话令我颇为庆幸，要是去年十一月我娶了伊莉莎白，现在就不得不与您分享这份忧伤了。为了尽可能地安慰您，我建议您与这名不孝的女儿断绝亲情，离开她，让她承担自己的罪行造成的恶果。

加迪纳先生收到福斯特上校的回信以后，才写了第二封信回朗伯恩。信上没有任何好消息，没有人知道韦克翰是否还有往来的朋友，却知道他确实举目无亲。他以前交游广阔，但自从进了民兵团以后，与那些人都已疏远，因此找不到任何人打探他的消息。他这回之所以保密到家，据说是因为积欠了一大笔赌债，又不想被莉蒂亚的亲友发现。福斯特上校认为，要还清他在布莱顿的债务，需要一千多英镑。他在镇上已经欠了不少债，但赌债又更可观。加迪纳先生打算将这件事瞒着朗伯恩一家。珍看得心惊胆跳，失声叫道："好一个赌棍！这真是太出人意料了！"

信上又说，她们的父亲明天（礼拜六）就可以回家了。原来他们两人多番尝试，却毫无成果，情绪十分低落；因此班奈特先生决定立刻回家，把一切事情留给加迪纳先生处理。女儿们本以为母亲担心父亲会被人打死，听到这个消息一定会很开心，谁知完全不是这么回事。

"开什么玩笑？"班奈特太太嚷道，"没找到可怜的莉蒂亚，就这样一个人跑回来？他还没找到他们，怎么可以离开伦敦！他一走，还有谁去跟韦克翰决斗，逼他跟莉蒂亚结婚呢？"

加迪纳太太也开始想回家了，她决定在班奈特先生动身回家的那一天，就带着孩子们回到伦敦。到时候，可以先派一辆马车载她到中途，顺便接主人回家。

直到临走前，加迪纳太太仍然对伊莉莎白和达西的事摸不着头脑。自从还在德比郡的时候，她就一直搞不清楚，这位外甥女从来没有在他们面前提过他的名字；她原以为回来以后，那位先生就会来信，但结果并非如此。伊莉莎白一直没收到从彭伯里寄来的信。

她看到外甥女情绪低落，但那也许只是因为家里发生的事，没有必要把她的表现牵扯到其他原因之上。于是她一直半信半疑。只有伊莉莎白知道自己的想法。她认为，假如自己没有认识达西，莉蒂亚的事也许不会让她那么难受，也不会让她夜夜失眠。

班奈特先生回到家里，仍旧一副乐天知命的样子，像平常一样沉默，丝毫没有提到他此行的目的，女儿们也是过了好久才敢提起。

一直到下午，他跟女儿们一起喝茶的时候，伊莉莎白才大胆地聊起这件事。她为父亲吃的苦感到难过，但他却回答："别这么说！除了我之外，还有谁该受这种罪呢？我自己造的孽，应该自己承担。”

“您千万不要太责备自己了。”伊莉莎白安慰他。

“别白费唇舌了，人类天生就会自怨自艾！不，莉兹，我一辈子从未自怨自艾过，这次就让我尝尝这种滋味吧！我不怕忧郁成疾，这种事一下就过去了。”

“您认为他们在伦敦吗？”

“是的，还有什么地方这么容易躲藏呢？”

“而且莉蒂亚老是想去伦敦。”琪蒂在一旁多嘴道。

“那么，”父亲冷冷地说，“她这下满足了，她也许要在那里住一阵子呢！”

沉默了片刻以后，他又接着说：“莉兹，你在五月劝我的那些话很有道理，我不能怪你，从事情的结果来看，你的确是对的。”

这时珍走进来打断了他们的对话，她来拿要给母亲的茶。

“这件事给了我一个教训！”班奈特先生大声叫道，“都大祸临头了，竟然还顾着享乐！将来我要是有机会，也要穿着睡衣睡帽，坐在书房里大吵大闹，找人家麻烦。或是等琪蒂私奔之后再这么做。”

“我不会私奔的，爸爸，”琪蒂气恼地说，“要是让我去布莱顿，我一定会比莉蒂亚守规矩。”

“你去布莱顿？即使是东朗伯恩那么近的地方，叫我跟人打赌五十镑，我也不敢让你去！不，琪蒂，我已经学乖了，从今以后，没有一个军官能踏进我的家门，甚至不准从村里经过！不许你去参加舞会，除非有姐姐陪着；也不许你走出家门一步，除非你每天在家里至少安分个十分钟！”

琪蒂把这些威吓的话当真了，不由得哭出来。

“好了！好了！”班奈特先生连忙说道，“别难过了。假如你未来十年能做个守规矩的好女孩，那么十年后我一定会带你去看阅兵典礼。”

第四十九章

班奈特先生回家两天了。这一天，珍和伊莉莎白正在屋子后的矮树林中散步，女管家忽然朝她们走来，她们以为是母亲派来叫她们回去的，于是迎上前去。但她们很快就发现自己猜错了，女管家对珍说："小姐，原谅我打断你们的谈话，但我认为你们一定知道了城里来的好消息，所以斗胆来问一问。"

"什么意思，希尔？我们没听到任何城里来的消息。"

"亲爱的小姐！"希尔太太惊奇地叫道，"加迪纳先生派人送了一封信给老爷，难道你们不知道吗？他已经来了半小时啦！"

两位小姐立刻头也不回地往屋子跑去。她们走进大门口，来到客厅，又来到书房，到处都没有见到父亲。正想上楼去母亲那里找他，却碰到了厨师。

"小姐，你们在找老爷吧？他正在小树林里散步呢！"

她们听了，又走过穿堂，跑过一片草地，只见父亲正从容不迫地朝牧场旁边的一座小树林走去。

珍没有伊莉莎白那么敏捷，也没有她跑得那么快，因此很快就被抛在后头。妹妹上气不接下气地跑到了父亲面前，迫不及待地叫道：

“爸爸，有了什么消息？您收到舅舅的信了吗？”

“是的，他派人送了一封信来。”

“唔！信里说了什么呢……是好消息还是坏消息？”

“哪来的好消息？”他一面说，一面从口袋掏出信来，“也许你看了反而会高兴。”

伊莉莎白性急地从父亲手里接过信来。这时珍也追上来了。

“念出来吧，”父亲说，“我几乎看不懂上面写了什么。”

亲爱的姐夫：

我总算能告诉你一些关于外甥女的消息了，希望它能让你满意。

很幸运地，你礼拜六离开之后，我立刻打听出他们在伦敦的住址。详细情形等见面时再说，你只要明白我已经找到他们了，我已经看到他们俩——

“终于盼到这一天了！”珍不禁叫了起来，“他们结婚了吧！”

伊莉莎白接着读下去：

我已经看到他们俩。他们并没有结婚，我也看不出他们有结婚的打算。但我斗胆向你提出请求，要是你同意的话，他们很快就能结婚了。

我的请求只有一点。你本来已经为女儿们留了五千镑遗产，准备在你们夫妇过世之后交给她们，那么，请你现在就把她应得的那一份给她。你还必须和她订下一个合约：在你有生之年，每年再补贴她一百镑。这些条件我已再三衡量，自认为有权利代你做主，因此便毫不犹豫地答应了。我特地派人送了这封信给你，以便尽早得到回音。当你明白了这些详情之后，就会明白韦克翰先生并不像一般人想象的那么缺钱，他们都大错特错。我的外甥女除了自己名下的财产之外，等韦克翰还清债务之后，还有多余的钱可以给她，这让我很高兴。

要是你看过信之后，同意由我代表你全权处理此事，那我将立刻吩咐哈格斯顿去办理过户的手续。你可以安心地留在朗伯恩，不必再进城；请放心，我办事一向又快又可靠。劳烦你尽快回信，并写得清楚些。我们认为最好让她直接在我们这里结婚，你应该也会同意。她今天会来我们这里，如果有其他状况，我们会立刻告知。

爱德华·加迪纳

八月二日礼拜一写于圣恩堂街

"这怎么可能？"伊莉莎白念完信，问道，"他竟然会跟她结婚？"

"也就是说，"珍说，"韦克翰并没有我们想的那么恶劣了。亲爱的爸爸，恭喜您。"

"您回信了吗？"伊莉莎白问。

"还没，但必须马上回。"

于是她恳切地请求父亲马上回家写信，不要耽搁。

"亲爱的爸爸！"她叫道，"立刻回信吧！这种事一刻也不能耽搁的。"

"如果您嫌麻烦，就由我代劳好了。"珍也说。

"我的确不想写，"父亲回答，"但不写又不行。"

他一边说，一边转身陪她们走回屋子。

"可以问您一句话吗？"伊莉莎白说，"我猜，您一定会同意他提出的条件吧？"

"同意！他的条件这么简单，我反而觉得难为情呢！"

"他们非结婚不可了！尽管他是那样的一个人。"

"是啊！怎么不是！他们非结婚不可，没有别的办法了。可是有两件事我不懂——第一，你舅舅究竟拿了多少钱摆平这件事？第二，我以后要怎么还他这笔钱？"

“钱？舅舅？”珍叫道，“您是什么意思？爸爸。”

“意思是，一个头脑清楚的人绝不会娶莉蒂亚，因为没有任何利益。我每年给她一百镑，死后也只留了五千镑。”

“的确是，”伊莉莎白说，“我从没想到这一点。他还清债务后竟还有节余，那一定是舅舅给他的！真是个慷慨善良的人！真是难为他了，这想必得花不少钱吧！”

“没错，”父亲说，“要是韦克翰没拿到一万镑就娶莉蒂亚，那才真的是个蠢蛋呢！唉，我不该这样说女婿的坏话才是。”

“一万镑！我的老天！就算一半我们也还不起。”

班奈特先生没有回答。大家各怀心事，一句话也不说。回家后，父亲到书房里写信，女儿们则走进餐厅。

她们一离开父亲，妹妹便说：“他们真的要结婚了！太神奇了！但也该感谢上帝，至少他们结婚了。虽然不一定会过得幸福，而且他的人品又那么差劲，但还是值得高兴。哦，莉蒂亚呀！”

“我考虑了一下，”珍说，“我也觉得欣慰，要是他不爱莉蒂亚，又怎么会娶她呢？我不相信好心的舅舅会拿出一万镑替他还债，他有那么多小孩，以后还要养育他们，就是要他拿出五千镑也不可能。”

“只要知道韦克翰究竟欠了多少钱，”伊莉莎白说，“以及他会给莉蒂亚多少钱，就能知道加迪纳先生到底帮了多大的忙。因为韦克翰身无分文。我们一辈子也报答不了舅舅和舅妈。他们把莉蒂亚接回家，亲自保护她，保住她的面子，这做出了多大的牺牲！莉蒂亚现在应该在他们那里了，要是他们的好意还不能让她觉得惭愧，那她就不配享有幸福。她见到舅妈会多么内疚啊！”

“我们应该把他们两人的过去都忘掉，”珍回答，“我还是希望他们幸福，也如此相信。他既然答应娶她，足以说明他已经改过向善。要是两人能互敬互爱，自然也会变得成熟。我相信他们从此会安分度日，到时人们也会渐渐忘了他们过去的荒唐行径。”

“他们既然有过荒唐行径，”伊莉莎白说，“那么无论是你我还是别人，都不可能忘记。谈论这些是没有意义的。”

姐妹俩想到母亲也许还不知道这件事，于是便来到书房，允许父亲让她们告诉她这个消息。父亲正在写信，头也没抬，只是冷冷地回答：

“随你们高兴。”

“我们可以把舅舅的信念给她听吗？”

“随你们爱怎么做都行，快走开。”

伊莉莎白从父亲的写字台上拿起那封信，与姐姐一起上了楼。玛莉和琪蒂也陪着母亲，因此可以一次说给大家听。她们先是透露出一些口风，然后就把信念了出来。班奈特太太喜出望外，尤其在珍读到莉蒂亚可能马上就要结婚时，更是欣喜若狂，越听越高兴。比起前阵子的忧虑惊恐，她现在可以说是欢天喜地。只要能听到女儿快结婚的消息，她就心满意足了，丝毫没有想到女儿是否能够幸福，也没有想到她的行为有多可耻。

“我的莉蒂亚宝贝！”她叫道，“这太令人高兴啦！她就要结婚了！在十六岁的这一年！我又可以见到她了！多亏我那好心的弟弟！我就知道事情会有个圆满的结局，我就知道他能把一切处理好！我多想见到她，还有亲爱的韦克翰！可是礼服呢？嫁妆呢？我要马上写信给弟媳。莉兹，乖宝贝，快下楼去，问问你爸爸愿意给她多少嫁妆。等等，还是我自己去吧！琪蒂，拉铃叫希尔来。我马上换好衣服。我的莉蒂亚宝贝呀！我多么期待见到你啊！”

大女儿见她得意忘形，便提醒她加迪纳先生的恩情，好让她兴奋的心情稍微放松。

“哎！”母亲叫道，“真是太好了。要不是你舅舅，还有谁肯帮这种忙？要知道，要不是他有了妻小，他的财产都应该归我和我的孩子们所有。他以前只送一些小礼物给我们，这一次才算真正帮了大忙。哎哟！我太高兴了，我马上就要有一个女儿出嫁了，她就要变成韦克翰太太了！这个称呼多好听！她要到六月才满十六岁。亲爱的珍，我太高兴了，什么也写不出来，还是我口述你写吧！关于钱的问题，我们以后再跟你爸爸商量，应该先把一切东西都张罗好。”

于是她一一报出项目：平纹布、印花布、麻纱——恨不得立刻备妥所有东西。珍好不容易才拦住母亲，要她等父亲有空时再商量，又说晚一天也没关系。由于母亲太开心了，因此不像平常那么固执，但她又想出一些其他的花样。

“等我穿好衣服，就要去梅利顿一趟，”她说，“把这个好消息告诉我的妹妹菲利普太太，回来时还可以顺便去找卢卡斯太太和朗太太。琪蒂，快下楼去，吩咐他们替我准备好马车。出去透透气，一定会让我精神爽快许多。孩子们，有什么事要我帮你们在梅利顿办吗？噢！希尔来了。我的好希尔，你听说了吗？莉蒂亚快结婚了，她结婚的那天，你们都可以喝到一杯潘趣酒。”

希尔太太立即表示非常开心，并向伊莉莎白等人一一道喜。伊莉莎白实在受够了这个愚蠢的场面，于是便躲到自己的房间里，好好思考一番。

可怜的莉蒂亚，虽然她的处境好不到哪里去，但至少没有糟到不可收拾的地步。她的确应该感谢上帝，尽管一想到妹妹的幸福就忧心不已，但比起两个小时前的忧虑，她觉得现在的情形真是不幸中的大幸了。

第五十章

很久以前，班奈特先生就一直想把一部分收入存下来，好让妻子和女儿们未来不至匮乏。如今，他更加后悔没有这么做。要是他早就累积一笔可观的存款，那么，这次莉蒂亚的事，也就不必劳烦她的舅舅破费，也不必让她的舅舅去说服全英国最卑鄙的年轻人娶她为妻。

这件事百害而无一利，却必须由他的妻舅独自掏钱摆平，他感到过意不去。于是决定打听加迪纳先生到底帮了多大的忙，以便尽快报答这笔人情。

班奈特先生刚结婚时，完全不担心钱的事，因为等他们生下儿子，并把他养育成人后，就不必由外人来继承财产，他的妻女也能衣食无虞了。然而，五个女儿接连出世，却始终没有儿子的影子。即使是在莉蒂亚出生好几年之后，班奈特太太还一直指望生出儿子。如今，这个期望落空了，省吃俭用也已经太迟。班奈特太太不善于节省，还好在丈夫的管理下，总算没有入不敷出。

当年的婚约上，规定了班奈特太太和女儿们一共能得到五千镑遗产。至于女儿们如何平分，须由父母在遗嘱上注明。班奈特先生毫不考虑地同意了妻舅的建议，他回信给加迪纳先生，感谢他一片好心。

这封信的措辞极其简洁，只说自己接受一切既定的事实，并答应他提出的所有条件。

这一次竟能顺利说服韦克翰娶他女儿，而且几乎没有带来任何麻烦，这令他大感意外。虽然每年要付给他们一百镑，但损失其实还不到十镑；因为莉蒂亚在家中的开销，以及母亲给她的零用钱，加起来几乎也不少于一百镑。

另一点值得高兴的，是他几乎不必为这件事出什么力气。他一向希望麻烦越少越好，虽然起初曾因一时冲动，亲自跑去找女儿，但如今早已冷静下来，变回往日的懒散。他迅速回了信——尽管他做事总是拖泥带水，但只要他愿意，也能做得干净利落。他在信上请妻舅把代劳之处详细交代；至于莉蒂亚，她让他太过生气，因此连问候也没有问候一声。

好消息立刻在全家传开了，并很快传到左邻右舍耳里。大家都对此事兴致勃勃；毕竟，要是莉蒂亚回家了，或是搬到某个偏僻的乡下去，那实在是个有趣的话题。但人们还是难免议论纷纷；梅利顿那些恶毒的老女人，原本还诚心祝福她嫁个好丈夫，如今也都背地里闲言闲语，因为她们看到她嫁给那种男人，都认为绝不会有什么好下场。

班奈特太太已经两个礼拜没有下楼，听到了这么一个好消息，她立刻又欢欣雀跃，坐上了餐桌首席。她并不觉得羞耻，也不觉得扫兴。打从珍十六岁那年起，她最大的心愿就是嫁女儿，如今她就要如愿以偿了。她的思考与言语都脱不了婚礼的东西——上等的平纹布、新的马车，以及男女仆人等。她还在附近一带到处奔波，想为女儿找一个好住宅。她根本不知道家里有多少收入，也从不去考虑这一点。她看了好几间房子都不满意，不是嫌面积太小，就是嫌不够气派。

“海耶庄园还不错，”她说，“要是高尔汀家能搬走的话。要是史托克那间房子的会客室再大一些的话，也还可以。阿西沃斯离这里太远了！我舍不得让她搬到十英里外的地方。至于波维斯宅邸，它的阁楼又太糟了。”

当仆人在场时，丈夫总是让她尽情地说，不去打断她的话。可是当仆人一离开，他就不客气地告诉她："亲爱的，你想为女儿和女婿租房子，无论你要租一栋，还是租下全部，我都必须把丑话说在前头：他们绝对不准住在附近，也休想我会招待他们来朗伯恩！"

这对夫妇又开始争执。但班奈特先生这回早已铁了心。当班奈特太太发现丈夫甚至不愿意拿出一毛钱帮女儿买新衣服，不禁大为讶异；班奈特先生还坚决地说，莉蒂亚这一回别想再得到他的疼爱。她对丈夫竟愤怒到这种地步，连对女儿的婚礼都如此吝啬，感到不可思议。她只知道女儿出嫁没有嫁妆是件丢脸的事，至于她的私奔、她在结婚前就与韦克翰同居两个礼拜，她丝毫没有放在心上。

伊莉莎白后悔不已，当初实在不该因为一时难过，让达西知道她的家人为她妹妹担心的经过。如今既然妹妹能够光明正大地结婚，那么，过去那一段私奔的往事，当然最好别让外人知道。

她不担心达西会张扬这件事；说到保守秘密，世上几乎没有第二个人比他更值得她信任。但要是知道这件丑事的是别人，她绝不会像现在这么难受。并不是因为对她本身有任何不利，反正她和达西之间早已隔着一条鸿沟，而是即使莉蒂亚能够风光地出嫁，达西也绝不会再跟她们一家攀亲，因为这家人本身的缺陷已经够多，如今又与一个他一向鄙视的人成为一家人，一切自然化为泡影了。

她不会怪他放弃这门亲事。她在德比郡就看出他想博取她的欢心，但在遭受了这一次打击以后，难免改变心意。她感到羞耻、伤心，也觉得后悔，但又不知道后悔些什么。如今她已不想高攀他的身份地位，却又嫉妒他的身份地位；如今她再也听不见他的消息，但又偏偏想要听见；如今两人再也不会见面，她却又觉得要是两人能朝夕相处，将有多么幸福。她常想，四个月前她高傲地拒绝了他的求婚，如今却又恳切地希望他再来求婚；要是让他知道这件事，不知道他会多么得意！她深信他是个宽宏大量的男人，但是，既然他是人，当然难免得意。

她开始理解到，他无论在个性还是才能上，都无疑是位最适合她的男人。纵使他的见解和脾气与自己未必合得来，但一定能让她称心如意。这个结合对双方都有好处，女方优雅、充满活力，能令另一半感到柔情万千；男方精明通达，见多识广，能使女方得到莫大的裨益。

可惜这件美满的婚姻已经不可能实现。世上无数对想要缔结幸福婚姻的情人，从此少了一个借镜的榜样。她的家中马上就要缔结一门完全相反的亲事，也正是那门亲事破坏了这一门。

她无法想象韦克翰和莉蒂亚要怎么自力更生，但却很容易想到另一方面：这种只顾情欲、不顾道德的结合，实在很难得到永久的幸福。

加迪纳先生很快就回信了。他先简单响应了班奈特先生信上那些感激的言语，接着祝福了班奈特一家幸福，最后还要求班奈特先生再也不要提起这件事。他写这封信的最大目的，是把韦克翰决定退出民兵团的消息告诉他们。

信上又写道：

我很希望他完婚后立刻这么做。我认为，无论是为他自己，还是为了我的外甥女，离开民兵团的确是个明智之举，你应该也会同意这一点。韦克翰先生想参加正规军，他从前的几个朋友都愿意协助他，让他进入北方某位将军的兵团，并已替他觅得旗手的职缺。远离这一带也对他更有利。他的前途一片光明，但愿他去了远方之后能够争气一点，并收敛自己的行为。我已经写信给福斯特上校，把我们的安排告诉了他，并请他通知韦克翰在布莱顿一带的债主们，就说我会替他偿还债务。是否也能麻烦你向梅利顿的债主们通知一声？随信附上债主的名单，这是他告诉我的，他把所有债务都说了出来。只希望他没有欺骗我们。我们已经委托哈格斯顿在一周内把事情办好，到时要是你不愿意招待他们去朗伯恩，他们就会直接前往军队。听内人说，我的外甥女很希望在离开南方之前跟你们见个面。她一切安好，并请我代为问候你和她的母亲。

爱德华·加迪纳

班奈特先生和女儿们都和加迪纳先生想的一样明白，认为韦克翰离开有许多好处，唯独班奈特太太不太高兴。她正盼望着与莉蒂亚相见欢，没想到她却要搬去北方，感到大失所望。她一直打算让女儿和女婿住在哈福德郡，再说，莉蒂亚刚和民兵团的人们混熟，又受到大家欢迎，离开也未免太可惜了。

“她那么喜欢福斯特太太，”她说，“怎么可以把她送走呢？而且还有好几个年轻小伙子很合她的意。别团的军官未必能这么讨她喜欢呢！”

她的女儿要求（其实是她自己的要求）去北方之前再回家一趟，没想到立刻就遭到父亲断然拒绝。幸好珍和伊莉莎白顾及妹妹的心情和身份，希望她的婚姻能受到父母祝福，因此再三恳求父亲，让两人结婚之后先来朗伯恩。她们说得情意真切，又合情合理，终于让父亲点头答应了。母亲又得意起来，她可以趁着这个出嫁的女儿前往北方之前，把她当成宝贝展示给街坊邻居看。班奈特先生回信给妻舅，说请他们结婚后立刻回朗伯恩一趟。伊莉莎白又想到，韦克翰会不会拒绝这件事？如果单纯为了自己着想，那她实在不想见到韦克翰。

第五十一章

妹妹结婚的日子到了。珍和伊莉莎白都担心不已，甚至她们的妹妹还要担心。家里派了一辆马车去接新婚夫妻，预计吃午饭前就能回来。两位姐姐都害怕他们的来到，尤其是珍。她心想，要是莉蒂亚的丑事发生在自己身上，或是她未来的下场降临在自己身上，那将有多么难受。

新婚夫妻来了。全家都在客厅迎接他们。当马车停在门前，班奈特太太满脸笑容，她的丈夫却板起面孔。女儿们则喜忧参半，并十分不安。

门外传来莉蒂亚说话的声音，很快地，门被打开了，莉蒂亚跑进屋来。母亲欣喜若狂，连忙跑上去拥抱她，一面亲切地向韦克翰（他走在妻子后面）伸出手，祝他们幸福。她说得又快又响亮，说明了她对此深信不疑。

新婚夫妻接着转向班奈特先生，他对他们就没有妻子那么热情了。只见他脸色严峻，一句话也不说。这一对年轻夫妻那一派轻松的模样，让他看了就生气。伊莉莎白感到厌恶，连珍也不禁讶异：她还是那个莉蒂亚——不安分、不害臊，整天吵吵闹闹，无法无天。她从一个姐姐面前走到另一个姐姐面前，要她们一一恭喜她。最后大家都坐下来。她环顾了整间房子，看到有些不一样了，便笑着说自己好久没有回来了。

韦克翰更是毫无愧色。他一向仪表大方，笑容可掬，只要为人再正直一些，婚姻再合乎礼仪一些，那么，他的这次来访也就不会那么令人厌恶了。伊莉莎白从来不相信他这么无耻，她坐下来，心想一个人怎能不要脸到这种地步。她面红耳赤，珍也脸红了，所有人都为他们感到难堪，但两位当事人仍面不改色。

谈话一直持续着。新娘和她的母亲仿佛有说不完的话，韦克翰碰巧坐在伊莉莎白身旁，便向她问起附近一带熟人的近况，他的从容不迫反而令伊莉莎白感到坐立不安。这一对夫妇一副心安理得的样子，毫无羞耻之心。他们对自己的所作所为毫无悔意，莉蒂亚又大方地聊了许多事情——要是换成她的姐姐们，就绝对说不出这种话。

"你们想想，"她大声说道，"我已经离开三个月了！仿佛才两个礼拜呢！虽然时间很短，却发生了好多事情。天啊！我临走前从没想过，自己再回家时竟然已经结婚了！不过我也觉得，如果真的就这样结了婚，倒也蛮好玩的。"

父亲瞪大了眼睛，珍也很难受，伊莉莎白啼笑皆非地望着莉蒂亚。但莉蒂亚依旧旁若无人，得意扬扬地说道："噢！妈妈，邻居们都知道我今天结婚吗？我怕他们还不知道。我们在路上遇到威廉·高尔汀的马车，为了让他知道我结婚了，我把车窗放了下来，又脱下手套，把手放在窗前，好让他看见我手上的戒指，然后又对他点头微笑。"

伊莉莎白忍无可忍，她站起身来夺门而出，一直听到她们进入餐厅的声音才复返。一回来，她又看到莉蒂亚大摇大摆地走到母亲右侧，一边对她的大姐说："喂！珍，这次换我坐你的位子了，你得坐到末位去，因为我已经出嫁了。"

打从一开始，莉蒂亚就没有丝毫愧疚之意，这时更是若无其事，而且越来越不在乎，越来越兴奋。她想去看看菲利普太太，看看卢卡斯一家，还要把所有的邻居都拜访一遍，听大家称呼她韦克翰太太。吃过中饭后，她立刻把结婚戒指显摆给希尔太太和其他两位女仆，炫耀自己结婚了。

“嘿！妈妈，”大家又回到客厅之后，她说道，“你觉得我的丈夫如何？他很可爱对吧？姐姐们一定都很羡慕我，但愿她们有我一半的好运！谁叫她们不去布莱顿呢？那里才是找丈夫的好地方。真可惜，妈妈，我们没有全家一起去！”

“你说得对极了。要是我来说，我们早就该一起去了！可是，莉蒂亚宝贝，我不想让你去那么远的地方，难道你非去不可吗？”

“老天！当然要去了，有什么关系呢？我很高兴。你和爸爸还有姐姐们，一定要来看我们呀！我们整个冬天都会住在纽卡索，那里一定会有很多舞会，而且我一定会帮姐姐们找到不错的舞伴。”

“那就真是太好了！”母亲说。

“等你要回家的时候，可以让一两个姐姐留下来。我保证今年冬天就会帮她们找到丈夫了。”

“谢谢你的关心，”伊莉莎白说，“可惜我不认同你这种找丈夫的方法。”

新婚夫妻只能在家里待上十天。韦克翰在离开伦敦之前就接到了任命，必须在两周内赶去军队报到。

只有班奈特太太对这件事感到惋惜，因此她尽可能把握时间，陪着女儿到处探亲访友，又常在家中举办宴会。大家都喜欢宴会，没有心事的人当然愿意赴宴，有心事的人更想趁机解解闷。

果然不出伊莉莎白所料，韦克翰对莉蒂亚的爱丝毫不如莉蒂亚对他的深厚。看得出来，两人的私奔多半是由于莉蒂亚的狂热，而不是韦克翰的。至于他不爱她，为什么还要与她私奔，伊莉莎白也毫不觉得奇怪。因为他为了躲债，本来就必须逃跑，要是路上能有一个女人做伴，他当然不会放过这个机会。

莉蒂亚对他着迷不已，她每一句话都会提到“亲爱的韦克翰”。没有人比得上他，他无论在哪一方面都是世间第一。她还相信，九月一日那天，他射到的鸟一定比英国任何人都多。

他们回来还没多久，一天早晨，莉蒂亚跟两位姐姐坐在一起，她对伊莉莎白说：

“莉兹，我还没有跟你提过我结婚的经过呢！我跟其他人说的时候你都不在场，难道你不好奇这件喜事是怎么完成的吗？”

“一点也不想，”伊莉莎白回答，“我认为我们聊这件事聊得够多了。”

“哎呀！你真是奇怪！我一定要把经过告诉你。你知道，我们是在圣克利门蒂教堂结婚的，因为韦克翰就住在那个教区。大家约定十一点钟到场，舅父母跟着我一起去，其他人则约在教堂碰面。唔！到了礼拜一早上，我紧张得要死，因为担心会出什么意外，耽误了婚礼，那我一定会生气的。我打扮的时候，舅妈一直在旁边唠叨，好像在传道一样。但她的话我只听进去十分之一，你可以想象，我当时一心惦记着亲爱的韦克翰。我一心想知道，他是不是要穿那件蓝色衣服去结婚。”

“嗯！跟往常一样，我们十点钟吃早餐，那顿饭仿佛吃不完一样；顺带一提，我住在舅父母家的那段时间，他们一直很不高兴。说来你也许不相信，我虽然在那里住了两个礼拜，却没有踏出家门一步，也没有参加过一次宴会，没有任何消遣！真是无聊透顶。老实说，伦敦虽然不太热闹，但至少还有小戏院。言归正传，那天马车来了之后，舅舅却叫来那个讨厌的史东先生，你知道，他们一说起话来就没完没了。我吓坏了，不知道该怎么办才好，因为要是延误时间，那天就结不成婚了。幸好他不到十分钟就回来了，于是我们才一起出发。不过我后来又想到，要是他真的忙不过来，婚礼也不会延后，因为还有达西先生可以代劳呢！”

“达西先生！”伊莉莎白吓了一跳，叫道。

“噢，是呀！他也要陪韦克翰去教堂呢。老天，我怎么忘了！我不应该把这件事说出来的，我已经答应他们要保密了。不知道韦克翰会怎么责怪我，这应该保守秘密的！”

“如果是秘密，”珍说，“那就请你别再说下去了。放心，我绝不会再追问下去。”

“嗯，不会追问下去。”伊莉莎白说道，尽管心里非常好奇，“绝对不会。”

“谢谢你们，”莉蒂亚说，“要是你们问的话，我还是会把一切都告诉你们，只是这么做会让韦克翰生气。”

她这么说，显然是想鼓励伊莉莎白问下去。伊莉莎白只好立刻跑开。

不过，要不闻不问是不可能的，至少也要打听一下。达西竟然会参加她妹妹的婚礼？那样的一个场面，那样的一对夫妻，他绝对不愿意参与，也没有理由参与。她左思右想，却还是理不出一个头绪。她很想从好的角度去想，认为他心胸宽大，想对两人表示庆贺，但这种想法又太不切实际了。她百思不解，感到心里很难受，于是连忙拿起一张纸，写了一封短信给舅妈，请她解释一下莉蒂亚说的那些话。

她在信上写道：

> 您应该也知道，他与我们非亲非故，竟然会跟你们一同参加这次婚礼，这怎么能不令我好奇呢？请您立刻回信，好让我弄清楚这件事。如果确实如莉蒂亚所说，此事非保守秘密不可，那我也只好绝口不提了。

写完了之后，她又自言自语地说：“亲爱的舅妈，要是你不老老实实告诉我，我只好自己千方百计去打听了。”

至于珍，她是个守信用的人。她无论如何也不肯把莉蒂亚告诉她的话偷偷说给伊莉莎白听。伊莉莎白很满意她的做法，反正她已经写信去问舅妈，不管回信能不能让她满意，至少在得到回信之前，不要向任何人透露心事。

第五十二章

伊莉莎白果然如愿以偿，很快就得到回信。她跑到那座清静的小树林中，坐在一张长凳上，准备好好读这封信。由于这封信很长，她断定舅妈没有拒绝她的要求。

亲爱的外甥女：

刚接获你的来信，我便决定用一整个早上来写回信，因为我估计三言两语是无法把我心中的话解释清楚的。

我得承认，你的要求很令我诧异，我没想到竟是由你提出这个要求。请别以为我在生气。我只是想说，我实在没想到你居然也会来问。如果你仍然要装作听不懂的话，那只好请你原谅我的失礼。你的舅舅也跟我一样诧异，我们都认为达西之所以这么做，完全是为了你。如果你真的一无所知，那也只好由我来向你解释了。

就在我从朗伯恩回家的那一天，一个意外的访客来找你舅舅，也就是达西先生。他跟你舅舅在房里密谈了好几个小时。当我回家并得知这件事后，并没有像你现在这么好奇。

他是因为找到了你妹妹和韦克翰的下落，特地赶来告诉加迪纳先生的。他说，他已经见过他们，并跟他们谈过话——尤其是跟韦克翰。据我猜测，我们离开德比郡的第二天，达西就立刻赶到城里来找他们了。他把这件事归咎于自己，说要是他早点揭穿韦克翰的真面目，就不会有任何正直女孩爱上他了。他自责不已，认为这次的事情全怪他过去的傲慢，他一直以为人们能看出韦克翰的品格优劣，不必由他亲自揭发。他觉得这件事是自己一手造成的，因此有责任出面补救一切。他说这是他干涉这件事的动机；要是他真的别有用心，也没什么好丢脸的。他在城里花了好几天才找到他们。他有线索，我们却没有。也正因为这样，他才坚决跟着我们而来。

据说有一位扬吉太太，她曾当过达西小姐的家庭教师，后来因为犯错而被解雇，在爱德华街买了一栋大房子，租给别人。达西知道这位太太跟韦克翰很熟，于是一到城里立刻去找她打听消息。他花了两三天，才从她那里问出线索。我猜扬吉太太早就知道韦克翰在哪儿，只是想要一些贿赂罢了。他们的确一到伦敦便去了她那里，可惜她无法留他们住下来。

我们这位好心的朋友终于查出他们的地址。他先去找韦克翰，然后又说要见莉蒂亚。据他所说，他的第一个目的就是劝莉蒂亚改过自新，等说服她的家人后，就送她回去，并保证帮她到底；但他发现莉蒂亚执迷不悟，完全不顾家人。她不要他的帮助，无论如何也不肯抛下韦克翰。她断定他们结婚只是迟早的事。但他跟韦克翰谈话后，发现他根本没有结婚的打算；只是，既然莉蒂亚存着这种念头，最好还是让两人尽快成婚。韦克翰亲口承认，他之所以逃离民兵团，完全是为赌债所逼。至于与莉蒂亚私奔而引起的不良后果，他却毫不考虑地把它归咎于她的愚蠢。他说自己马上就要辞职，他的前途一片黑暗。他应该去某个地方找份工作，可是又不知道该去哪里，就快走投无路了。

达西先生问他，为什么不立刻跟你妹妹结婚。虽然班奈特家并不富裕，但也不无小补。他从韦克翰的回答中，发现他仍然指望攀上一门更好的亲事；只是，他目前沦落到这个地步，也别无选择了。他们见了好几次面，商量好各个细节；韦克翰当然漫天讨价，但最终还是讲定了一个合理的数目。

下一步就是把这件事告诉你舅舅。于是达西先生在我回家的前一晚拜访了圣恩堂街，当时你舅舅不在家，达西先生打听到你父亲当时还住在这里，但隔天早上就会离开。他认为你父亲不像你舅舅那么好说话，因此决定等到他走了再上门。他当时没有留下姓名，直到第二天，我们只知道曾有位先生来找过你舅舅。

礼拜六他又来了，那时你父亲已经离开，你舅舅也在家。正如我刚才说的，他们谈了很长一段时间。

礼拜天他们又见了一次面，我也有看到他。整件事一直到礼拜一才完全谈妥，接着便立刻派人送信去朗伯恩。我必须说，我们的这位贵客实在固执。人们都指责他的不是，说他有各种缺点，但他最大的缺点在于把一切都揽在自己身上。其实你的舅舅很乐意包办一切，他们还因此争执了好久。虽然那对年轻夫妻根本不值得他们这么做。

最后，你的舅舅决定屈就他，以至于他不但没能替外甥女尽一点力量，还要心虚地接受你们的感谢，这完全违背他的心愿。我相信你今早的来信一定会让他高兴，因为终于可以把这件事讲清楚，让应该受赞美的人得到赞美。不过，莉兹，这件事只能让你知道，顶多再告诉珍。

现在，你应该已体会到他为那两个人尽了多大的力。我相信他代为偿还的债务肯定远远超过一千镑；而除了她名下的财产以外，他又另外给了她一千镑，又替他买了个爵位。至于他有什么理由要支付这些钱，我已经在上面说明过。他说这全是他的错，因为他当初思虑不周，傲慢过度，才让大家误以为韦克翰是个好人。这番话或许有几分道理，但我认为，这种事既不能怪他，也不能怪别人。亲爱的莉兹，你应当明白，他虽然把话说得很漂亮，但要不是考虑到他别有苦心，你舅舅就绝不会答应他。

当事情都说定之后，他便回彭伯里应付他的朋友，约好婚礼当天再回伦敦，把有关金钱的一切手续都办理好。现在我已经把所有事情都告诉你了，这一篇叙述想必会让你大吃一惊，只希望你至少别因此不高兴。之后，莉蒂亚住进我们家，韦克翰也经常上门。他完全是我上次在哈福德郡见到他时的那副德行。而莉蒂亚在这边的种种行为也让我很不满意。我本来不打算告诉你，但礼拜三接到珍的来信，知道她在家依然死性不改后，我也不再顾虑那么多了。我常一本正经地对她说，她这么做实在大错特错，害得一家人都痛苦不已；岂知她连我的话都不肯听。有几次我很生气，但是看在你和珍的面子上，我还是对她百般容忍。

达西先生准时来到。正如莉蒂亚所说的，他参加了婚礼。隔天他又与我们一起吃了饭，计划在礼拜三或礼拜四离开。亲爱的莉兹，要是我告诉你我有多喜欢这个人（我一直不敢说），你会生我的气吗？他对于我们的态度，不论在哪一个方面，都跟在德比郡时同样讨人喜欢。他不论是见识、言行，都深得我心，也没有任何缺点，除了不够活泼之外——关于这一点，只要他选择一个好对象，就还来得及补救。我认为他很神秘，因为他几乎没提到过你的名字；不过年轻人好像都喜欢神秘感。

我似乎太多管闲事了，请你原谅，至少别处罚我一辈子进不了彭伯里啊！我一直想逛遍那个花园，只要准备一辆双轮小马车，再配上一对漂亮的小马就行。

我不能再写了，孩子们一直吵着要我过去，已经吵了半个钟头。

你亲爱的舅妈

九月六日写于圣恩堂街

伊莉莎白读完之后感到心神荡漾。她不知道自己是高兴多一些，还是痛苦多一些。她本来也曾隐隐猜到达西很可能会成全她妹妹的好事，但又不敢奢望，认为他不会好心到这个地步。另一方面，她又想到要是他真的这么做，那么这份恩情也未免太重了，令人难以报答。如今，这些猜测却成了千真万确的事实！想不到他那天竟会跟着她和舅父母赶回城里。他不惜肩负起一切责任来调查这件事，又不惜向一个自己鄙视的女人低声下气；不惜委曲求全，与一个他深恶痛绝的人见面，劝说他，甚至贿赂他。他如此尽心尽力，只是为了一个他不怎么喜欢的女人。她告诉自己，他这么做都是为了她；但一想到其他的事，又立刻打消了这个念头。毕竟，就算他确实爱她，又怎么能接受一个曾经拒绝过他的女人呢？还有韦克翰！只要是个有尊严的人，都一定不想跟他成为亲戚，又怎能指望达西迁就他呢？

毫无疑问，他为这件事付出了很多，她简直没有脸去想象到底有多少。他之所以插手这件事，理由已经说得很明白了，无须妄加臆测。他怪自己当初做事不够周全，这个解释合情合理；他很慷慨，而且有能力慷慨；虽然她不愿相信他这么做是为了她，但也许能相信他仍对她旧情难忘，因此一遇到与她息息相关的事，他便愿意尽心竭力。

一想起这个人对他们恩重如山，而他们却无法报答他，这实在太痛苦了。莉蒂亚能够回来，能够保全了名誉，这一切都得归功于他。她又想到自己过去竟然那么厌恶他，竟然对他出言不逊，就感到黯然神伤。她十分惭愧，同时又为他感到骄傲，因为他出于同情，竟然如此委屈自己。她把舅妈在信上恭维他的那些话读了又读，虽然意犹未尽，但也已十分高兴。她发现舅父母都认定她跟达西感情真挚，推心置腹，虽然她不免为此感到懊恼，但也难免得意。

这时，有个人走近打断了她的沉思。她站起身来，正要从另一条小径离开，只见韦克翰追了上来。

“恐怕我打扰了你的悠闲吧？亲爱的姐姐。”他走到她身边说道。

“的确如此，”她笑着回答，“不过，打扰未必就是不受欢迎的。”

“我真是过意不去。我们一直是好朋友，现在又更加亲近了。”

“是啊。他们都出来了吗？”

“不知道。妈妈和莉蒂亚坐车去梅利顿了。亲爱的姐姐，舅父母说你去了彭伯里。”

她回答的确是这样。

“我很羡慕你的运气，可惜我无福消受。否则，等我去纽卡索的时候，也可以顺道前去拜访一趟。你应该见到那位年老的女管家了吧？可怜的雷诺太太！她从前那么喜欢我。不过，她当然不会在你面前提到我的名字。”

“她的确提到了。”

“她怎么说的？”

“她说你加入了军队，恐怕——恐怕你过得不好。距离那么远，传来的消息都不太可靠。”

“当然了。”他咬着嘴唇回答道。

伊莉莎白原以为这下子他可以住嘴了。但只过了一会儿，他又说道：

“上个月真是意外，我在城里遇到了达西。我们见了好几次面，不知道他去城里做什么。”

“也许是准备跟德·包尔小姐结婚吧，”伊莉莎白说，“他在这种季节进城里，一定是为了什么特别的事。”

“也对。你在兰姆顿见过他吗？加迪纳夫妇说你见过他。”

“是的，他还向我们介绍了他的妹妹。”

“你喜欢她吗？”

“非常喜欢。”

“我想也是。的确，我听说她这一两年有了很大的改变。以前看到她，还觉得她一定不会有什么出息。我很高兴你喜欢她，但愿她能够越来越好。”

“她一定会的。她已经过了最容易惹祸的年龄了。”

“你们有经过金普顿吗？”

“我不记得是否有去过那里。”

“我会提到这个地名，就是因为我当初应该在那里当牧师的。那是个好玩的地方！那栋牧师公馆也好极了！各方面都很适合我。”

“你喜欢讲道？”

“非常喜欢。我原把它视为自己的天职，即使一开始会很辛苦，但久了也就习惯了。后悔是没意义的，但这的确是很适合我的一份好差事！这样清闲的生活，完全合乎我的梦想！只可惜一切都是往事了。你在肯特郡有听达西谈到这件事吗？”

“听过，而且我认为他的话很可信。听说交给你那个职位是有条件的，并且由那位女教徒全权决定。”

“你听说了？没错，一点也没错。我一开始就跟你说过，你一定还记得。”

“我还听说你曾有一段时期并不像现在这么喜欢讲道，你曾经郑重地宣布过自己绝不要当牧师，于是这件事就此解决了。”

“这你也听说了？当然，这也是可以理解的。你也许还记得，我们第一次聊到这件事的时候，我也提过这一点。”

他们就快走到家门口了。她故意走得很快，想摆脱他；但看在妹妹的分上，又不想激怒他，因此只是和颜悦色地笑了笑，回答说：

“算了，韦克翰先生。我们现在已是一家人，不要再为了过去的事争论了。但愿我们将来不会有什么冲突。”

她伸出手来，他殷勤地吻了它一下，但态度有些不自然。两人于是走进了屋子。

第五十三章

韦克翰很满意这场谈话，从此也没有再提起这件事，免得自取其辱，也免得惹他的二姨子生气。伊莉莎白见他竟然从此闭口不语，也觉得很高兴。

转眼之间，新婚夫妻动身的日子来临了。班奈特太太不得不跟他们告别，这次离别至少长达一年，因为班奈特先生否决了她的计划，不肯让全家搬去纽卡索。

“哦！我的莉蒂亚宝贝，”她哭道，“我们哪时候才能再见面呢？”

“天哪！我也不知道。可能两三年都见不到了吧。”

“常写信给我好吗？好孩子。”

“我一定常常写信。但你也知道，结婚的小姐是没什么时间写信的。姐妹们倒可以常常写信给我，反正她们也没事做。”

韦克翰的道别比妻子来得亲切多了。他笑容满面，仪态大方，又说了许多漂亮的客套话。

“他真是我见过最英俊的小伙子，”他们一离开，班奈特先生就说，“会假笑，会傻笑，又会说笑。我真为他感到莫大的骄傲。我敢说卢卡斯爵士也未必有这么好的女婿。”

相反地，自从女儿走了之后，班奈特太太郁闷了好多天。

“我常常想，”她说，“与亲人离别真是最难过的事了。他们一走，我好像失去了依靠。”

“你得明白，妈妈，”伊莉莎白说，“嫁女儿就是这样。幸好你还有四个女儿没人要，这么想一定会好过些。”

“才不是这样。莉蒂亚并不是因为结婚才离开我，而是因为她丈夫的部队驻扎在那么远的地方。要不是这样，她才不用这么急着走。”

这件事虽然让班奈特太太沮丧了一阵子，不过很快就又恢复了。因为这时外面又传来一个消息，让她重新振作起来。原来，据说尼德菲尔德庄园的主人这几天就会回到乡下，用几个礼拜打猎。他的女管家正在安顿一切。班奈特太太听到这个消息，简直坐立不安。她一下子望着珍，一下子发笑，一下子又摇头。

“太好了，宾利先生竟然要回来了，妹妹，”她对第一个告诉她这件消息的菲利普太太说道，“太好了，真是太好了。不过我一点也不在乎。你知道，我们一点也不把他放在心上，我的确再也不想见到他了。不过，既然他愿意回到尼德菲尔德庄园来，我们当然还是欢迎他。谁知道会怎么样呢？反正与我们无关。你知道的，妹妹，我们早就说好，再也不提这件事。他真的会来吗？”

“放心好了，”她的妹妹说，“尼可斯太太昨晚去过梅利顿。我一看到她，立刻跑去找她打听是不是真有这回事，她也说是真的。他最晚礼拜四就会回来，也有可能礼拜三就来。她还说，她要去肉店订一些肉，准备礼拜三用来做菜；她还有六只鸭子，随时都可以宰来吃。”

珍听到宾利要来，不禁脸色大变。她已经好几个月没有在伊莉莎白面前提到他的名字，但这次她一等到姐妹两人独处的机会，就立刻说道：

“莉兹，今天姨妈告诉我这个消息的时候，我看你一直望着我，我知道我那时脸色很难看。但你千万别以为是因为这件事，只不过是因为我发现大家都盯着我看，所以一时不知所措。老实跟你说，这个消息既不使我感到愉快，也不使我感到痛苦。我只庆幸一点：这次他是自己回来的。所以我们不会有太多机会看到他。我本身没有什么顾虑，只是怕别人闲言闲语。”

伊莉莎白不知该如何看待这件事。如果她上次没有在德比郡见到他，也许会认为他此行没有其他目的，但她仍然觉得他对珍难以忘怀。这次他究竟是得到了朋友的允许才来的，还是他自己大胆跑回来的？她无从猜测。

“真是令人难过，”她有时心想，“这个可怜的家伙，只不过是回到自己的房子，却还是让人议论纷纷。我也别去管他了。”

不管珍说了什么，想了什么，是否希望他来，伊莉莎白却很容易看出她的意志动摇了，而且比从前更加魂不守舍，惊慌不安。

大约在一年前，父母曾热烈地争论过这个问题，如今又要旧事重提了。

“等宾利先生回来后，亲爱的，”班奈特太太对丈夫说，“你一定要去拜访他。”

“不，不！去年你逼我去看他，说只要我去拜访他，他就会挑我们的一个女儿做太太，结果只落得一场空。我再也不做这种蠢事了。”

他妻子又说，等那位贵客一回到尼德菲尔德庄园，邻居们都会去问候他。

“我恨透了这些繁文缛节，”他说，“要是他想结交我们，就自己过来吧，他又不是不知道我们住哪儿。邻居每次来来去去，都要我去迎送，我可没这种工夫！”

“唉，你不去拜访他，那就太没礼貌了。但我还是可以请他来家里吃饭，我已经决定好。我们还要再请朗太太和高尔汀一家，加上我们家里的人，一共十三人，刚好还剩一个位子给他。”

她打定主意，心里顿时感到欣慰，也不再介意丈夫的不可理喻。就算这样，邻居们仍然会比他们先见到宾利。他回来的日子渐渐迫近了。

“我开始希望他不要来了，”珍对妹妹说，“其实又没关系。我可以在他面前装得若无其事；只是听到别人老是提起这件事，实在有些受不了。妈妈是一片好意，但是她不知道（没有人知道）她的话让我多么难受。但愿他不要再住在尼德菲尔德庄园了！”

“我很想说一些安慰你的话，”伊莉莎白说，“可惜一句也说不出来。你一定明白，我不想跟别人一样，看人家难过却偏要劝他开心点——因为你一向是个乐观开朗的人。”

宾利终于来了。班奈特太太在仆人的帮忙下首先得到消息，但也提早陷入烦恼。既然不能趁早去拜访他，她只好屈指数着日子，等待着寄邀请函的那一天。幸好，在他回到哈福德郡的第三天，班奈特太太便从更衣间的窗户看见他骑着马走进牧场，朝着他们家里走来。

她喜出望外，急忙叫女儿们来分享这个发现。珍毅然坐在椅上不动，伊莉莎白为了让母亲满意，便走到窗前看了一眼。她看见达西也一起来了，便走回去坐在姐姐身旁。

“妈妈，”琪蒂说，“还有另外一位先生也一起来了呢！那是谁呀？”

“八成是他的哪个朋友吧！宝贝，我不知道。”

“瞧！”琪蒂又说，“那好像是以前跟他在一起的那个人。我忘记他的名字了，就是那个非常傲慢的高个儿呀！”

“老天，原来是达西先生！一定是。老实说，要不是他是宾利先生的朋友，这里才不欢迎他呢！我一见到他就讨厌。”

珍惊讶而又关心地望着伊莉莎白。她完全不知道妹妹在德比郡见过达西，以为这是她自从收到他那封解释的信之后，第一次跟他见面，因此一定会很尴尬。姐妹俩都很难受，她们彼此体贴，各自隐藏着心事。母亲依旧唠叨不休，说她多不喜欢达西，只因为他是宾利的朋友，所以才客客气气地接待他，这些话她们都没有听见。事实上，伊莉莎白心神不宁，还有其他原因，但珍一点也不知道。伊莉莎白始终没有勇气把加迪纳太太的信拿给珍看，也没有勇气向珍叙述她对达西的感情变化。珍只知道他曾向她求婚，被她拒绝了；她还对他做出很低的评价。珍不知道伊莉莎白的心事不只如此。她认为他对自己一家恩重如山，她因而对他另眼看待；她对他的情意虽比不上珍对宾利那么深厚，至少也像珍对待宾利一样合情合理。达西这次回到尼德菲尔德庄园，并且主动来朗伯恩找她，确实使她吃惊，几乎像她上次在德比郡见到他性格改变时一样吃惊。

时间已经过了这么久，但他的情意始终不渝。一想到这里，她那苍白的脸便重新恢复了血色，而且显得更加鲜艳，她高兴得笑逐颜开，两眼炯炯有神，但又不免存着一丝怀疑。

"先看看他的态度，然后再来期待也不迟。"她想。

她坐下来专心打毛线，竭力装得镇静，眼睛抬也不抬。等到仆人走近房门，她才着急起来，抬头看了看姐姐的脸色。珍比平常苍白了一些，但出乎意料地端庄持重；当两位贵客上门后，她的脸涨得通红，但还是从容不迫、落落大方地接待他们，既没有显露一丝埋怨的态度，也没有过分殷勤。

伊莉莎白没有跟两人说太多话，只是礼貌性地敷衍了几句，便重新坐下，专心打着毛线。她偶尔大胆地瞄了达西一眼，只见他的神态仍像往常一样严肃，不像在彭伯里时的表情，而像在哈福德时的表情。也许是因为他在她的母亲面前无法像在她舅父母面前那么不拘礼节。这是个痛苦的揣测，但也未必没有道理。

她也望了宾利一眼，立即看出他既高兴，又忸怩不安。班奈特太太对他十分客气，但对他的朋友则十分敷衍、冷淡。这让她的两个女儿觉得很过意不去。

事实上，她对两位客人的态度应该反过来才对，因为她最心爱的女儿多亏达西的搭救，才能免于身败名裂。伊莉莎白对这件事知之甚稔，觉得特别难受。

达西向伊莉莎白问起加迪纳夫妇的事，伊莉莎白回答得相当慌张。之后达西便没有再说什么；他之所以沉默寡言，也许是因为没有坐在她身旁的缘故。但他在德比郡时，却不是这样的态度。当时他只要没机会跟她搭话，就会跟她的舅父母交谈；但这一次却接连好几分钟不曾开口。她再也忍不住好奇心了，便抬起头盯着他的脸。只见达西不时望着她和珍，大部分时间又低着头发呆。看得出他这次比之前更加心事重重，却又不像那次一样急于博得她的好感。她感到失望，同时又怪自己不应该失望。

“没想到他竟然会这样。那他又何必要来？”她想。

除了他之外，她没有兴致跟其他人谈话，可是又没有勇气开口。

她只向达西问候了他的妹妹，之后又陷入沉默。

“你离开了好久呀！宾利先生。”班奈特太太说。

宾利先生连忙回答，的确很久了。

“我一开始还担心你一去不回。听说你打算等到米迦勒节就把房子退租，我一直希望这不是真的。自从你走了之后，附近发生了好多事。卢卡斯小姐结婚了，我有一个女儿也出嫁了。你应该在报纸上看到这件事了吧？我知道《泰晤士报》和《快报》上都有刊登出来，不过写得不太像话。只写了‘乔治·韦克翰先生将于近日与班奈特小姐结婚’。至于她的父亲、她的住址，以及其他细节，则一点都没提到。那是我弟弟加迪纳写的，不知道他怎么办得这么糟糕。你看到了吗？”

宾利说他的确看到了，并向她祝贺。伊莉莎白的眼睛抬也不敢抬，她不知道达西此刻做何感想。

“的确，”班奈特太太接着说，“顺利嫁出一个女儿，真是桩开心的事。可是，宾利先生，她一离开我身边，又让我觉得难受。他们去了纽卡索，那在遥远的北方，这一去不知什么时候才能回来。他的部队驻扎在那里，他已经脱离原先的民兵团，加入了正规军，你应该也知道吧？感谢上帝！至少他还有几个朋友，不过要是能再多几个就更好了。”

伊莉莎白知道她这些话是故意说给达西听的，她羞愧得无地自容。不过这番话却让她终于能勉为其难地与客人聊起来。她问宾利是否打算暂时住在乡下，他说会住上几个礼拜。

“等你把自己庄园里的鸟打完之后，宾利先生，”她母亲说，“尽管来班奈特先生的庄园吧！你爱打多少就打多少。我相信他一定很乐意让你来，而且会把最好的雉鸡都留给你。”

伊莉莎白听到母亲说着谄媚逢迎的话，越来越难受。她想起一年前，她们也曾经满怀希望；如今，虽然一切仿佛唾手可得，但也可能只要一瞬间就会再度落空。她觉得，就算未来真的能一辈子幸福，也补偿不了她和珍这短短几分钟的痛苦。

“我最希望的事，”她心想，“就是永远不要再跟他们来往。跟他们做朋友虽然愉快，却弥补不了这种难堪的场面。但愿我再也不要见到他们！”

然而，尽管终身的幸福也补偿不了眼前的痛苦，但才过了几分钟，她发现姐姐的美貌又打动了她先前那位情人的心，因此也不感到那么痛苦了。宾利刚上门时几乎不跟珍说话，但很快又变得越来越殷勤。他发觉珍仍然和过去一样美丽，个性温和、态度自然，只不过话变少了。珍一心想掩饰自己的心思，虽然竭力装出与以前一样健谈，但由于心事太重，偶尔会不自觉地陷入沉默。

班奈特太太早就打算讨好这名贵客。当两人告辞的时候，她忽然想起一件事，就是邀请他们几天后来朗伯恩吃饭。

“宾利先生，你还欠我一次回访呢！”她说道，“你去年冬天进城时，承诺过回来之后要来我们这里吃饭。你知道，我一直把这事放在心上，但你一直没有来赴约，让我好失望。”

宾利不禁愣了半晌，之后才解释说他被事情耽搁了，相当抱歉。之后两人便告辞而去。

班奈特太太原先打算当天就请他们吃饭，但她又想到，家里平常的伙食虽然也不差，但对方是个有头有脸、每年收入一万镑的人，她又对人家寄予厚望，不准备两道好菜怎么行呢？

第五十四章

他们离开后，伊莉莎白便到屋外漫步，让自己透透气。她不停想着那些让她的精神更加沉闷的事情。达西的态度令她惊讶，也令她烦恼。

“要是他这次上门是为了沉默寡言、不闻不问，”她想，“那又何必要来？”

她越想，越觉得一点也开心不起来。

“他在城里的时候，对我的舅父母十分和善，为什么对我却完全相反？如果他已经不再眷恋我，又何必沉默？好一位爱捉弄人的先生！今后我再也不去想他了。”

这时，姐姐走了过来，她只好暂时把这个念头抛开。她看见姐姐神色欣然，便知道这两位贵客虽让她失望，却让她的姐姐感到得意。

“终于，”珍说，“第一次会面结束了，我觉得非常自在。既然我这次能进退自如，那即使他下次再来，我也不会感到难堪。我很高兴他礼拜二会来吃饭，因为到时大家就能看出，我跟他只不过是普通朋友罢了。”

“好个普通朋友！”伊莉莎白笑着说，“珍，你还是小心点吧！”

“亲爱的莉兹，你可别以为我那么软弱，或是又惹出什么祸。”

“我想你会惹出很大的祸，你会让他疯狂爱上你。”

直到礼拜二，她们才又见到两位贵客。自从班奈特太太发现宾利在上次短短半小时的拜访中，竟然兴致高昂，又有礼貌，因此几天来就一直在打着如意算盘。

当天朗伯恩来了许多客人，一家人都盼望的两位嘉宾也准时莅临。猎人们果然都很守时。当他们一走进餐厅，伊莉莎白连忙望向宾利，看他会不会坐在珍的旁边——过去的宴会中他总是坐在那个位子上。她那精明的母亲也想到了，因此并没有请他坐到自己的身旁。他一开始似乎有些犹豫，这时珍碰巧转过头来，微微一笑，才让他拿定主意，在她身边坐下。

伊莉莎白看了相当得意，不由得也朝他的朋友望了一眼。只见达西仍然落落大方，若无其事。要不是她看见宾利又惊又喜地也对达西望了一眼，还以为他的开心也必须得到达西允许呢！

吃饭时，宾利果然对珍显露出爱慕之意。虽然他的表现没有从前那样露骨，却让伊莉莎白觉得，只要宾利能自己做主，他和珍两人的幸福就唾手可得。虽然她不敢过分奢望，但一看到他的态度又觉得高兴。她的心情虽然不怎么愉快，但精神上却得到了极大的鼓舞。达西坐在她母亲旁边，和她离得很远，这让三人都如坐针毡，极不自在。她听不清楚达西跟她母亲聊了什么，但她能看到他们很少交谈，谈起来又非常拘谨、冷淡。她看看母亲对他的敷衍，又想想他对她们一家的恩情，格外难受。她恨不得告诉他，她家里还有别人知道他的好心，并不是所有人都忘恩负义。

她只希望到了下午，双方能够亲近一些，谈话热络一些，不要让他白走一趟，让他除了进门时那声打招呼之外，便一无所得。她感到焦急不安，两位贵客还没走进会客室，她几乎要郁闷得发怒起来。她恳切地盼望他们进来，因为这是一整个下午的重头戏。

“如果到时他仍然不走到我这里来，我只好永远放弃他了。”她心想。

两位贵客进来了。她看着他的神情，感到了一丝希望。没想到，当珍正在斟茶，伊莉莎白在倒咖啡时，女客人们忽然朝她们的桌子围过来，大家挤在一起，没有多余的空位可以摆放椅子。当他们靠近时，又有一个小姐挤到伊莉莎白身边，小声对她说："我绝不让这种男人分开我们。不管是哪个男人，我们都不要让他靠近，好吗？"

达西只好走开了。伊莉莎白看着他随便跟另一个人说话，感到嫉妒不已。她几乎没有心情为客人们倒咖啡了。过了一会儿，她又埋怨自己不应该这么痴心。

"他是一个被我拒绝过的男人！我怎么会蠢到指望他重新爱上我？哪个男人会这么没有骨气，向一个女人求第二次婚呢？他们绝不会做这种丢脸的事！"

这时，他亲自把咖啡杯送回来，这让她稍微开心了一些，并把握了机会跟他说话：

"你的妹妹还在彭伯里吗？"

"是的，她要在那里待到圣诞节。"

"只有她一个人？她的朋友都离开了吗？"

"安斯利太太跟她在一起。其他人都在三个礼拜前跑去史卡波罗了。"

她想不出话题了。但只要他还愿意跟她谈话，就不愁没办法。他默默无言地在她身旁站了几分钟，那位年轻小姐又来跟伊莉莎白说悄悄话，他只好走开。

等到茶具撤走、牌桌摆好之后，女客们都站起来。这时伊莉莎白更希望他立刻就走过来，但他却被她的母亲拉去打牌，与其他人一起坐上牌桌。她的希望又落空了，她满心的期盼都成为泡影。今晚她已经没机会了。两人坐在不同的牌桌，达西的眼睛频频朝她这里看，最后两个人都打输了牌。

班奈特太太还打算留尼德菲尔德庄园的两位贵客吃晚饭，遗憾的是，他们一大早就吩咐仆人套车了，因此她没有机会留住他们。

"孩子们，今天玩得开心吗？"客人们一走，班奈特太太便说，

“我觉得一切都很顺利。餐点都煮得很好吃。鹿肉的火候恰到好处，大家都说从没见过这么肥美的腰肉；至于汤品，比我们上礼拜在卢卡斯家里喝到的美味多了；连达西先生也说雉鸡烧得好极了，我猜他家里至少有三个法国厨子呢！还有，亲爱的珍，我从没见你这么美过，朗太太也这样讲。我问她觉得你美不美，你猜她说了什么？她说：‘噢！班奈特太太，她迟早要嫁进尼德菲尔德庄园的。’她真的这么说。我觉得朗太太真是个好人，她的侄女们都是些乖巧的好女孩，可惜长得一点也不好看。我很喜欢她们。”

总之，班奈特太太今天的确非常高兴。她把宾利对珍的一举一动全看在眼里，相信珍一定能虏获他。她又幻想着这门亲事能为家中带来多少好处。直到第二天，宾利没有来求婚，她才又大失所望。

“今天真是有趣，”珍对伊莉莎白说，“来吃饭的都是些不错的客人，大家相处得很不错。我希望今后还能常常聚会。”

伊莉莎白笑了笑。

“莉兹，请你不要笑，也不要怀疑我，那会让我难受。告诉你吧，我只不过是欣赏这位男士聪明和蔼的谈吐，并没有其他非分之想。他的举止最令我满意的一点，就是他并没有打算博取我的好感。但他的言谈确实比别人美妙，也比别人随和。”

“你真是过分，”妹妹却说，“说好不逗我笑，却又无时无刻不引我发笑。”

“有些事是很难让人相信的！”

“还有一些事简直不可能让人相信！”

“但你为什么要一直逼我，以为我没有把真心话说出来呢？”

“这个问题我也无法回答。我们都喜欢替别人出主意，却又不相信别人的主意。原谅我，无论你怎么说自己对他毫无感情，都休想让我相信。”

第五十五章

没过几天，宾利又来了。这次只有他一个人，他的朋友当天早上去了伦敦，十天内就会回来。他在班奈特家坐了一个多小时，显然非常高兴。班奈特太太留他吃饭，他只是一再道歉，说自己已经有约了。

“希望你下次来的时候，能够赏我们的脸。”班奈特太太只好说道。

宾利说自己随时都乐意来，只要她不嫌麻烦的话。

“明天可以吗？”

他明天没有约会，于是爽快地接受了她的邀请。

第二天他果然来了，而且来得非常早。太太和小姐们都还没有打扮好，班奈特太太穿着睡衣，头发才梳了一半，连忙跑进女儿房里大叫道：

“亲爱的珍，快下楼！他来了，宾利先生来了！他真的来了！快，快！莎莉，快点来帮大小姐穿衣服，先别管莉兹小姐的头发了！”

“我们马上下去，”珍说，“但搞不好琪蒂比我们还快，因为她已经上来半个小时了。”

“哦，别管琪蒂了！关她什么事？快，快！好孩子，你的腰带呢？”母亲走了之后，珍再三拜托一个妹妹陪她下楼去。

到了下午，班奈特太太又一心想让他们两人独处。喝过了茶，班奈特先生按照平日的习惯回书房，玛莉也上楼练琴了。班奈特太太接着又向伊莉莎白和凯萨琳使眼色。

“怎么了？妈妈，你干吗一直眨眼？要我做什么呀？”琪蒂天真地说。

“没什么，孩子，没什么，我没有眨眼。”她只好又多坐了五分钟。最后她实在不愿意再错过机会，便突然站起来，对琪蒂说：

“过来，宝贝，我跟你说句话。”说完，她便把琪蒂拉了出去。珍立刻看了伊莉莎白一眼，暗示她自己招架不住，请她不要也走开。但才一下子，班奈特太太又打开了半边门，喊道：

“莉兹，亲爱的，我要跟你说句话。”

伊莉莎白只得走出去。

一走进穿堂，她母亲立刻对她说：“我们最好别打扰他们，我跟琪蒂都要上更衣室了。”

伊莉莎白没有多说什么，静静地留在穿堂里，等母亲和琪蒂都离开视线后，才又回到会客室。

班奈特太太的如意算盘落空了。宾利在各方面的表现无可挑剔，除了做她女儿的情人之外。他神色自若，心情愉快，在晚上的家庭聚会上大受欢迎。当班奈特太太多管闲事时，他总是竭力忍耐；当她说了不得体的话时，他也不动声色，耐心地听着，这让她的女儿特别满意。

他几乎等不到主人邀请，便自动留下来吃饭。临走前，又顺着班奈特太太的心愿，约定明天再来陪她丈夫打猎。

这一天之后，珍再也不说自己不在乎他了。姐妹俩一句也没有提起宾利，但上床就寝时，伊莉莎白觉得非常愉快，她觉得只要达西别那么早回来，这件事很快就能成功；但又认为事到如今，达西一定早就同意了。

第二天，宾利准时赴约，依照事前约定的陪班奈特先生消磨了一整个上午。班奈特先生的亲切远远出乎他的意料，那也是因为宾利没有任何傲慢或愚蠢之处供他嘲笑，或是惹他讨厌；他比上次见面时更为健谈，也没有以前那么古怪。宾利与班奈特先生回来吃了午饭，晚上班奈特太太又把别人支开，让他和珍单独相处。伊莉莎白今晚有一封信要写，喝过茶以后，她便回房间写信，因为那里的人都坐下打牌。

等她写好了信，回到客厅的时候，她对眼前的场景大吃一惊——她觉得母亲果然比她聪明多了。只见珍和宾利都站在壁炉前，聊得正起劲。要是这场景还不够可疑，那么，只要再看看他们的脸色，看到他们慌张地转过头去，任何人都能一目了然。两人都显得难为情，但最难为情的莫过于她。他们坐了下来，一言不发。伊莉莎白正想走开，但宾利忽然站起来，跟珍悄悄地说了几句话，便跑出去了。

珍遇到了开心事，从不会瞒着伊莉莎白。她立刻抱住妹妹，兴高采烈地说自己是世上最幸福的人。

“太幸福了！”她又说，“太幸福了！我不配！唉！为什么不能每个人都跟我一样幸福呢？”

伊莉莎白连忙诚挚恭喜她，她心中的喜悦难以言喻。她每说出一句亲切的话，就让珍增添一分幸福的感觉。但珍不能再拖拖拉拉了，她还有别的事情要做，不能再说下去了。

“我得马上去找妈妈，”珍说，“我不能辜负她的一片好意，我要亲口告诉她这件事，不要靠任何人传达。他已经去跟爸爸说了。噢！莉兹，你知道，大家一听到这件事，会有多么高兴啊！我怎么受得起这种幸福呢！”

她连忙到母亲那里去，只见母亲已经结束了牌局，跟琪蒂坐在椅上。

伊莉莎白一个人留在原地，想到家人被这件事困扰了好几个月，如今心里的大石头终于放下了。她不禁笑了出来。

“这就是他朋友处心积虑的结局！也是他姐妹自欺欺人的下场！

这实在是个最幸福、最圆满，也最有趣的结局了！”她说。

没过几分钟，宾利又回来了，他简明扼要地跟她的父亲谈了一遍。

“你的姐姐在哪儿？”一打开门，他连忙问道。

“她去楼上找我母亲，马上就会下来。”

于是他把门关上，并走到她面前，请她诚心地恭贺未来的姐夫。伊莉莎白由衷地为这对新人的美满婚事感到欢喜，两人亲切地握了握手。她听他不停说自己有多么幸福，珍有多么完美，一直到珍下楼为止。虽然这些话是出于一个情人之口，但她仍深信那幸福的愿望终能实现，因为珍很聪明，脾气更是温柔，这都是幸福的要素，而且他们彼此的性格和兴趣也十分相近。

这一晚大家都非常高兴。珍的心情很好，脸上更加神采奕奕，显得比平常更美。琪蒂不时傻笑，期望这样的好运早日轮到自己头上。班奈特太太与宾利聊了足足半个小时，她满口赞美的言辞，却又无法将满腔的热情完全表达出来；班奈特先生跟大家一起吃晚饭的时候，他的一举一动也透露出极度的欣喜，但却绝口不提这件事。等到客人一走，他才连忙转过身来，对大女儿说：

“珍，恭喜你。这下你变成一个最幸福的女孩了！”

珍立刻走上前去亲吻他，感谢他的祝贺。

“你是个好孩子，”他说，“我很高兴你能得到这么幸福的一门亲事。我相信你们一定能好好相处；你们的性格相近，处事那么随和，这会让你们在每件事上都犹豫不决；你们那么宽大，这会使得每个仆人都欺负你们；你们那么慷慨，最后一定会入不敷出。”

“但愿不会。我不会在钱的事情上粗心大意的。”

“入不敷出！亲爱的，”他的太太叫道，“这是什么话？他每年有四五千镑的收入，甚至更多呢！”她又对大女儿说，“我亲爱的珍，我太高兴了！我今天晚上一定睡不着了。我早就知道会这样，我平常就这么说。我一直觉得你不会白白生得这样漂亮。他去年初来哈福德的时候，我一看到他，就觉得你们两人是天生一对。天哪！我一辈子也没见过像他这么英俊的男人！”

这一瞬间，她把韦克翰和莉蒂亚忘得一干二净。珍本来就是她最宠爱的女儿，现在更是没有人比得上她。妹妹们都围着珍，要她答应她们的愿望。

玛莉希望能使用尼德菲尔德庄园的图书室，琪蒂则要她每年冬天在那里举办几次舞会。

从此以后，宾利成了朗伯恩一家的常客。他总是还没吃早饭就赶过来，一直待到吃完晚饭才走——除非有哪个不会看场合的邻居硬要请他吃饭，他才不得不去应酬一下。

伊莉莎白几乎没有机会和姐姐说话。只要宾利一来，珍的一颗心就全在他的身上。但两人仍然是有必须分开的时候；当珍不在时，宾利总是找伊莉莎白说话；而当宾利回家后，珍也总是找她打发时间。这使她在他们眼里不至于毫无用处。

“我很高兴，”有一晚，珍对她说，“他说今年春天根本不知道我在城里，我以前一直不相信这点。”

“我以前也怀疑过这件事。他有没有说为什么会这样？”伊莉莎白说道。

“那一定是他姐妹的杰作。她们当然不希望我和他在一起，因为他还能找到一个比我更好的对象。可是，我相信她们迟早会明白，她们的兄弟跟我在一起多么幸福。到时候她们一定会渐渐改变看法，跟我回到原本的交情——只是不可能像从前那么要好了。”

“这是我第一次听你说出埋怨的话。你真是太好心了！老实说，要是再让我看到你被虚伪的宾利小姐欺骗，那我一定会气死的！”

“莉兹，希望你明白，他去年十一月进城的时候，的确很爱我。要不是听信别人的话，以为我不爱他，那他一定早就回来了！”

“他也有些不对。不过全是因为他太谦虚的关系。”

珍也不由自主地赞美起他的谦虚，赞美他拥有各种高尚的品格，却并不骄傲。

让伊莉莎白高兴的是，宾利并没有泄露他朋友从中作梗的事。因为虽然珍宽宏大量，不会记仇，但要是知道了这件事，她一定会对达西有成见。

“我真是有史以来最幸福的一个人！”珍又大声说道，“噢！莉兹。家里这么多人，怎么偏偏是我最幸福？但愿你也能同样幸福！但愿你也能找到这样的伴侣！”

“即使给我几十个这样的人，我也不能像你这么幸福。除非我的脾气跟你一样好，个性也像你一样好。我绝不可能跟你一样幸福的，不，绝不可能，还是让我祈祷吧！假如我运气好，或许哪一天又能再遇到一个柯林斯。”

朗伯恩一家的事情没有瞒得了多久。班奈特太太得到了允许，私底下将这件事告诉了菲利普太太，菲利普太太又擅自把它传遍了整个梅利顿。就在几周前，莉蒂亚才刚私奔，大家都认为班奈特一家倒透了霉；如今他们却在顷刻间成为天底下最幸运的一户人家了。

第五十六章

一天早上，大约是宾利和珍订婚后的一个礼拜。宾利和女士们坐在餐厅里，忽然听到一阵马车的声音，大家都走到窗口，只见一辆大马车正驶进庄园。时间还很早，照理说不会有客人上门；再看看马车的规格，便明白这位客人绝不是附近的邻居。马是驿站的；至于马车以及车夫穿的制服，他们也不熟悉。宾利马上要珍一同回避，免得被这名不速之客缠住，两人于是走到矮树林里去了。他们走了之后，剩下的三人仍然在原地猜测，可惜还是猜不出来者是谁。门终于开了，客人走进屋来，原来是凯萨琳·德·包尔夫人。

理所当然，每个人都十分诧异，完全没料到这样的事情。班奈特太太和琪蒂与她素昧平生，但反而比伊莉莎白更感到受宠若惊。

客人露出一副无礼的神气。伊莉莎白向她打招呼，她只微微侧过头，便一屁股坐下，一句话也不说。虽然她没有要求人家介绍，伊莉莎白还是将她的名字告诉了母亲。

班奈特太太惊讶不已。但这么一位高贵的夫人登门拜访，又使她得意非凡，于是极有礼貌地接待客人。凯萨琳夫人一声不吭地坐了一下子，便冷冰冰地对伊莉莎白说：

“我想你一定过得不错吧，班奈特小姐？那位太太八成是你的母亲？”

伊莉莎白简单地回答了她的问题。

“那一位想必就是你的妹妹吧？”

“是的，夫人。”班奈特太太连忙回答，她对于能跟这位贵妇攀谈感到荣幸，“这是我的第四个女儿。我最小的女儿最近出嫁了，大女儿正和朋友在附近散步，那个年轻人很快也会成为我们的家人了。”

凯萨琳夫人没有理睬她，过了片刻才说：“你们这里竟然还有个小花园。”

“哪里能比得上罗辛斯呢，夫人！不过我敢说，至少比威廉·卢卡斯爵士的花园大多了。”

“到了夏天，这个房间一定不适合当客厅，窗子都朝向西边。”

班奈特太太回答说，她们每天吃过中餐以后，几乎不会坐在那里，接着又说：

“冒昧请问夫人，柯林斯夫妇都好吗？”

“他们都很好，前天晚上我才刚见过他们。”

伊莉莎白以为她这时会拿出一封夏绿蒂的信来。她认为凯萨琳夫人跑来这里，绝不可能有其他理由。但是夫人并没有拿出什么信，这让她摸不着头脑。班奈特太太客气地请夫人品尝点心，但她什么也不吃，坚决地拒绝了，态度非常失礼。接着又站起来，对伊莉莎白说：

“班奈特小姐，你们这块草地的另一侧，风景似乎不错。我很想去那里走一走，能请你陪我一趟吗？”

“去吧！乖孩子，”母亲连忙大声对她说，“陪夫人到小路上走走。我想她一定会喜欢我们这个幽静的小地方。”

伊莉莎白听了母亲的话，先回房间拿了一把阳伞，然后下楼侍候这位贵客。两人走过穿堂后，凯萨琳夫人打开了通往餐厅和客厅的门，看了一眼，说这间屋子还算不错，然后又接着向前走。

她的马车停在门口，伊莉莎白看见里头坐着她的侍女。两人默默无语地沿着一条通往小树林的鹅卵石小径前行。伊莉莎白感觉到这个老妇人比平常更傲慢、更令人讨厌，于是决定不主动开口。

“她有哪一点像她的姨侄？”她仔细瞧了老妇人的脸，心想。

一走进树林，凯萨琳夫人便对她说：

“班奈特小姐，你一定知道我为什么会跑来这里，你的良心会告诉你。”

伊莉莎白大为惊讶。

“夫人，您想错了。我完全不明白您这次大驾光临的目的。”

“你要知道，班奈特小姐，”夫人非常生气，“我向来不让别人在我面前开玩笑。无论你多么不诚实，但我完全不是那样；我是诚实出了名的，何况遇到这样的事，我当然要更坦白。两天前，我听到一个惊人的消息。听说不光是你姐姐即将攀上一门高亲；连你，伊莉莎白·班奈特小姐，也快要攀上我的姨侄，达西先生。虽然我知道这是无稽之谈，虽然我不会认为他竟做出这种事，但我还是当机立断，决定亲自来这里一趟，把我的意思告诉你。”

伊莉莎白又是讶异又是厌恶，脸涨得通红。“太奇怪了，既然您认为不会有这种事情，又何必要自找麻烦，大老远跑过来呢？请问您究竟有何指教？”

“我要你立刻去向大家解释。”

“要是真的有这种传闻，”伊莉莎白冷冷回答，“那么您跑来朗伯恩，不就等于证实了这项传闻吗？”

“要是真的有这种传闻，你难道打算不声不响吗？这不正是你自己散布出去的吗？难道你不知道这个消息早已人尽皆知了吗？”

“我从来没听说过。”

“那你能郑重声明，这件事全是无稽之谈吗？”

“我并不会假装自己像您一样诚实。随便您怎么问吧，但我绝不会回答。”

“岂有此理！班奈特小姐，我要你把事情讲明白。我的姨侄向你求过婚没有？”

“您自己刚刚还说过，绝不会有这种事情。”

“不应该有这种事情，如果他还有大脑的话。但你千方百计地诱惑他，也许他会一时迷失，忘了他应该对自己负责，对家人负责。也许你已经把他迷住了。”

“即使我真的把他迷住了，我也绝不会告诉您。”

“班奈特小姐，你知道我是谁吗？你这些话实在太无礼了。我可以说是他最亲近的长辈，有权过问他一切事情。”

“但您无权过问我的事，而且您的态度也休想让我说出什么。”

“让我搞清楚。你异想天开，妄想攀上这门亲事，这是绝不会成功的——永远也不会成功的。达西先生早就跟我的女儿订婚了。好吧，你还有什么话说？”

“只有一句：如果事实果真如此，那您就没有理由认为他会向我求婚。”

凯萨琳夫人迟疑了一会儿，然后回答道：

“他们的婚约跟一般人不一样。他们从小就订婚了，是由双方的母亲决定的，他们还在摇篮里就决定了。眼见小两口就要结婚，他们母亲的愿望就要实现，却忽然冒出一个身份卑贱的女人从中作梗，何况这个女人跟他非亲非故！难道你完全不顾虑他家人的愿望？也不顾虑他跟德·包尔小姐的婚姻？难道你毫无分寸，毫无廉耻吗？难道你没有听到我说的，他一出生就注定要娶他的表妹吗？”

“我确实听说过，但那又怎样？要是您没有其他理由反对我跟您的姨侄结婚，我就绝不会退让一步。您与姐妹用心计划这段婚姻，但成不成功却取决于别人；要是达西先生既没有义务跟表妹结婚，也不想跟她结婚，那他为什么不能另择对象呢？要是他挑中了我，我又为什么不能答应呢？”

“无论是从名誉上，从礼节上——还是从利益上来说，都不允许这么做。没错，班奈特小姐，想想你的利益。要是你存心得罪所有人，你也休想要他的家人或朋友们正眼看你。凡是和他有关的人，都会斥责你、鄙视你、厌恶你。你们的结合是一种耻辱，甚至连你的名字，我们都不愿意提起。”

“这还真是不幸，”伊莉莎白说，“但成为达西先生的夫人仍是一件幸福的事，因此也没什么好后悔的。”

“好一个不识好歹的丫头！连我都为你感到羞耻！今年春天我对你那么好，你竟然这样报答我吗？难道你一点感恩之心也没有？让我们坐下来谈谈。你应该明白，班奈特小姐，我既然来了，就非达到目的不可，谁也阻止不了我。无论别人玩什么花样，我都不会屈服。我从来不会让自己失望。”

“那么做只会让您更加难堪，对我却毫无影响。”

“不准插嘴！好好听我说。我的女儿和姨侄是天造地设的一对。他们的母亲都出身高贵，父亲虽然没有爵位，却也都是有头有脸的名门望族，还都是富豪。他们两家一致认为，这是命中注定的姻缘，没有人能拆散他们。像你这样的女人，无论家世、亲戚、财产，都差得远了；难道光凭你的一阵痴心妄想，就能把他们拆散吗？这成何体统！简直岂有此理！假如你还有点大脑，就好好思考其中的利害关系，那样就不会忘记自己的出身了！”

“我绝不会为了跟您的姨侄结婚，而忘了自己的出身。您的姨侄是个绅士，我也是一位绅士的女儿，我们地位相当。”

“说得真好。你的确是一位绅士的女儿，但是你母亲呢？你的姨父母和舅父母呢？别以为我不知道他们的底细。”

“不管我亲戚是什么样的人，”伊莉莎白说，“只要您的姨侄不计较，那便与您无关。”

“爽快地回答我，你究竟跟他订婚了没有？”

伊莉莎白本来不打算回答这个问题，但仔细考虑了一会儿之后，又回答道：

“没有。”

凯萨琳夫人露出高兴的样子。

“你愿意答应我，永远不跟他订婚吗？”

“我不能答应这种事。”

“班奈特小姐，你真令我讶异！我没想到你是这么不讲理的女人。

但别以为我会让步，没得到你的答应，我绝不走！”

“我绝不会答应您的，休想叫我答应这种荒唐至极的事。你只不过是希望达西先生跟您的女儿结婚；但就算我答应了您，您以为他们的婚姻就能长久吗？如果他真的看中了我，就算我拒绝他，难道他就会因此去向表妹求婚吗？恕我失礼，凯萨琳夫人，您这种异想天开的要求真是不近情理，您说的许多话更是肤浅无知。要是您以为这些话能让我屈服，那就大错特错了。您的姨侄会允许您干涉他的事到什么程度，我无从得知，但您绝没有权利干涉我的事。因此我请您不要再为了这件事逼我了。”

“别这么急！我的话还没有讲完。你除了我说过的那些缺点之外，还有一件。别以为我不知道你那个妹妹不要脸私奔的丑事。我完全晓得。那个年轻人会跟她结婚，完全是因为你父亲和舅舅付了钱。这样一个丫头也配当我姨侄的小姨吗？她丈夫是他父亲账房的儿子，也配当他的家人吗？看在上帝的份上，你究竟是何居心？彭伯里的家名能这样让人糟蹋吗？”

“您现在应该说够了，”伊莉莎白恨恨地回答，“也把我侮辱够了。我要回家去了。”

她一面说，一面起身。凯萨琳夫人也站起来，跟她一起回到屋里去。老夫人真是气坏了。

“那么，你完全不顾我姨侄的身份和颜面了？好一个冷酷、自私的丫头！你难道不知道，要是他娶了你，将会被所有人瞧不起吗？”

“凯萨琳夫人，我不想再说了。您已经明白了我的意思。”

“也就是说，你非占有他不可了？”

“我并没有这么说。我自有打算，怎么做会幸福，我就怎么做。您管不了，任何像您一样的外人也都管不了。”

“好啊！你死都不肯答应我，全然不顾本分、名誉、恩情！你想让他的朋友瞧不起他，让世上的人都嘲笑他。”

“不管是本分、名誉，还是什么恩情，”伊莉莎白说，“这都与我无关。我跟达西先生结婚，并不会有损这些原则。无论是他的家人因此厌恶他，还是世上的人因此憎恨他，我都不在乎——我相信世上还有不少明理的人，不见得所有人都会嘲笑他。”

“这就是你的真心话！这就是你坚持的观点！好啊！现在我知道该怎么对付你了。班奈特小姐，别以为你的妄想能够实现。我只是来试探你的，没想到你竟然这么不可理喻。走着瞧吧！我一定说到做到。”

凯萨琳夫人就这样喋喋不休，一直走到马车前，才又急忙转过头来说道：

“我不会向你道别，班奈特小姐。我也不会问候你的母亲。你们都不识好歹，让我非常不高兴。”

伊莉莎白没有理会她，也没有请她回到屋子里，只是自顾自地默默往回走。她上楼的时候，听到马车开走的声音。她的母亲在更衣室门口等得心急，一见到她，连忙问她凯萨琳夫人为什么不回来坐一坐再走。

“她不想进来，她坚持要走。”女儿说。

“她是个多么美丽的女人啊！她真是太客气了，竟然会到这种地方来！我想，她这次来只是为了传达柯林斯夫妇过得不错。她或许要去什么地方，路过梅利顿，就顺便进来看看你。她没有特地跟你说什么话吧？”

伊莉莎白只好扯了个小谎，因为她实在没办法把这一段谈话的内容说出来。

第五十七章

这位不速之客离开之后，伊莉莎白心神不宁，久久无法恢复平静。她接连几个小时不断地思考这件事。凯萨琳夫人这次不辞辛劳，远从罗辛斯赶来，原来只是因为她异想天开，认为伊莉莎白和达西订了婚，特地赶来把他们拆散。这个方法倒还不错。然而，他们订婚的谣言究竟有什么根据呢？伊莉莎白无法想象。接着她又想起达西是宾利的好朋友，她则是珍的妹妹；因此大家难免由一桩婚姻联想到另外一桩婚姻。连她也早就想到，等姐姐结婚之后，她和达西见面的机会就更多了。也因为这样，卢卡斯一家（她认为只有他们会跟柯林斯夫妇说这件事，进一步传到凯萨琳夫人耳里）才会以为这件事迟早会实现。但对她自己来说，只不过觉得这件事还有一丝希望罢了。

不过，一想到凯萨琳夫人的话，她又忍不住感到不安。假如她硬要干涉，谁也不知道会发生什么事。她说自己一定要阻止这门亲事，伊莉莎白认为她一定会去找她的姨侄。至于达西是不是也觉得跟她结婚有那么多坏处，那她就不敢说了。她不知道他跟姨妈的感情如何，也不知道他是否对这位姨妈百依百顺；但是照理来说，他一定更重视那位老夫人一些。只要她在他面前分析双方的门第有多么悬殊，以及跟这种出身的女人结婚有多么糟糕，那一定会戳中他的心事。虽然伊莉莎白对凯萨琳夫人举出的各种理由一笑置之，但在他那样死要面子的人听来，也许会觉得见解高明，理由充分。

如果他的意志本来就游移不定（他似乎总是如此），那么，只要这位亲人出面劝阻，或是央求他，他当然会立刻打消主意，不会为了追求幸福而自贬身份。要是那样的话，他肯定再也不会回来了。凯萨琳夫人也许会顺便进城找他，这下子，尽管他与宾利约好立刻回尼德菲尔德庄园，恐怕也只能取消了。

“要是宾利先生最近收到他的信，说他不能履约的话，”她又想，“那我就会明白，不用再对他抱任何期待，也不必奢望他始终如一。要是在我就快爱上他的时候，他却不再爱我，而只是惋惜的话，那我对他就连惋惜的心情也不会有。”

至于她的家人，她们都对这位贵客的身份惊讶不已。但她们也学班奈特太太的方式，用幻想满足自己的好奇心，而没有对伊莉莎白问东问西。

隔天早上她下楼的时候，遇见父亲正从书房里走出来，手里拿着一封信。

“我正在找你，莉兹，”父亲连忙叫她，“你马上来我房间一下。”

她跟着父亲去了，但不明白他究竟想对她说些什么。她认为一定跟他手上的那封信有关，因此感到十分好奇。她突然想到，那封信可能是凯萨琳夫人写的；看来免不了要向父亲解释一番了，这令她烦闷不已。

她跟着父亲走到壁炉边，两个人一起坐下。父亲说：

“今天早上我收到一封信，让我大吃一惊。这封信上写的都是你的事，因此你应该心知肚明。我从来不知道自己有两个女儿快出嫁了。恭喜你情场得意。”

伊莉莎白立刻断定，这封信是那名姨侄写的，而不是那名姨妈。她于是涨红了脸，不知道该为了他的来信感到高兴，还是怪他没有直接把信寄给她而生气。这时，父亲接着说；

“你看来心里有数，年轻小姐对这种事总是精明得很。可是即使以你的聪明才智，应该也猜不出你的这位爱人是谁。告诉你，这封信是柯林斯先生寄来的。”

“柯林斯先生？他说了什么？”

“说了所有事情。他先是恭喜我的大女儿快要出嫁，这个消息大概是爱管闲事的卢卡斯一家告诉他的。我就不念这一段了，免得你不耐烦。与你有关的那一段是这样写的——”

> 我与内人诚挚地向您一家表示祝贺。接着，请允许我提到另一则消息，这则消息的来源与前一则相同：据说您的二小姐伊莉莎白，也即将紧接大小姐之后出嫁，而她的对象更是国内数一数二的高贵之人。

“莉兹，你猜得出这位高贵之人是谁吗？”

> 这位绅士是少有的杰出之人，他拥有每个人都期望的特质——富有、高贵，以及慷慨。姑且不提这些优点，我必须郑重警告我的表妹伊莉莎白，以及您。虽然这门婚事能带来诸多好处，但若轻易答应他的求婚，那将是件罪孽深重的事。

“莉兹，你猜得到这位贵人是谁吗？下面就快提到了。”

> 我之所以冒昧提出警告，是因为他的姨妈——凯萨琳·德·包尔夫人，对于这门亲事的态度并不友善。

“这个人就是达西先生！你明白了吗？嘿，莉兹，你一定大吃一惊吧？无论是柯林斯，还是卢卡斯一家，他们偏偏在所有人之中挑出这样一个人来恶作剧，这不是太容易被拆穿了吗？达西先生最瞧不起女人了，也许他从来没有正眼看过你呢！我真是服了他们！”

伊莉莎白陪着父亲开玩笑，但她笑得十分勉强。父亲的幽默从未像今天这样令她厌恶。

“你不觉得可笑吗？”

“噢，当然了。请您接着念下去。”

> 昨晚，我与夫人聊到这门亲事的可能性，她立刻简短地表示了看法。她考虑了您一家的缺点，认为这绝不是一桩她会衷心祝福的婚姻。我认为我有义务尽快给予表妹忠告，也就是：夫人与她尊贵的追随者，都不会轻易认可这门亲事。
>
> 我很庆幸莉蒂亚表妹的丑行被掩盖下来了，遗憾的是，他们婚前就同居的事情早已甚嚣尘上。出于职责，我必须对您在婚礼后接待他们的行为表示诧异，因为这么做将会助长歪风；若我是朗伯恩的教区牧师的话，必然会大力反对此事。作为一名基督徒，您应该尽可能阻止这类事情，而非允许它在您的眼底下发生，或是让两人的名字在您耳边被提起。

“这就是他所谓基督教的宽恕精神！下面写的都是关于他亲爱的夏绿蒂的事情。他们快要有小孩了。怎么了？莉兹，你好像不太想听。你该不会也跟其他女孩一样爱耍脾气，或是假装正经，一听到这些废话就生气吧？人活着就是要学着幽默，不然不就太无趣了吗？”

“噢！非常有趣。”伊莉莎白叫道，“不过这件事太奇怪了！”

“的确奇怪——但也因为这样才有趣。如果他们讲的是别人还说得过去；可笑的是，那位尊贵之人根本没有把你放在眼里，你又那么厌恶他！虽然我讨厌写信，但我还是要跟柯林斯保持通信。唔！我每次念他的信，总觉得他比韦克翰还好玩。我那位女婿虽然既冒失又虚伪，但还是比不上他。对了，莉兹，凯萨琳夫人有什么意见？她是不是特地跑来表示反对的？”

伊莉莎白听了，只是微微一笑。父亲的问题丝毫没有怀疑的意味，因此无论他怎么问，也不会让她难受。但她却感到为难——尽管心里是另一种想法，却不能够表现出来；她想哭，但不得不强颜欢笑。父亲说达西没有把她放在眼里，这句话让她伤心，她只能怪父亲为什么这么糊涂。另一方面，她又多了一件心事：也许不该怪父亲看不出来，而该怪自己痴心妄想。

第五十八章

出乎伊莉莎白意料的是，宾利不但没收到朋友失约的道歉信，反而在凯萨琳夫人上门之后几天，就与达西一起来到朗伯恩。他们一大早就来了，珍一直坐立难安，担心母亲把夫人来访的事告诉达西。幸好，班奈特太太还来不及提到这件事，宾利就建议大家出去散步，以便他和珍独处；大家都同意了。班奈特太太没有散步的习惯，玛莉又不想浪费时间，于是只有五个人一起走出去。宾利和珍立刻就落在队伍后面，留下伊莉莎白、琪蒂和达西三人同行。三人都不怎么说话，琪蒂害怕达西，不敢说话；伊莉莎白则正在下定决心——也许达西也是。

琪蒂想去找玛丽亚，于是一行人朝着卢卡斯家走去。伊莉莎白认为用不着所有人都去；于是当琪蒂离开之后，她壮着胆子跟着达西继续走。现在是她拿出勇气的时候了，她立刻鼓起勇气对他说道：

“达西先生，我是个自私的人，只想着让自己高兴，也不在乎是否会伤了你的心；但你对我可怜的妹妹恩重如山，我再也不能不表示感激了。自从我知道这件事情之后，就一心想向你表示感谢；要是我家人都知道的话，他们也会这么做的。”

“我很抱歉，真是太抱歉了。”达西说道，语调带着惊讶与激动，

“我原本不打算让你知道一切，以免你误会了我的用意。没想到加迪纳太太这么靠不住。”

“你不该怪我舅妈。是莉蒂亚自己先说漏了嘴，我才知道你跟这件事情有关；既然如此，我就非打听清楚不可。我要代表我的家人感谢你，感谢你的怜悯，不畏辛劳地找出他们。”

“如果你真的要感谢我，”达西说，“那只要表示自己的谢意就够了。我必须承认，我之所以如此卖力，除了有各种原因，也为了想讨你高兴。你的家人不用感激我，虽然我尊敬他们，但当时我心里只想到你一个人。”

伊莉莎白困窘得一句话也说不出口。没过多久，她的朋友又说：“你是个直爽的人，绝不会开我的玩笑。请你老实告诉我，你的心情是否还是和四月时一样？我的心愿和情感依旧如昔，只要你说一句话，我便再也不提起这件事。”

伊莉莎白听到他表明心迹，也感到焦急不安，不得不开口说话。她立刻结结巴巴地说，自从他第一次提起这件事到现在，她的心情已经有了很大的变化，如今她愿意以愉快和感激的态度接受他的一番好意。这个回答让他感到了前所未有的快乐，他立刻像一个热恋中的人一样抓住机会，诚挚、热烈地向她倾诉爱意。要是伊莉莎白这时能抬起头，看看他那双眼睛，就能看出他那一脸喜悦的神情，让他变得多么俊美。虽然她不敢看他的脸，却能听见他的声音，听见他道出千丝万缕的情感，说她在自己心中有多么重要，使她越来越明白这份情感的珍贵。

他们只顾着往前走，根本不在乎方向；他们还有好多心思要想、好多情感要体会、好多话题要聊，实在无心关注其他的事情。她很快就了解到，他们两人之所以能心意相通，还得归功于他的姨妈。原来，那位夫人回程时路过伦敦，果真跑去找他，把她来朗伯恩的经过、动机，以及与伊莉莎白的谈话全都告诉了他，尤其是伊莉莎白说的每一句话。凡是她认为嚣张乖僻、厚颜无耻的地方，她都再三强调；她认为这样一来，就能从达西口中得到伊莉莎白不愿做出的承诺。不过，不幸的是，这完全造成了反效果。

“这让我燃起一丝希望，”他说，“过去我几乎不敢奢望。我很了解你的脾气，我知道要是你真的憎恶我，就再也没有挽回的余地。那样你一定会在凯萨琳夫人面前老实承认。”

“你说得对，”伊莉莎白红着脸，一面笑一面说道，“你知道我是个直爽的人，因此才相信我会那么做。既然我能当着你的面骂你，当然也会当着你任何亲戚的面骂你。”

“你骂我的话，的确都是活该。尽管你的指责无凭无据，都是根据别人口中的传闻；但我那天对你的态度实在不可原谅，应该受到最严厉的责备。我一想起这件事就痛恨自己。”

“我们不必再追究谁该为那个下午的事负更多责任了，”伊莉莎白说，“严格来说，两个人的态度都不好。不过，自从那次之后，我觉得双方都变得比较有礼貌了。”

“我感到很过意不去。几个月来，我一想起当时说的那些话，表现出的行为、态度、表情，就难过得不得了。你对我的批评一点也没错，我一辈子也忘不了。你说：‘如果你的态度好一点——’你无法想象这句话让我多么痛苦。不过，老实说，我也是很久以后才恍然大悟，明白你骂得很对。”

“我不知道这句话对你的影响那么大。我从没料到这么说竟然会让你难受。”

“我相信这一点。你当时一定觉得我虚情假意。我永远也忘不了，你当时竟然大发雷霆，说不管我怎么向你求婚，都不能打动你的心，让你点头答应。”

“唉！不要再提起那些话了，它们都没意义了。我必须说，我也一直为那件事感到难为情。”

达西接着提起那封信。他说：“那封信……你收到我的那封信以后，是否有改变对我的看法？信上说的那些事，你相信吗？”

她说，那封信对她的影响很大，在那之后，她对他的偏见渐渐消失了。

“我当时就想，”他说，“你看了那封信之后一定会很难受，但是我逼不得已。但愿你已经把那封信销毁了。其中有些话——特别是开头那些，我实在不希望你再去读它，因为你一定会恨透了我。”

“如果你认为一定要烧掉那封信，才能保住我的爱情，那我当然会烧掉它。不过话说回来，就算我多么善变，也不会因为看了那封信就对你变心。”

“当初写那封信的时候，我以为自己是冷静的，”达西说，“但事后我才知道，当时全凭着一股怒气。”

“开头也许有几分怒气，结尾却不是这样了，结尾那句话完全出于一片善意。还是别去想那封信了，无论是写信人，还是收信人，心情都已和当时大不相同；因此，一切不愉快的事都应该尽快忘掉。你得学学我的人生观——就算要回忆往事，也只要回忆那些愉快的。”

“我可不认为你有这种人生观。对你来说，过去的事没有一件是应受指责的；因此你回忆起往事时，只会感到沾沾自喜。这与其说是你的人生观，倒不如说是因为你的天真。但我却完全相反，我的脑中总是想起一些苦闷的事，既不能不去想，也不该不去想。虽然我不赞成自私，却自私了大半辈子。从小我就被教导各种为人处世之道，却没有被教导如何控制脾气；他们要我学习各种规矩，又让我学会傲慢自大。不幸的是，我是一个独生子，从小被父母惯养。虽然我的父母都是好人（尤其是我父亲），却纵容我自私、傲慢，甚至鼓励我如此。他们教我除了家人之外，不要将任何人放在眼里，也不要重视他们的见解与长处。从八岁到二十八岁，我受的都是这样的教育。亲爱的伊莉莎白，要不是多亏了你，我可能直到现在还是如此！全部都是托你的福，你给了我一记当头棒喝，当下虽然难以忍受，但仍使我受益匪浅。你的羞辱十分合情合理，当时我一直以为你会答应我的求婚，多亏你让我明白，要是我认定一位女士值得追求，却又在她面前自命不凡，那是绝对不行的。”

“当初你真的以为我会答应吗？”

“我的确是那样想。你一定会笑我太自信吧？我当时还以为你一直在期望我向你求婚呢！”

“那一定是因为我的态度不佳。但我并非故意表现出那样，也并非有意欺骗你；但我往往因为一时冲动，犯下一些错误。那天下午之后，你一定非常恨我。”

“恨你？一开始也许很生气，但我很快就知道到底该生谁的气了。”

“我简直不敢问，那次我们在彭伯里见面时，你是怎么看我的？你觉得我不该去吗？”

“不，怎么会。我只是感到惊讶。”

“你很惊讶，但我受到你的款待，恐怕比你还要惊讶。我的良心告诉我，我不配得到这种待遇。老实说，我当时真的一点也没有料到。”

“我当时的用意，”达西说，“只是希望能尽到礼数，让你见识我的气量，从此不计前嫌；还希望你发现我听你的话诚心悔改后，能够原谅我，减轻对我的厌恶。至于我从何时又有了非分之想，实在很难说，大概是看到你的半小时之后。”

然后他又说，那次乔治安娜非常乐意跟她做朋友，不料交情突然中断，使她十分扫兴；接着自然又谈到交情中断的原因，伊莉莎白这才明白，当初他还没有离开那家旅馆以前，就已下定决心，要跟着她从德比郡出发，去找她的妹妹，至于他当时之所以沉闷忧郁，并不是为了别的事操心，而是为了这件事在思考。

她又再次向他表示了感谢。但是这个话题让两人都很难受，因此没有继续。

他们悠闲地漫步了好几英里路，完全不在乎走了多远。最后看了看表，才发现应该回家了。

“宾利和珍去哪里了？”他们又聊到另一对男女的事情。达西早已知道他的朋友和珍订婚，为此感到很高兴。

“你觉得这件事意外吗？”伊莉莎白问。

“一点也不意外。我临走前就预感到它很快会发生。”

“那么说来，你早就默许他了。我猜得没错。”虽然他还想辩解，说她完全误会了，但她却相信事实确实如此。

“在我去伦敦的前一晚，”他说，“我把这件事情向他坦白——其实早就该这么做了。我把过去的事都告诉他，让他明白我当初的妨碍真是既荒谬又冒失。他吓了一大跳。我还告诉他，我过去以为你姐姐对他冷淡，根本是我自己想错了；我立刻看出他对珍依旧一往情深，因此我坚信他们的结合一定会幸福。”

伊莉莎白听到他竟能这么轻而易举地影响他的朋友，不禁笑了出来。

“你告诉他我姐姐爱他，”她问道，“这是你自己体会到的，还是春天时听我说的？”

“是我自己体会到的。最近我去了你家两次，仔细地观察了她，便看出她对他十分深情。”

“我想，经过你的解释后，他也立刻明白了吧？”

“一点也没错。宾利是个诚恳、谦虚的人。他的羞怯使得他在遭遇大事时总是犹豫不决，往往都听从我的话；因此这件事进行得相当顺利。我不得不向他承认一件事，我猜他会因此生我的气。我老实告诉他，去年冬天你的姐姐在城里待了三个月，当时我就知道这件事，却故意对他隐瞒。他果然很生气。可是我相信，只要他明白了你姐姐的心意，那股怒气自然就会消散。他现在已经真心地原谅我了。”

伊莉莎白觉得，像宾利这么轻信的人还真是罕见；她忍不住想说他可爱。但她最后却没有说出口，因为现在还不适合开达西的玩笑。他继续跟她聊下去，想象着宾利的幸福——这种幸福当然比不上他自己的。两人一直聊到走进家门，这才分开。

第五十九章

“亲爱的莉兹，你们去哪里了？”当伊莉莎白一进门，珍便问她。等到两人坐下来之后，家人们也都这么问她。她只好回答，他们两人随意漫步，不知道走到什么地方去了。她涨红了脸，但不管她的神情如何，大家也丝毫没有怀疑到那件事上面去。

下午就这样平淡地度过了。公开的那一对情侣有说有笑，未公开的那一对却一声不响。达西性格冷静，面不改色，伊莉莎白则心慌意乱。她知道自己幸福，却还没真正体会到有多幸福；因为除了眼前的尴尬之外，还有各种烦恼在后头。她想象着事情公开之后，家人会做何感想；除了珍以外，她知道家里没有一个人喜欢他，甚至讨厌他，哪怕他有万贯家财也难以补救。

晚上，她把心事告诉珍。虽然珍一向并不多疑，但也几乎不肯相信这件事。

“你在开玩笑吗，莉兹？不可能的！跟达西先生订婚？！不，不！别骗我，我知道这件事不可能。”

“老天！一开始就出师不利。我的希望全寄托在你身上，要是连你都不相信，就没有人会相信了。我绝对没有开玩笑，这些都是实话。他还爱我，我们已经说好了。”

珍半信半疑地看着她。“噢！莉兹，不可能的。我知道你非常讨厌他。”

“你什么都不知道，没关系。也许我过去比不上现在这么爱他，但这种不愉快的事就不必再提了，从今以后我要把它们都忘得一干二净。”

珍仍然露出不可置信的样子。于是伊莉莎白又一本正经地强调这件事是真的。

“老天！这是真的吗？但我应该相信你了，”珍失声叫道，“莉兹，亲爱的莉兹，我要恭喜你，我一定要恭喜你！可是，很抱歉，我必须问你一声：你能不能保证——能不能百分之百地确定，嫁给他一定会幸福？”

“这毋庸置疑！我们都认为我们是世上最幸福的一对。但是，你高兴吗？珍，你能接受这样一位妹夫吗？”

“我非常、非常乐意，宾利和我都会很高兴的。但是我们也曾经讨论过这件事，都认为不可能发生。你真的非常爱他吗？噢！莉兹，什么事情都可以草率，但没有爱情就千万不要结婚。你真的觉得自己应该这么做吗？”

“一点也没错！等我把所有细节都告诉你之后，你一定会觉得这么做还不够呢！”

“什么意思？”

“唉！我必须说，我对他的爱胜过对宾利的爱。你一定会生气吧。”

“亲爱的妹妹，请你正经一些，我想听你正经地说。凡是能告诉我的话，就马上跟我说个明白。你能告诉我你爱上他多久了吗？”

“这是渐渐发生的，我也说不清是哪时候开始的。但我想，应该是从看到他在彭伯里的美丽花园之后。”

姐姐又叫她严肃一些，这一次才终于产生了效果。她立刻听珍的话，郑重地把自己爱上他的经过说出来。当珍明白一切之后，也放下心了。

"我现在真是太幸福了！"她说，"因为你也会跟我一样幸福。我一向很敬重他，就算没有，光凭他爱你这一点，我也必须永远敬重他。他既是宾利的朋友，现在又成了你的丈夫，那么将会是除了宾利和你之外，我最喜欢的人了。可是，莉兹，你真狡猾，平常连一点口风也不向我透露，像是彭伯里和兰姆顿的事情！你的消息都是别人告诉我的，而不是你亲口说的。"

伊莉莎白只好把隐瞒事实的理由告诉她。原来她过去不想提到宾利，再加上她自己心神不宁，所以也不去提到达西；但是现在，她不必再向珍隐瞒达西为莉蒂亚的婚姻奔波的情节了。她把一切事情和盘托出，姐妹俩一直聊到半夜。

第二天早上，班奈特太太站在窗前，大叫道："天哪！那位讨厌的达西先生又跟着我们的宾利一起过来了！他为什么那么扫兴，老是跑来这里？真希望他去打猎，或者随便做点什么，就是别来吵我们。我们该怎么办？莉兹，又要麻烦你陪他去散散步了，别让他在这里妨碍宾利。"

这正是伊莉莎白求之不得的，她忍不住要笑出来。但听到母亲老是批评达西，她也难免有些气恼。

两位贵客一进门，宾利便意味深长地望着她，并热烈地跟她握手。伊莉莎白立刻明白他已经什么都知道了。不多时，他果然说道："班奈特太太，这附近还有什么散步小径，可以让莉兹今天再去迷路一下吗？"

"我建议达西先生、莉兹和琪蒂，"班奈特太太说，"今天早上去奥克罕山走走。这一段路走起来颇有乐趣，达西先生还没见过那里的风景呢！"

"这对他们再好不过了，"宾利说，"我看琪蒂一定走不动，是吗，琪蒂？"

琪蒂也说自己宁可待在家里。达西则表示他非常想去那座山上看看风景，伊莉莎白也默默表示同意。她正要上楼准备，班奈特太太又对她说：

"莉兹，真是抱歉，硬要你跟那个讨厌的家伙在一起。你可不要计较，要知道这都是为了珍。你只要随便敷衍他一下就好，不用花太多心思。"

散步的时候，两人说好当天下午就去请求父亲同意；母亲那里则由伊莉莎白去说。她不知道母亲是否会赞成，因为她实在太厌恶他了；伊莉莎白有时候甚至觉得，就算凭他的财产地位，也挽回不了母亲的心。然而，无论母亲对这门婚姻是坚决反对，还是欣然同意，她都不会说出什么好话，只会让人感到她的肤浅；她要不就狂喜地表示赞成，要不就恶狠狠地表示反对。一想到这里，伊莉莎白就觉得难以忍受。

当天下午，班奈特先生准备走进书房，达西也立刻站起来跟在后面。伊莉莎白焦虑不安，她并不是怕父亲反对，而是怕父亲不高兴。她想，自己是父亲最宠的女儿，要是她选择的伴侣竟让父亲感到痛苦，让父亲为她的终身大事烦恼，那就不好了。她忧心地坐着，直到达西面带笑意地回到她身边，她才松了一口气。他走到她跟琪蒂的那张桌子面前，看着她手里的针线，轻声地说道："快去你父亲那里，他在书房里等你。"她马上就去了。

父亲正在房里来回踱步，露出既严肃又焦急的表情。"莉兹，你在搞什么？你疯了吗？"他说，"你怎么会选择这个人？你不是一向厌恶他吗？"

她心急如焚。假如她过去能够理性一点，不要那么出言不逊，现在也就不必这么尴尬了。事到如今，她不得不费劲解释一番。于是她慌张地跟父亲说，自己爱上了达西先生。

"也就是说，你已经下定决心非嫁给他不可了。他当然很有钱，可以让你穿比珍更高贵的衣服，坐更华丽的马车。难道这就能让你幸福了吗？"

"您认为我对他没有感情，"伊莉莎白说，"除此之外，您还有其他的反对意见吗？"

"一点也没有。我们都知道他是个傲慢而不易亲近的人；不过，只要你真的喜欢他，这也无关紧要。”

“是的，我喜欢他。”女儿含泪回答道，“我爱他。他并非傲慢得不可理喻，他可爱极了！您不明白他真正的为人。因此，我求您不要这样形容他，不然我会很痛苦的。”

“莉兹，”父亲说，“我已经答应他了。像他那样的人，只要他不嫌弃，对我们提出请求，我当然只能答应。如果你已经决定要嫁给他了，我当然会同意。不过我劝你再仔细考虑。我了解你的个性，莉兹，我知道，除非你对自己的丈夫心悦诚服，否则便不会觉得幸福。以你的聪明才智，要是没有挑选一个匹配得上你的对象，那是不行的，你将难逃羞耻和悲惨的下场。好孩子，别让我以后瞧不起你的终身伴侣，为你伤心。你得明白，这件事不是儿戏。”

伊莉莎白感动不已，她认真而严肃地回答了父亲。她又再三保证达西确实是她万中选一的伴侣，她对他的敬爱日益强烈；又说自己相信他的爱情绝非一朝一夕而成，而是历经了数个月的考验才磨炼出来的；她又拼命赞美他的各种优点。这才打消了父亲的疑虑，由衷赞成这门婚姻。

“这样的话，亲爱的，”他在女儿讲完之后，回答道，“我没有其他意见了。真是这样的话，他的确配得上你。莉兹，我可不希望你嫁给一个不够资格的家伙。”

为了加深父亲对达西的好感，她又把他帮助莉蒂亚的事说了出来。父亲大为惊奇。

“这真是前所未闻！原来一切全是达西的功劳。他一手撮合两人，为他们还债，帮他找工作！这真是太好了，为我省了多少麻烦，省了多少钱！假如这些事都是你舅舅做的，我就非还他人情不可，而且可能早就还了；可是这些热恋中的年轻人老爱自作主张。明天我就说要还他钱，他一定会自夸一番，说他有多么爱你，然后就一笔勾销了。”

他想起前几天在伊莉莎白面前读柯林斯的信时，她是多么局促不安。他忍不住取笑了她一番，最后才让她离开。她正要走出房门，他又说：“如果还有什么年轻人要向玛莉和琪蒂求婚，也带他们进来吧！

我正闲着呢！”

伊莉莎白心中的大石头终于放下了。她在自己房间里冷静了半个小时之后，便神色镇定地去找大家了。这些欢乐来得太突然，一个下午就这样心旷神怡地度过。现在再也没有什么重大的烦恼了，她感到心安理得。

晚上，母亲要去更衣间时，伊莉莎白也跟在后面，把这件大事告诉了她。班奈特太太的反应有趣极了。她一听到这个消息，先是一言不发地坐着，过了好几分钟，才渐渐明白这些话的意思，并意识到女儿即将攀上一门非同小可的亲事。她终于回过神来，在椅上坐立不安；一会儿站起来，一会儿又坐下去，一会儿诧异，一会儿又祝福自己。

“哎呀！感谢老天！想想看！天哪！达西先生！谁会这么想呢！这是真的吗？莉兹，我的心肝宝贝！你马上就要大富大贵了！你将有多少零用钱、多少珠宝、多少马车啊！珍比起你来差远了……简直是天壤之别！我真高兴……真快乐！这么可爱的丈夫！那么英俊，那么魁梧！噢，亲爱的莉兹！我以前那么讨厌他，请你代替我向他道歉吧！希望他不会计较。莉兹，我的宝贝！他在城里有间大房子！华丽的东西一应俱全！三个女儿出嫁啦！每年有一万镑的收入！噢，我的天啊！我真是太高兴了，我要发狂了！”

显然，她完全赞成这桩婚姻。令伊莉莎白开心的是，幸好母亲这些得意忘形的话没有被其他人听见。当她回到自己房间还不到三分钟，母亲又赶了过来。

“我的宝贝！”母亲大声叫道，“我脑子里再也想不到别的事了！一年有一万镑的收入，可能还要更多！简直就像个国王！而且还有结婚特许——你当然会用到它。可是，我的宝贝，告诉我，达西先生爱吃什么，让我明天提早准备。”

这句话听起来不太妙，看来母亲明天又要在那位先生面前出丑了。伊莉莎白心想，虽然已经牢牢抓住了他的心，而且也得到家人的同意，但还是不愿意出差错。令她意外的是，第二天一切都很好，因为班奈特太太对这位未来的女婿相当敬畏，简直不敢跟他说话，只是不时向他献殷勤，或是恭维他的高谈阔论。

伊莉莎白看到父亲也尽力与他亲近，觉得很满意。不久后，班奈特先生又对她说，他越来越器重达西了。

“我对三个女婿都很满意，”他说，“也许韦克翰是我最满意的一位。不过我想，你的丈夫也会像珍的丈夫一样讨我喜欢。”

第六十章

伊莉莎白很快又恢复俏皮的个性，她要达西讲一讲自己爱上她的经过。“你是怎么踏出第一步的？我知道，你只要踏出第一步，就会一直走下去。可是你一开始是怎么冒出这个念头的？”

“我也不清楚是什么时候，在哪里，看见你什么模样，听到你什么话，才开始爱上了你。那是好久之前的事了。等我发现自己爱上你的时候，一切都已经来不及了。”

“我的外表并没有打动你的心，至于我的态度，也算不上礼貌，我没有一次说话不想刺激你一下。请你老实说，你是不是爱上我的唐突？”

“我爱上你的机灵。”

“倒不如说是唐突，唐突极了。其实是因为你对于他人的殷勤感到厌烦的关系；有很多女人，她们无论在说话、思想、表情上，都只为了博得你的一声赞美，你对这种女人感到厌烦。我之所以引起了你的注意，打动了你的心，就是因为我跟她们不一样。如果你不是一个真正可爱的人，就一定会讨厌我这一点。可是，尽管你拼了命地想伪装自己，但你的情感终究是高贵的、正确的；你打从心底瞧不起那些逢迎你的人。经我这么一说，你就不必再花心思解释了。我仔细考虑过了，觉得你的爱合情合理；老实说，你完全没发现我有什么明确的优点；不过，不管是谁，当他在恋爱的时候，都不会想到这种事。”

“当初珍在尼德菲尔德庄园生病的时候，你对她的温柔体贴，不就是一项优点吗？”

“珍太善良了，谁不想对她好呢？你不如把这件事当成一种美德。我一切美好的特质都是你夸奖来的，你爱怎么说就怎么说吧！但我只知道找机会嘲笑你，与你争论；我现在就要这么做。我问你：为什么你说话总是不干不脆？为什么你第一次来拜访，第二次来吃饭时，一见到我就害羞？尤其是来拜访的那一次，你为什么露出一副仿佛不在乎我的表情？”

“因为你板起了脸，一言不发，害我不敢找你说话。”

“那是因为我觉得难为情呀！”

“我也一样。”

“那么，你来吃饭的那一次，怎么不多说一些话？”

“要是我不这么爱你，话也就会多一些了。”

“真是不巧，你的回答总是合情合理，偏偏我又是个明理的人，不得不接受你的回答！我在想，要是我不理你，真不知你要拖拖拉拉到什么时候；要是我不开口问你，真不知你什么时候才肯说出来。这全是因为我下定决心，想感谢你对莉蒂亚的帮忙，才达成了这个目的。我也担心，假如我们是因为打破了誓言，才得到了今天的欢乐，那又怎么合乎道义呢？我实在不该提起那件事的。真是大错特错。”

“你不必担心，这完全合乎道义。凯萨琳夫人蛮不讲理，想要拆散我们，这反而打消了我的疑虑。我并不认为目前的幸福全出于你对我的感恩之情。我本来就不打算等你先开口；我一听到姨妈的话，便产生了一丝希望，决定立刻把事情弄个清楚。”

“凯萨琳夫人竟然帮了个大忙，她应该高兴才是，因为她最喜欢帮人家的忙。可是请你告诉我，你这次来尼德菲尔德庄园做什么？难道只是为了骑着马来朗伯恩出丑的吗？你没有打算做一些正经事吗？”

“我来这里来的真正目的就是见你。可以的话，还要设法看出你是否有可能爱上我。至于在别人面前，或是在我的心里，我总是说，这么做是为了看你的姐姐是否还爱宾利，我必须把这件事的真相告诉她。”

“你有没有勇气把这件事向凯萨琳夫人宣布？”

“比起勇气，我更需要时间，伊莉莎白。可是这件事必须去做。如果你能给我一张纸，我马上就去做。”

“要不是我自己也有一封信要写，我一定会像另外一位年轻的小姐一样，坐在你身旁欣赏你那优美的字迹。可惜我也有一位舅妈，必须回信给她才行。”

过去，伊莉莎白一直不愿意向舅妈解释她对于两人交情的臆测，因此没有答复加迪纳太太的那封长信。如今，她一定会为这个喜讯感到开心；可是伊莉莎白却觉得，让舅父母晚了三天得知这个消息，未免有些过意不去。她写道：

亲爱的舅妈：

感谢您那封亲切而令人满意的长信，告诉了我一切详情；本该早日回信道谢，无奈当时心情不佳，迟迟没有动笔。虽然您当时的猜测有些夸张，但是现在，您想怎么猜测都可以了。关于这件事，您大可发挥您的想象力，只要别以为我已经结婚就好。您得再写封信赞美他一番，而且程度要超过您的上一封信。我要感谢您没有带我到湖区去旅行，我真傻，去湖区做什么呢？您说要弄几匹小马在庄园里玩，这个主意真不错；今后我们就可以每天在那里溜达了。我现在成了世界上最幸福的人。也许别人以前也说过这句话，但是没有人像我这么名副其实。我甚至比珍还要幸福，她只能微笑，我却要放声大笑。达西先生把对我的爱分一些给您，向您表示问候。欢迎你们来彭伯里过圣诞节。

您的外甥女

达西先生写给凯萨琳夫人的信，格调和这一封不同，跟班奈特先生写给柯林斯的信比起来更是大相径庭：

亲爱的阁下：

我得麻烦你再次向我道贺。伊莉莎白马上就要成为达西夫人了。请多多安慰凯萨琳夫人，如果我是你的话，我一定会站在姨侄那一边，因为他可以给你更多好处。

你忠实的好友

宾利小姐祝贺哥哥结婚的那封信，写得无限亲切，但缺乏诚意。她甚至还写信祝贺珍，把过去那套虚情假意的话重提了一遍。虽然珍再也不会被她欺骗，但仍然深深感动；尽管不再信任对方，但还是回了一封信，信上的关切之情实在令她受之有愧。

达西小姐的来信上写道，她得到喜讯时，就跟她的哥哥发出喜讯时一样欢欣。这封信足足写了四张纸，但仍不足以表达她内心的喜悦，以及她是多么恳切地盼望嫂子的疼爱。

柯林斯的回信还没来，伊莉莎白也还没得到柯林斯太太的祝贺。这时候，朗伯恩一家却听说这对夫妇即将拜访卢卡斯家。他们突然的造访是很容易理解的。原来，凯萨琳夫人接到姨侄的信后大发雷霆，而夏绿蒂却对这门婚事感到欣喜，不得不暂时走避，等待夫人的怒气消去。对伊莉莎白来说，好朋友在这个时候来到，真是一件最愉快的事了。

见面的时候，她看到柯林斯对达西阿谀奉承的丑态，又不免觉得原先的愉快有些得不偿失；但达西倒是镇静自如地应酬着。还有威廉·卢卡斯爵士，他称赞达西得到了当地最珍贵的美人，而且还恭敬地说，希望今后能常在王宫见面。达西耐着性子听完了这些话，直到威廉爵士离开以后，他才耸了耸肩。

至于菲利普太太，她的粗鄙或许更让达西难以忍受。她就像她的姐姐一样，一见到宾利态度温和，说话也变得随随便便；她对达西则心怀敬畏，但谈吐仍然粗俗不堪。虽说她对达西敬而远之，举止却并未因此变得文雅些。伊莉莎白为了不让达西被这些人纠缠，便尽可能让他跟自己或是不令他厌恶的家人说话。虽然这些不愉快的事降低了恋爱的乐趣，却加深了她对未来的盼望；她一心想着离开这些讨厌的人物，到彭伯里和他的家人一起生活，舒适、优雅地过一辈子。

第六十一章

班奈特太太两个最可爱的女儿出嫁的那一天，也正是这名母亲一辈子最高兴的一天。可想而知，未来当她拜访宾利夫人，或是向人家谈起达西夫人，会有多么得意、多么骄傲。看在她们一家的份上，我想在这里作一个交代。她的每一个女儿后来都得到了归宿，她一生最大的愿望总算如愿以偿。说来值得庆幸，她后半生竟因此成为一个精明、亲切，又有见识的女人。虽然她有时仍然神经衰弱、怪里怪气的，但这或许也算是她丈夫的福气，否则他就享受不到这种稀奇古怪的家庭幸福了。

班奈特先生非常舍不得二女儿，他经常去找她——他一辈子从未这么频繁地外出做客。他喜欢去彭伯里，而且都选在别人意想不到的时间。

宾利和珍只在尼德菲尔德庄园住了一年。虽然他的脾气非常随和，她的性情也极为温柔，但夫妻俩都不太愿意和她的母亲以及梅利顿的亲友住得太近。之后，宾利在德比郡附近的郡里买了一栋房子，这下子他的姐妹们的心愿总算实现了。而珍和伊莉莎白之间也增添一重幸福——她们俩从此距离不到三十英里了。

琪蒂获益良多，她在两位姐姐的家中消磨了大部分时间，并结交了许多高贵的人士，令她自身大有长进。她本来就不像莉蒂亚那样骄纵，如今少了莉蒂亚的影响，又有人管教她，将她导向正途，她已不再像从前那么轻狂无知了。当然，家人仍必须稍加留意，不让她和莉蒂亚来往，免得再被她带坏。韦克翰太太常说要接她去住，说自己那边有多少舞会、多少美男子，但她的父亲却不让她去。

只剩下玛莉没有出嫁。班奈特太太不肯善罢甘休，害得这个女儿无法继续钻研学问；她不得不多和外界应酬，只是她仍然用道德的眼光看待每一次的外出。她现在再也不用和姐妹们争奇斗艳了，因此她的父亲不禁怀疑，她这种改变是否真的心甘情愿。

至于韦克翰和莉蒂亚，他们的性格并没有因两位姐姐结婚而有所变化。韦克翰想到伊莉莎白已得知自己对达西忘恩负义的行径，仍处之泰然，甚至还指望达西再给他一些钱。伊莉莎白结婚的时候，收到了莉蒂亚的祝贺信。她很明白，即使韦克翰本人没有抱着这种希望，至少他的妻子也有这么想。那封信是这样写的：

> 亲爱的莉兹：
>
> 希望你过得愉快。要是你的达西先生比得上我的韦克翰的一半，那一定就非常幸福了。真高兴你能变得如此富有，希望你闲来无事的时候能想起我们。我相信韦克翰很希望在宫廷里找一份差事。要是再没有人伸出援手，我们便很难维持生计了。随便什么差事都行，只要每年有三四百镑就好。不过，要是你不愿意跟达西提起的话，那也没关系。

伊莉莎白果然不愿意提起，于是在回信中尽可能打消她的这个念头。不过伊莉莎白还是尽可能省下一些平日的开销，用来接济她的妹妹。她很清楚，他们的收入那么少，夫妻俩又挥霍无度，毫无远见，当然不够维持生活了。每当他们搬家，伊莉莎白或是珍总是接到他们的来信，要求支助他们一些钱以偿还债务。即使是退伍回到家中，他们的生活仍旧难以安定。两人东迁西徙，寻找便宜的房子，结果反而花了不少冤枉钱。韦克翰没多久便对莉蒂亚失去兴趣，莉蒂亚的爱维持了比较久一些，虽然她年轻荒唐，至少还是保住了婚后的名誉。

尽管达西一直不肯让韦克翰来彭伯里，但看在伊莉莎白的份上，还是帮韦克翰找了份工作。每当丈夫去伦敦或是巴斯寻欢作乐的时候，莉蒂亚也不时上门做客。而当他们去宾利家的时候，总是一住下来就舍不得走，连宾利那样性格温和的人，也不得不感到生气，甚至暗示他们离开。

达西结婚时，宾利小姐十分伤心，但又想保有去彭伯里做客的权利，因此渐渐打消了自己的怨气。她比以前更喜欢乔治安娜，对达西也仍然一往情深，又弥补了过去对伊莉莎白的失礼之处。

乔治安娜现在长住在彭伯里了，她与嫂子之间就像达西原先预料的那么融洽，甚至完全合乎她们的理想。乔治安娜非常敬爱伊莉莎白，虽然一开始看到她与哥哥说话时那么调皮，忍不住大为惊讶，甚至有些担心；因为她对哥哥的尊敬几乎超过了手足情分，无法想象他竟成了别人开玩笑的对象。但她如今终于恍然大悟。在伊莉莎白的教导下，她开始明白，一名妻子可以放纵丈夫，但一位哥哥却不能允许一个年幼十岁的妹妹调皮。

凯萨琳夫人对姨侄的这门亲事恼怒异常。当姨侄写信向她报喜时，她竟不留情面，回信把他们痛骂了一顿，尤其是对伊莉莎白。之后双方曾短暂地断绝往来，直到后来伊莉莎白说服了达西，才让他不再计较她的无礼，上门求和。他的姨妈只是稍加拒绝了一下，便不再记恨——这也许是出于对姨侄的疼爱，或是出于对侄媳的好奇心。尽管彭伯里多了这一位女主人，而且这位女主人的舅父母也曾上门过，使得门户蒙羞，但她还是屈尊拜访了彭伯里。

新婚夫妻与加迪纳夫妇一直保持着深厚的交情。达西和伊莉莎白都衷心喜爱他们，也相当感激，多亏他们带伊莉莎白来德比郡，才成就了这一段美好的姻缘。

附　　录

简·奥斯汀年谱

1764 年 简·奥斯汀父亲乔治·奥斯汀和母亲卡桑德拉结婚。

1775 年 12 月 16 日，简·奥斯汀出生，她是乔治·奥斯汀和卡桑德拉的第七个孩子。

1785 年至 1786 年 简·奥斯汀与姐姐卡桑德拉一起上寄宿学校。

1787 年 简·奥斯汀 12 岁，开始尝试创作。

1787 年至 1789 年 奥斯汀家庭中开始进行戏剧排演。

1795 年 开始创作《埃莉诺与玛丽安》(《理智与情感》初稿)。

1796 年 开始创作《最初的印象》(《傲慢与偏见》初稿)。

1797 年 哥哥詹姆斯再婚；8 月，简·奥斯汀完成《最初的印象》初稿；同年《最初的印象》被出版商拒绝。

1798 年 开始创作《诺桑觉寺》。

1802 年 哈里斯向简·奥斯汀求婚。

1803 年 简·奥斯汀将《诺桑觉寺》手稿卖给出版商。

1804 年至 1805 年 创作《沃森一家》及短篇小说《苏珊夫人》。

1805 年 1 月，其父去世。

1809 年 简·奥斯汀催促出版商出版《诺桑觉寺》未果。

1810 年 《理智与情感》准备出版。

1811 年 2 月，开始创作《曼斯菲尔德庄园》; 3 月，校对《理智与情感》; 10 月,《理智与情感》出版; 简 · 奥斯汀开始着手改写《最初的印象》。

1812 年 成功出售《傲慢与偏见》手稿。

1813 年 1 月,《傲慢与偏见》出版; 7 月，完成《曼斯菲尔德庄园》; 11 月,《傲慢与偏见》和《理智与情感》再版。

1814 年 1 月，开始创作《爱玛》; 5 月,《曼斯菲尔德庄园》出版。

1815 年 3 月，完成《爱玛》; 8 月，开始创作《劝导》; 12 月,《爱玛》出版。

1816 年 春天开始身体不适；其兄亨利 · 奥斯汀赎回《诺桑觉寺》手稿并校订，简 · 奥斯汀将其改名为《凯瑟琳》，准备出版; 3 月，亨利 · 奥斯汀破产; 7 月，完成《劝导》第一稿; 8 月，重写结局后完成终稿;《曼斯菲尔德庄园》再版。

1817 年 1 月开始创作《桑迪顿》，3 月止笔; 4 月，写下遗嘱; 5 月，与姐姐前往伦敦求医; 7 月 18 日清晨，简 · 奥斯汀去世。

1818 年 《诺桑觉寺》和《劝导》出版。

…

傲慢让别人无法来爱我，
偏见让我无法去爱别人。

*